Geschichten aus 1001 Nacht

Mit 23 Illustrationen

Auf der Grundlage
der Übersetzung von Gustav Weil
ausgewählt und herausgegeben von
Gudrun Bull

Deutscher Taschenbuch Verlag

Textgrundlage:
Tausend und eine Nacht. Arabische Erzählungen. Zum erstenmale aus dem Urtext vollständig und treu übersetzt von Dr. Gustav Weil, ord. Professor der morgenländischen Sprachen an der Universität Heidelberg. Mit über 700 Illustrationen. Sechste vollständig umgearbeitete, mit Einleitung und Anmerkungen versehene Auflage. Berlin SW. Erster bis Vierter Band in zwei Bänden. Verlag von Neufeld & Henius 1865.

Originalausgabe
Oktober 2004
Deutscher Taschenbuch Verlag GmbH & Co. KG, München
www.dtv.de

Umschlagkonzept: Balk & Brumshagen
Umschlaggestaltung unter Verwendung einer Illumination von Aqa Riza, Mughal, um 1600
Gesetzt aus der Cochin (3B2)
Gesamtherstellung: Druckerei C. H. Beck, Nördlingen
Gedruckt auf säurefreiem, chlorfrei gebleichtem Papier
Printed in Germany · ISBN 3-423-20754-X

Inhalt

Eingang

Bei dem Namen Gottes, des Gnädigen und Barmherzigen, Friede und Heil über unsern Herrn Mohammed, den Obersten der Gesandten Gottes, auch über seine Familie und Gefährten insgesamt; Friede und Heil immer fortdauernd bis zum Tage des Gerichts. Amen, o Herr der Welten! Das Leben der Früheren ist eine Lehre für die Spätern, dazu daß der Mensch die Lehren, welche andern zuteil geworden sind, schaue und sich daran belehre, und die Geschichte der ältern Völker lese und sich daraus unterrichte. Gelobt sei Gott, der die Begebenheiten der Früheren als Unterricht für Spätere aufgestellt hat. Zu dieser Art von Belehrung gehören nun auch die Erzählungen: »Tausend und eine Nacht« genannt. Es wird nämlich von dem, was bei früheren Völkern geschehen, berichtet (Gott weiß das Verborgene; er ist allweise und barmherzig und edel!):

Es regierte einst in den ältesten Zeiten und verflossenen Äonen ein König von den Sassaniden* auf den Inseln Indiens und Chinas, der viele Truppen und Verbündete, Diener und zahlreiches Gefolge besaß. Auch hatte er zwei wackere, tapfere Söhne, von denen jedoch der ältere noch tapferer war, als der jüngere; er herrschte über viele Länder und war so gerecht gegen seine Untertanen, daß ihn Alle sehr liebten. Sein Name war Scheherban, sein jüngerer Bruder hieß Schahseman, und war König von Samarkand in Persien. Beide hatten ihre Heimat nicht verlassen und Jeder regierte höchst glücklich 20 Jahre lang in seinem Reiche. Da sehnte sich der ältere König nach seinem jüngern Bruder, und befahl seinem Vezier, zu jenem hin zu reisen und ihn zu ihm zu bringen. Der jüngere Bruder gehorchte alsbald und machte Anstalten zur Reise, und ließ Zelte, Kamele, Maultiere, Diener und Gefolge herbeikommen. Die Regierung war indes dem Vezier übertragen und der König reiste ab nach dem Lande seines Bruders. Um Mitternacht erinnerte er sich, etwas im Schlosse vergessen zu haben; als er dahin zurückkam, fand er seine Frau in vertrautem Umgang mit einem schwarzen Sklaven; bei diesem Anblick ward die ganze Welt schwarz in seinen Augen; er dachte, wenn dies schon vorfällt, ehe ich kaum die Stadt verlassen, was wird diese Verruchte tun, wenn ich einmal weit entfernt bin? Er zog sein Schwert und erstach beide; dann ließ er sogleich wieder aufbrechen und reiste immer fort, bis er in die Nähe der Hauptstadt seines Bruders kam. Dort ließ er seinem Bruder durch Boten seine Ankunft melden. Dieser erschien sehr erfreut, um ihn zu begrüßen, ließ die Stadt beleuchten, setzte sich zu ihm und unterhielt sich aufs angenehmste mit ihm. Aber der König Schahseman dachte an die Begebenheit mit seiner Gemahlin, und dieses kränkte ihn so tief, daß er bleich wurde und sein Körper an Kraft abnahm. Als sein Bruder ihn in diesem Zustande sah, dachte er, dies ist gewiß, weil er von seinem Lande und Königreiche entfernt lebt; er ließ ihn deshalb in Ruhe und fragte nach nichts. Doch eines Tages sagte er zu ihm: »O mein Bruder! Ich sehe, dein Körper wird immer schwächer und deine Farbe bleicher.« Jener antwortete ihm: »Ich habe eine innere Krankheit«; aber er sagte ihm nicht, was er von seiner Frau gesehen. Hierauf versetzte der Ältere: »Ich möchte, daß du mit mir auf die Jagd gingest, vielleicht wird dich dies zerstreuen«; da jener sich aber weigerte, ging er allein fort. Nun waren im Schlosse des jüngeren Königs, d. h. das der jüngere Bruder bewohnte, Fenster, die auf den Garten seines Bruders gingen. Hier sah er auf einmal die Türe des Schlosses sich öffnen, und zwanzig Sklavinnen und zwanzig Sklaven herauskommen; in ihrer Mitte ging die Frau seines Bruders, ausgezeichnet schön und von bewundernswertem Wuchse. Als sie, d. h. die Sklavinnen, zu einem Teiche gelangt waren, entkleideten sie sich und setzten sich zu den Sklaven. Da rief die Königin: »Masud!« und es kam ein schwarzer Sklave und umarmte sie und sie umarmte ihn. Die übrigen Sklaven taten dasselbe mit den Sklavinnen, und so brachten sie den ganzen Tag zu mit Küssen und Umarmungen. Als der Bruder des Königs dies sah, dachte er bei sich: bei Gott! mein Unglück ist geringer als dieses; dies ist mehr als mir geschehen! Kummer und Gram fühlte er nun plötzlich weichen und er konnte wieder essen und trinken.

Als hierauf sein Bruder von der Reise zurückkam und sie einander begrüßten, da sah der König Scheherban, daß sein Bruder Schahseman sein voriges Aussehen erlangt hatte und mit Appetit aß, während er früher nur wenig gegessen, und er sagte zu ihm: »O mein Bruder, ich sah dich ganz gelb und nun siehst du wieder gut aus, sage mir doch, wie dieses zugeht?« Worauf ihm jener antwortete: »Ich will dir zuerst sagen, warum ich übel aussah, und dann, wie ich wieder meine vorige Farbe bekam. Wisse, mein Bruder, als du deinen Vezier schicktest, um mich zu dir zu holen, machte ich mich reisefertig und ging zur Stadt hinaus; da erinnerte ich mich, daß ich etwas im Schlosse vergessen; ich kehrte allein zurück und fand einen schwarzen Sklaven bei meiner Frau; ich erschlug sie beide und kam zu dir her und dachte immer an diesen Vorfall. Dies ist die Ursache, warum sich meine Farbe verändert und ich so schwach geworden. Was aber das wiedererlangte gute Aussehen betrifft, so erlasse mir, es zu erwähnen!« Als sein Bruder dies hörte, sprach er: »Ich beschwöre dich bei Gott, sage mir alles.« Da erzählte Jener ihm alles, was er gesehen. Und als hierauf Scheherban seinem Bruder Schahseman sagte: »Sprich, du wollest auf die Jagd gehen, und verbirg dich bei mir, dann wirst du sogleich zur Überzeugung gelangen.«

Der König ließ bekannt machen, er wolle eine Reise machen; es zogen Truppen mit Zelten zur Stadt hinaus. Der König begab sich auch ins Lager und sagte seinen Pagen: »Lasset niemand zu mir hereinkommen!« Er verkleidete sich dann und ging heimlich in seines Bruders Schloß, setzte sich dort ans Fenster, das den Garten beherrschte, und nach einer Weile kamen die Sklavinnen mit ihrer Gebieterin und den Sklaven in den Garten, und taten wieder alles, so wie es der Bruder erzählt hatte, so lange bis das Nachmittagsgebet ausgerufen wurde. Als Scheherban dies gesehen, verließ ihn die Besinnung, und er sprach zu seinem Bruder Schahseman: »Komm, wir wollen unsers Weges gehen; wir wollen nichts mit der Regierung zu schaffen haben, bis wir jemand finden, dem es ebenso geht wie uns; ist dieses nicht der Fall, so sei uns Tod besser als Leben.« Sie gingen hierauf zu einer verborgenen Türe des Schlosses hinaus und reisten Tag und Nacht, bis sie in eine liebliche Ebene kamen, wo neben dem Meere eine süße Wasserquelle sprudelte. Sie tranken von dieser Quelle und ruhten aus; nach einer Weile fing das Meer an zu toben, es stieg eine schwarze Säule zum Himmel empor, die ihre Richtung gegen die Ebene nahm. Als sie dies sahen, fürchteten sie sich sehr und stiegen auf einen Baum, erwartend, was es wohl geben möchte?

Da kam ein Geist, von denen unsers Herrn Salomo (Friede sei mit ihm!), von langer Statur, großem Kopfe und breiter Brust; er hatte einen gläsernen Kasten auf dem Kopfe, an dem vier Schlösser von Stahl waren. Er setzte sich unter den Baum, auf welchen die Brüder gestiegen, legte den Kasten ab, nahm vier Schlüssel aus dem Schoß, öffnete die Schlösser und zog ein Mädchen heraus, vollkommen gewachsen, mit gewölbtem Busen, süßem Munde und mit einem Gesichte wie der Vollmond. Der Geist sah sie liebevoll an und sprach: »O Herrin aller freien Frauen! o du, die ich entführt, ehe sie Jemand außer mir gekannt! o Geliebte meines Herzens! laß mich ein wenig in deinem Schoße schlafen.« Hierauf legte er den Kopf auf ihre Knie und schlief und schnarchte wie der Donner. Als das Mädchen nun aber den Kopf in die Höhe hob und Scheherban und seinen Bruder erblickte, legte sie langsam den Kopf des Geistes auf den Boden, und bat sie, sie möchten doch herunterkommen. Jene antworteten: »Bei deinem Leben, o Herrin! entschuldige uns, wenn wir nicht kommen!« Da erwiderte sie: »Wenn ihr nicht kommt, so rufe ich den Geist, meinen Gemahl, daß er euch auffresse.« Sie winkte ihnen dann noch einmal freundlich zu, und sie stiegen zu ihr herunter. Jetzt verlangte sie, daß sie ihr Beide zu Willen sein sollten. Sie antworteten aber: »Bei Gott, Herrin! verschone uns damit, wir fürchten uns zu sehr vor diesem Geiste.« Sie sprach jedoch: »Ihr müßt mir gewähren, oder ich schwöre bei dem, der die Himmel gewölbt hat, wenn ihr meinen Wunsch nicht erfüllet, so wecke ich den Geist, daß er euch töte. Ihr dürft mir nicht widerstehen!« Da taten beide Brüder, was sie verlangte. Jetzt zog sie einen Beutel aus ihren Gewändern hervor und zählte 98 Siegelringe und sprach: »Wißt ihr wohl, was dies für Ringe sind? Sie kommen von 98 Männern, die sich mir gefällig zeigten. Gebt mir also auch die eurigen, so sind es hundert Männer, die mir dazu verhalfen, diesen häßlichen, abscheulichen Geist zu hintergehen, der mich in diesen Kasten eingesperrt und in diesem tobenden Meere wohnen läßt und so strenge bewacht, damit ich tugendhaft bleibe und Niemanden außer ihm zuteil werde. Dieses Scheusal weiß nicht, daß die Bestimmung sich nicht ändern läßt und daß das Wollen der Frauen sich von Niemanden abhängig macht.«

Als die beiden Könige dies hörten, wunderten sie sich sehr und sagten: »Gott! Gott! es gibt keinen Schutz und keine Macht, außer beim erhabenen Gott! Wir wollen deshalb bei Gott gegen die List der Frauen Hilfe suchen, denn sie ist wahrlich zu groß.« Hierauf sprach sie zu ihnen: »Geht nun eures Weges!« – Und als sie hierauf weggegangen waren, sprach Scheherban zu seinem Bruder: »Mein Bruder! sieh, dies Abenteuer ist noch bedeutungsvoller als das unsrige. Hier ist ein Geist, der sein Mädchen in der Hochzeitsnacht raubte und es in einen gläsernen Kasten gesperrt hat, der mit vier Schlössern geschlossen ist. Er hat ihr das Meer zur Wohnung gegeben, weil er glaubte, sie so der Bestimmung und dem Schicksal zu entreißen, sie aber hat doch, wie wir gesehen, hundertfache Untreue geübt. Laß uns also jetzt getrost in unser Königreich zurückkehren, und den Beschluß fassen, nie mehr zu heiraten: ich will dir schon sagen, wie ich es machen will.« Sie kehrten also wieder um und gingen bis es Nacht ward; und am dritten Tage kamen sie wieder in ihre Heimat, traten unter die Zelte, setzten sich auf den königlichen Thron, und es kamen die Intendanten, Adjutanten, Fürsten, Großen und andre Leute. Sogleich wurde befohlen, in die Stadt zu ziehen. Der König begab sich in das Schloß, ließ den Vezier kommen und befahl ihm, sogleich seine Gemahlin zu töten. Der Vezier brachte sie um. Alsdann ging der König zu den Sklavinnen, zog sein Schwert, erschlug sie alle, ließ dann andere kommen und schwur: daß er jede Nacht eine andere sich erwählen wolle, die er dann des Morgens hinrichten lassen werde, denn es gäbe auf der ganzen Erde kein tugendhaftes Weib. Schahseman machte sich auch sogleich auf, um abzureisen, nachdem ihm sein Bruder das Nötige zur Reise gegeben hatte, und so kehrte er in sein Land zurück. Sultan Scheherban befahl indessen seinem Vezier, ihm die Sklavin für die Nacht zu bringen. Dieser führte ihm eine der Fürstentöchter zu. Der König verfügte sich zu ihr, aber am Morgen befahl er dem Vezier, ihr den Kopf abzuschneiden. Dieser mußte den Befehlen des Sultans gehorchen und sie umbringen. Dann schaffte er ihm eine andere Tochter der Großen des Landes, die auch wieder am Morgen umgebracht wurde. Und so ging es lange fort; jede Nacht erhielt er ein Mädchen und des Morgens ließ er sie dann hinrichten, bis es zuletzt kein Mädchen mehr gab und die Mütter und Väter weinten und seufzten und dem König den Tod wünschten und dem Schöpfer der Himmel klagten und den Erhörer der Gebete zu

Hilfe riefen. Nun hatte der oberste Vezier, dem er stets den Befehl gegeben, die Frauen umzubringen, zwei Töchter. Die ältere hieß Schehersad und die jüngere Dinarsad. Jene hatte viele Bücher gelesen, unter andern auch philosophische und medizinische Werke; sie hatte Gedichte auswendig gelernt und kannte Geschichte, Volkstraditionen und Reden der Weisen und der Könige; sie war sehr gelehrt und gebildet. Einst sprach nun Schehersad zu ihrem Vater: »Mein Vater! ich will dir mein Geheimnis anvertrauen; ich wünsche, daß du mich mit dem Sultan Scheherban verheiratest; denn ich will entweder die Welt von diesen Mordtaten befreien oder selbst sterben wie die andern.« Als ihr Vater, der Vezier, dies hörte, sagte er: »Du Törin, weißt du nicht, daß der König geschworen hat, jeden Morgen sein Mädchen töten zu lassen? Wenn ich dich also zu ihm führe, so wird er mit dir dasselbe tun.« Sie antwortete: »Ich will zu ihm geführt werden, mag er mich auch umbringen.« Da erwiderte der Vater: »Was fällt dir ein, daß du dich selbst so in Gefahr bringen willst?« Sie antwortete: »Gleichviel, aber führe mich nur zu ihm!« Der Vezier sagte hierauf zornig: »Wer nicht mit Klugheit zu Werke geht, stürzt sich ins Verderben, und wer nicht die Folgen einer Sache berechnet, hat keinen Freund in der Welt; wie man sprichwörtlich sagt: ich saß in Wohlbehagen, da ließ mir mein Übermut keine Ruhe. Ich fürchte sehr, es möchte dir gehen, wie dem Ochsen und dem Esel mit dem Bauern.« Da fragte sie: »Was ist das für eine Geschichte?« und der Vezier erzählte:

»Wisse! es war einmal ein reicher Kaufmann, der viele Güter, Diener, Kamele und anderes Vieh besaß; er hatte Frau und Kinder, wohnte auf dem Lande und beschäftigte sich mit Ackerbau; er kannte die Sprache aller Tiere und es war über ihn verhängt, daß, sobald er dies Geheimnis Einem mitteilen würde, er sogleich sterben müsse. Obschon er nun die Sprache der Tiere und Vögel verstand, so durfte er doch niemanden etwas davon erzählen, aus Furcht vor dem Tode. Er hatte in seinem Hause einen Ochsen und einen Esel an einer Krippe nahe aneinander festgebunden. Eines Tages setzte sich der Kaufmann in ihre Nähe mit seiner Frau und seinen Kindern, die vor ihm spielten. Da hörte er, wie der Stier dem Esel sagte: »Ich wünsche dir Glück zu deiner Ruhe, zu der Bedienung, die du hast, indem man unter dir kehrt und spritzt, und dir gesiebte Gerste und klares Wasser bringt, während man mich Armen von Mitternacht an fortführt und mich ackern läßt; man legt auf meinen Hals etwas, das man Joch und Pflug nennt, und so arbeite ich den ganzen Tag, durchfurche die Erde, werde unausstehlich müde, werde noch von den Bauern geschlagen, meine Seiten werden zerschunden, an meinem Halse wird die Haut abgerieben, man läßt mich von einer Nacht zur andern arbeiten, dann bringt man mich in den Rindstall, wirft mir Bohnen mit Unrat vermischt und Spreu vor; ich liege im Kot, wie in einer Pfütze, die ganze Nacht, während du dich in einem gekehrten, bespritzten und abgeputzten Stalle befindest; deine Krippe ist rein und mit Stroh gefüllt; du ruhst immer aus; nur selten kommt unserm Kaufmann ein Geschäft vor, zu dem er auf dir reitet, und auch dann kehrt er bald wieder nach Hause zurück. Du ruhest, während ich mich abmühe, du schläfst, während ich wache, ich hungre, wenn du satt bist.« Als der Stier ausgeredet hatte, wendete sich der Esel zu ihm und sagte: »O Dummkopf! wer dich den Vater der Verblüfften genannt, hat nicht gelogen; du hast weder Verstand, noch Schlauheit; du weißt dir nicht zu raten und bringst dich allmählich durch deinen innern Groll ums

Leben; hast du noch nie das Sprichwort gehört: wer keine Leitung annimmt, verfehlt den rechten Weg? höre mich drum, Stier! Wenn der Landmann dich anbindet, so stampfe mit den Füßen, stoße mit den Hörnern, und schreie immer fort, bis man dir Bohnen hinwirft. Dann friß nichts davon, rieche nur so daran herum und schiebe sie zurück und koste sie nicht, begnüge dich mit dem Stroh und der Spreu. Tust du dies, so wirst du sehen, daß es dir gut bekommt und deiner Ruhe zuträglich wird.« Als der Stier dies hörte und sah, daß der Esel ihm diesen Rat gegeben, dankte er ihm in seiner Sprache, wünschte ihm viel Gutes zum Lohne, hielt seinen Rat für gut, und sprach zu ihm: »Mögest du vor allem Übel bewahrt sein, o Vater der Gescheiten!« – Dies alles, meine Tochter, geschah, während der Kaufmann es hörte und verstand.

Als nun am folgenden Tag der Bauer kam, um den Ochsen herauszuführen, und ihn an den Pflug zu spannen, damit er arbeite, da fand er den Ochsen nachlässig in seiner Arbeit, denn er befolgte den Rat des Esels; als der Bauer aber anfing, ihn zu schlagen, fiel der Ochs aus List auf den Boden, so wie es ihn der Esel gelehrt, bis es Nacht geworden war. Da ging der Bauer mit ihm nach Hause und band ihn an die Krippe; aber der Ochs fing an mit den Füßen zu stampfen und laut zu brüllen und suchte sich von der Krippe loszureißen. Der Bauer wunderte sich darüber, und brachte ihm Bohnen und Futter; der Ochse roch daran herum, ging zurück, legte sich weit davon nieder, und kaute an dem Stroh und der Spreu bis des Morgens. Als der Bauer kam und die Krippe voll mit Bohnen und Stroh fand, und nichts daran fehlte, und den Ochsen mit aufgeblasenem Leibe, ausgestreckten Füßen und fast ohne Atem erblickte, ward er sehr betrübt und sprach: »Bei Gott, der Ochs muß heute krank sein, darum konnte er auch gestern nicht arbeiten.« Er ging nun zum Kaufmann und sagte ihm: »Herr! der Ochs ist krank, er hat diese Nacht nichts von seinem Futter gefressen.« Da aber der Kaufmann die Sache wohl wußte, so sprach er zum Bauern: »Geh, nimm den listigen Esel, spanne ihn an den Pflug, und zwinge ihn zur Arbeit, bis er des Ochsen Stelle versieht.« Der Bauer spannte den Esel ein, führte ihn aufs Feld, schlug ihn und quälte ihn, bis er pflügte; er schlug ihn so lange, bis er fast die Rippen zerbrochen und die Haut vom Halse abgeschunden hatte; als er ihn des Abends wieder nach Hause führte, konnte der Esel keinen Fuß mehr rühren und trug seine Ohren niederhängend. Der Ochs hingegen hatte den ganzen Tag ausgeruht, die ganze Krippe geleert, und für den Esel gebetet und seinen Rat gelobt. Als abends der Esel zu ihm kam, stand er vor ihm auf und sprach: »Guten Abend, o Vater der Gescheiten! Du hast mir bei Gott eine unbeschreibliche Wohltat erwiesen, mögest du stets geleitet und zum Ziele geführt werden; Gott belohne dich dafür statt meiner, o Vater der Aufgeweckten!«

Aber vor Zorn antwortete der Esel ihm nichts; denn er dachte: dies alles ist mir wegen meines unseligen Rats widerfahren; es war mir ganz wohl, da ließ mir mein Übermut keine Ruhe, bringe ich ihn nun nicht durch irgend eine List in seinen früheren Stande zurück, so gehe ich dabei zugrunde. Er schlich hierauf müde zur Krippe. Der Ochs aber streckte sich und kaute wieder und wünschte ihm immer viel Gutes.

Ebenso, meine Tochter, wirst du verderben durch deinen schlimmen Entschluß; bleibe also ruhig und stürze dich nicht selbst in das Verderben; ich rate dir aus Mitleid für dich.« Sie aber erwiderte: »Ich will zum Sultan gehen, um ihn zu heiraten.« Der Vater sagte noch einmal: »Tue dies nicht!« aber sie erwiderte: »Es muß geschehen.« Da der Vater sprach: »Wenn du nicht ruhig bleibest, so werde ich mit dir verfahren, wie der Kaufmann mit seiner Frau.« – »Was tat denn der Kaufmann mit ihr?« fragte die Tochter und der Vezier antwortete: »Wisse, nachdem dies zwischen dem Ochsen und dem Esel vorgefallen, ging der Kaufmann einmal in der Nacht beim Mondschein in den Stall; da hörte er, wie der Esel dem Ochsen sagte: »O Vater der Ochsen! Was wirst du wohl morgen tun, wenn dir der Bauer das Futter bringt?« Jener antwortete: »Was anders, als du mich gelehrt? Das werde ich stets tun, ich werde mich krank stellen, auf den Boden werfen und meinen Leib aufblasen.« Da schüttelte der Esel seinen Kopf und sagte: »Tue dies nicht, o Vater der Ochsen! Weißt du, was ich von unserm Herrn, dem Kaufmanne, gehört habe, und was er dem Bauern gesagt?« – »Nun, was hat er gesagt?« fragte der Ochs. »Er sagte«, antwortete der Esel, »wenn heute der Ochs nicht aufsteht, und sein Futter nicht frißt, so laß ich ihn gleich beim Metzger schlachten; laß ihm die Haut abziehen, und ich verteile dann sein Fleisch unter die Armen. Folge mir daher, ich fürchte für dich, und einen guten Rat erteilen ist eine Gewissenssache; – wenn man dir das Futter bringt, so friß alles rein auf, damit man dich nicht schlachte.« Der Ochs fing an zu schreien und zu blasen, und der Kaufmann machte sich auf und lachte laut über diesen Vorfall. Da fragte ihn seine Frau: »Warum lachst du? spottest du meiner?« Er sagte: »Nein.« – »So sage mir, warum du lachest?« – »Ich kann dir's nicht sagen, denn ich habe ein Unglück zu befürchten, wenn ich ausplaudre, was die Tiere in ihrer Sprache reden.« Sie fragte hierauf noch einmal: »Wer hindert dich, mir es zu sagen?« – »Ich weiß, daß ich sterben muß.« – »Bei Gott, du lügst! Das ist nur eine

Ausrede, und bei dem Herrn des Himmels, wenn du mir's nicht sagst, bleibe ich keinen Augenblick mehr bei dir, du mußt es mir sagen.«

Sie ging dann ins Haus und weinte bis zum andern Morgen. Der Kaufmann fragte sie: »Was weinst du also? Fürchte Gott! geh in dich! nimm deine Frage zurück und laß mich in Ruh'!« – »Ich lasse davon nicht ab, du mußt es mir sagen.« – »Wie? du bestehst darauf, wenn ich dir gleich sage, daß ich sterben muß?« – »Du mußt mir's sagen und solltest du auch sterben.« – »So will ich vorerst deine Familie und Verwandte rufen.« Er ging nun und holte ihren Vater, ihre Verwandten und noch einige Nachbarn.

Der Kaufmann sagte ihnen, sein Tod wäre nahe, sie weinten alle, so wie auch die Kinder und der Bauer: es war eine große Trauer um ihn. Jetzt ließ er die Zeugen und Gerichtsleute kommen, gab seiner Frau, was ihr gebührte, machte ein Testament für seine Kinder, schenkte seinen Sklavinnen die Freiheit und nahm von den Seinigen Abschied. Nun weinten sogar die Zeugen; die Kinder liefen zur Frau und sprachen: »Laß doch ab von deinem Willen! denn wüßte dein Mann nicht ganz gewiß, daß er sterben muß, wenn er sein Geheimnis offenbart, so würde er alles dies nicht tun«; da sie sich aber nicht zurückbringen ließ, so weinten und trauerten alle.

Nun aber, meine Tochter Schehersad, waren in diesem Hause fünfzig Hühner und ein Hahn; der Kaufmann saß betrübt über seine Trennung von der Welt, von seiner Familie und seinen Kindern. Während er so nachdachte und schon das Geheimnis entdecken wollte, da hörte er, wie sein Hund in seiner Sprache zum Hahn sagte, der eben die Flügel übereinanderschlug und auf ein Huhn sprang, dann sogleich wieder auf ein anderes: »O Hahn!

schämst du dich nicht vor deinem Herrn, dich heute so zu betragen?« – »Was gibt's denn heute?« fragte der Hahn; da antwortete der Hund: »Weißt du nicht, daß unser Herr heute in Trauer ist, weil seine Frau durchaus sein Geheimnis wissen will, worauf er sogleich sterben muß? Es handelt sich nämlich darum, daß er ihr die Sprache der Tiere erkläre, weshalb er sehr betrübt ist, und du schlägst mit deinen Flügeln und springst umher mit Freuden, schämst du dich nicht?« – Da hörte der Kaufmann, wie der Hahn antwortete: »O der einfältige, närrische Mann! wie doch unser Herr so wenig Verstand hat! Ich habe fünfzig Hühner und stelle sie alle zufrieden, und mein Herr hat nur eine Frau und glaubt noch Verstand zu haben. Weiß er sich nicht mit ihr zu helfen?« Da sagte der Hund: »Aber was sollte er mit ihr beginnen?« Und der Hahn antwortete: »Er sollte einen Eichenstock nehmen, mit ihr in sein Zimmer gehen, die Türe schließen, über sie herfallen und sie so lange prügeln, bis er ihre Hände und Füße zerschlagen; sie würde dann bald schreien: »Ich will keine Worte und keine Erklärung.« Er solle sie aber dann so lange schlagen, bis sie von ihrer Verrücktheit abläßt, und er soll nicht aufhören, bis sie ihm in nichts mehr widerspricht. Tut er dies, so hat er Ruhe, bleibt leben und macht der Trauer ein Ende.

Als der Kaufmann die Rede des Hahns mit dem Hunde hörte, stand er schnell auf, nahm einen Stock von Eichenholz, führte seine Frau auf sein Zimmer, riegelte die Türe zu, angeblich um ihr die Erklärung zu geben, und fiel dann über ihre Rippen und Schultern mit Schlägen her; er prügelte sie in einem fort; sie schrie um Hilfe und sagte: »Ich will dich nach nichts mehr fragen.« Zuletzt, als er müde war vom Schlagen, öffnete er die Türe, die Frau ging hinaus, den Vorfall bereuend, und durch den guten Rat des Hahns ward die Trauer in

Freude verwandelt. – Nun, meine Tochter, werde ich mit dir auch so verfahren, wenn du nicht abläßt.« Aber sie antwortete: »Ich werde nie zurücktreten, auch wird diese Geschichte meinen Entschluß nicht ändern, und führst du mich nicht zum Sultan, so werde ich allein zu ihm gehen und gegen dich klagen, daß du einem Manne seines Standes mich verweigerst, und ein Mädchen wie mich deinem Herrn entziehst.« Der Vater fragte wieder: »Es muß also sein?« – »Ja«, antwortete sie. Nun, sagt der Erzähler, als er sich lange mit ihr abgemüht und geplagt hatte, ging er zum König Scheherban und wünschte ihm Glück, küßte die Erde vor ihm, und sagte ihm, daß er ihm in der nächsten Nacht seine Tochter bringen werde. Der Sultan fragte ganz erstaunt: »Was ist dies? da ich doch bei dem, der die Himmel gewölbt, dir morgen befehlen werde, sie umzubringen? und tust du es nicht, so werde ich ohne weiteres dich umbringen lassen.« Er antwortete: »O König der Zeit! sie hat es gewünscht, ich habe ihr alles gesagt, sie wollte nichts hören, sondern diese Nacht bei dir sein.« Der König sprach: »Gut, geh, mache Vorbereitungen zu ihrer Ankunft und bring sie diese Nacht zu mir!« Der Vezier ging, brachte die Botschaft seiner Tochter und sagte: »Gott gebe mir keine Sehnsucht nach dir!« Schehersad freute sich sehr, machte alle ihre Sachen zurecht, ging zu ihrer jüngern Schwester Dinarsad und sprach zu ihr: »Höre, meine Schwester, was ich dir anempfehle: wenn ich bei dem Sultan bin, werde ich nach dir schicken; wenn du dann kommst und siehst, daß der Sultan sich nicht mehr mit mir beschäftigt, so sage zu mir: »O Schwester! wenn du nicht schläfst, so erzähle uns von deinen schönen Geschichten, damit wir die Nacht dabei durchwachen! Dies wird meine und der Welt Rettung von diesem Unheil verursachen und den König von seiner unseligen Gewohnheit abbringen.« Jene sagte zu, und als es Nacht war, begab sich Schehersad zu dem König. Dieser empfing sie in zärtlicher Weise und begann mit ihr zu scherzen, sie aber weinte. – Als er sie fragte, warum sie weine, antwortete sie: »O König der Zeit! ich habe eine Schwester, von der ich diese Nacht noch Abschied nehmen möchte.« Der König schickte nach Dinarsad. Diese wartete, bis der Sultan sich an ihrer Schwester ergötzt und etwas geschlafen hatte, dann seufzte sie und sagte: »O meine Schwester! wenn du nicht schläfst, so erzähle uns von deinen schönen Geschichten, daß wir die Nacht dabei durchwachen, vor Tagesanbruch will ich dir dann Lebewohl sagen, denn ich weiß ja nicht, wie es morgen mit dir enden wird.« Schehersad fragte den Sultan um Erlaubnis, und als er diese erteilte, ward sie hocherfreut und begann:

Geschichte des Kaufmanns mit dem Geiste

Man behauptet, o glückseliger, einsichtsvoller König, es sei einmal ein reicher, wohlhabender Mann gewesen, der viele Güter, Sklaven, Bedienten, Weiber und Kinder besaß, und in allen Ländern Waren und Schulden ausstehen hatte. Dieser bestieg einst sein Tier, nachdem er einen Quersack mit Lebensmitteln, aus Zwieback und mekkanischen Datteln bestehend, gefüllt, und reiste nach Gottes Willen viele Tage und Nächte. Gott hatte ihm eine glückliche Reise bestimmt, und er erreichte das erwünschte Land, machte seine Geschäfte dort ab, und trat die Rückreise nach seiner Heimat und zu seiner Familie an. Als er am dritten, vierten Tage auf der Reise war, ward ihm sehr heiß, und als die Hitze immer heftiger ward, sah er einen Garten vor sich, in welchem er Schatten zu finden hoffte. Er stellte sich unter einen Nußbaum, neben welchem eine Wasserquelle rann, setzte sich neben denselben, band sein Tier fest, nahm einige Zwiebacke und Datteln aus dem Quersacke, aß und warf die Dattelkerne rechts und links, bis er satt war, dann stand er auf, wusch sich und betete. Nachdem er dieses vollendet hatte, kam auf einmal ein alter Geist auf ihn zu. Seine Füße waren auf der Erde und sein Kopf in den Wolken; er hatte ein gezogenes Schwert in der Hand, ging auf den Kaufmann los, blieb dann vor ihm stehen und schrie ihm zu: »Steh auf, daß ich dich mit diesem Schwerte umbringe, wie du mein Kind umgebracht.« Als der Kaufmann die Worte des Geistes hörte, und ihn ansah, erschrak er und fürchtete sich sehr vor ihm: »Mein Herr! für welches Vergehen willst du mich umbringen?« Der Geist antwortete: »Ich will dich umbringen, wie du meinen Sohn umgebracht.« Der Kaufmann fragte: »Wer hat denn dieses getan? und der Geist antwortete: »Du«. Da sprach der Kaufmann: »Ich habe ihn bei Gott nicht umgebracht, wo, wann und wie soll ich ihn denn getötet haben?«

Da entgegnete der Geist: »Bist du nicht hier gesessen und hast Datteln aus deinem Sacke genommen, die Datteln gegessen und die Kerne rechts und links geworfen?« – »Es ist wahr, dieses habe ich getan,« antwortete der Kaufmann. »Nun,« versetzte der Geist, »auf diese Weise hast du meinen Sohn getötet; denn während du aßest und die Kerne wegwarfst, ging mein Sohn vorüber, es traf ihn ein Kern und tötete ihn. Und spricht nicht das Gesetz: wer tötet, soll wieder getötet werden?« Der Kaufmann sagte: »Ich gehöre Gott und wende mich zu ihm, es gibt keine Macht und keinen Schutz, außer beim erhabenen Gott; wenn ich wirklich dein Kind getötet habe, so habe ich es ungern getan, du solltest mir also wohl verzeihen.« Aber der Geist antwortete: »Keineswegs, du mußt umgebracht werden!« Hierauf ergriff er ihn, streckte ihn auf den Boden hin, und hob schon das Schwert auf, ihn zu töten; da weinte der Kaufmann und schrie nach seiner Familie, seiner Frau und seinen Kindern, er glaubte schon zu sterben und vergoß so viele Tränen, daß seine Kleider davon naß wurden, und sagte: »Es gibt nur bei dem erhabenen Gott Macht und Schutz!« Hierauf sprach er folgende Verse:

»Die Zeit besteht aus zwei Tagen, der eine gewährt Sicherheit, der andere droht Gefahren; das Leben besteht aus zwei Teilen, der eine ist klar, der andere trübe; siehst du nicht, wenn Sturmwinde toben, wie sie nur die Gipfel der Bäume erschüttern? Wie manches Grüne und Dürre ist auf der Erde und doch wird nur das, was Früchte hat, mit Steinen geworfen. Im Himmel sind zahllose Sterne, und nur Sonne und Mond verlieren zuweilen ihr Licht. Du hast eine gute Meinung von den Tagen, wenn sie schön sind, und berechnest nicht, was das Schicksal noch bringt. Die Nächte haben dich in Ruhe gelassen, und du ließest dich durch sie täuschen; während die Nacht am klarsten scheint, kommt aber das Unglück herbei.«

Als der Kaufmann diese Verse gesprochen und sich satt geweint hatte, sagte der Geist abermals: »Jetzt muß ich dich umbringen.« Da flehte der Kaufmann: »Kann es nicht anders sein?« – »So muß es geschehen,« antwortete der Geist, und hob wieder das Schwert auf, um ihn zu töten. – Hier bemerkte Schehersad den Tagesanbruch und erzählte nicht weiter; das Innere des Königs Scherban glühte aber vor Verlangen nach der Fortsetzung der Erzählung. Als die Morgenröte herangebrochen, sagte Dinarsad ihrer Schwester Schehersad: »Bei Gott, wie schön, wie angenehm und wie wunderbar ist deine Erzählung!« Da antwortete sie: »Was ist dies alles im Vergleich zu dem, was ich in der nächsten Nacht erzählen werde, wenn mich mein Herr, der König leben läßt; es wird noch wunderbarer und überraschender sein.« Da sagte der Sultan: »Bei Gott, ich werde dich nicht umbringen lassen, bis ich das übrige der Erzählung gehört; erst nach der nächsten Nacht sollst du sterben!« Wie es nun ganz hell war und die Sonne zu leuchten anfing, stand der König auf und beschäftigte sich mit seinen Regierungsangelegenheiten.

Der Vezier, Schehersads Vater, war sehr erstaunt, als

der König bis abends die Regierungsgeschäfte besorgte. Der König ging dann nach Hause, bestieg sein Lager, und Schehersad mußte sich zu ihm verfügen. Nachdem dies geschehen, ruhten beide ein wenig, dann sagte Dinarsad ihrer Schwester Schehersad: »Ich beschwöre dich bei Gott, meine Schwester, wenn du nicht schläfst, so teile uns wieder etwas von deinen schönen Erzählungen mit, daß wir die Zeit, in der wir doch nicht schlafen, angenehm zubringen.« Da sagte der Sultan: »Doch zuerst den Beschluß der Erzählung des Kaufmanns mit dem Geiste, denn sie gefällt mir;« und Schehersad sprach: »Es gereicht mir zum Vergnügen und zur Ehre, o glückseliger König!« und fuhr also fort:

Man behauptet, o glückseliger und wohldenkender König! daß, als der Geist seine Hand mit dem Schwerte in die Höhe hob, der Kaufmann zu ihm sagte: »Nun, stolzer Geist, willst du mich denn durchaus töten?« – »Gewiß,« erwiderte der Geist. Da sagte der Kaufmann: »Willst du mir nicht Zeit lassen, bis ich von meiner Familie, von meiner Frau und meinen Kindern Abschied genommen, bis ich mein Erbe unter ihnen verteilt und meinen letzten Willen ihnen bekannt gemacht habe? Wenn alles dies geschehen, will ich zu dir zurückkehren, und dann kannst du mich töten.« Der Geist antwortete hierauf: »Ich fürchte, wenn ich dich loslasse, daß du nicht mehr wiederkehren wirst.« Da sagte der Kaufmann: »Ich schwöre dir einen Eid und nehme den Herrn des Himmels und der Erde zum Zeugen, daß ich wieder zu dir kommen werde.« Nun sagte der Geist: »Wie lange Frist begehrst du?« – »Ich fordere ein Jahr,« erwiderte der Kaufmann, »bis ich von meinen Kindern und meiner Familie Abschied genommen und mich von dem mir anvertrauten Gute befreit habe; zu Anfang des nächsten Jahres komme ich dann wieder.« Da fragte der Geist

noch einmal: »Bürgt mir Gott für deine Wiederkehr?« – »Gott bürgt dir für meine Worte,« antwortete der Kaufmann.

Als er nun so geschworen und ihn der Geist losgelassen, bestieg er sein Tier wieder, machte sich mit traurigem Herzen auf den Weg, und reiste in einem fort, bis er nach seiner Heimat kam. Als er seine Kinder und seine Frau sah, fing er an viele Tränen zu vergießen und höchst betrübt und niedergeschlagen zu werden. Seine Leute wunderten sich über ihn, und seine Frau fragte ihn, was ihm fehle und warum er so weine und so niedergeschlagen wäre, während sie sich doch alle über seine Ankunft freuten. »Wie soll ich nicht jammern,« antwortete er, »da ich nur noch ein Jahr und nicht mehr zu leben habe.« Hierauf erzählte er ihnen, was ihm auf der Reise mit dem Geiste widerfahren und wie er ihm geschworen, daß er nach einem Jahre wiederkehren werde, um sich von ihm töten zu lassen. Als sie dies vernahmen, weinten sie alle. Die Frau schlug sich ins Gesicht und riß sich die Haare aus, die Töchter stießen Jammergeschrei aus, und die Söhne groß und klein schrieen laut. Alles trauerte, die Kinder weinten den ganzen Tag um ihren Vater herum, und sie nahmen gegenseitig Abschied voneinander. Am folgenden Tage fing er an sein Erbteil unter ihnen zu verteilen und sein Testament zu machen; er machte sich auch von den Leuten frei, denen er etwas schuldig war, gab große Geschenke und Almosen, und nahm Leute an, die den Koran für ihn lesen mußten. Dann ließ er Zeugen und Gerichtsschreiber kommen, schenkte seinen Sklaven und Sklavinnen die Freiheit, gab den erwachsenen Kindern ihren Teil von seinem Vermögen, machte ein Testament für den Teil der Kleinen, gab seiner Frau, was ihr verschrieben war, und so war er beschäftigt, bis das Jahr abgelaufen und nur noch so viel davon übrig blieb, als er zur Reise brauchte. Nun schickte er sich zur Reise an, wusch sich, betete, nahm sein Totengewand und sagte seiner Frau und seinen Kindern ein Lebewohl. Diese schrieen und weinten alle zusammen, und auch er vergoß viele Tränen und sprach zu ihnen: »Bei meinem Haupt und bei meinen Augen, dies ist ein Beschluß Gottes, es ist sein Urteil und seine Bestimmung, der Mensch ist eben nur zum Tode geschaffen.« Jetzt nahm er zum letzten Male Abschied, bestieg sein Tier, reiste Tag und Nacht, bis er zu dem Garten gelangte. Es war gerade ein Jahr verstrichen. Er setzte sich an den Ort, wo er die Datteln gegessen, und erwartete mit traurigem Herzen und weinenden Augen den Geist. Während er so dasaß, kam ein alter Mann mit einer Gazelle an einer Kette auf ihn zu und grüßte ihn. Der Kaufmann erwiderte seinen Gruß und der Alte fragte ihn, was er hier tue an diesem Orte der Geister und Teufelskinder; denn dieser Garten ist von Dämonen bewohnt und es geht keinem gut, der darin verweilt. Der Kaufmann erzählte ihm seine ganze Geschichte mit dem Geiste von Anfang bis zu Ende. Der Alte wunderte sich sehr, wie er hörte, daß er hier seinen Tod erwarte, und sagte: »Du mußt ein Mann von großer Redlichkeit sein.« Hierauf setzte er sich neben ihn und sprach: »Ich werde nicht von hier weichen, bis ich sehe, wie es dir mit dem Geiste gehen wird.« Sie blieben nun beisammen sitzen und unterhielten sich miteinander.

Hier bemerkte Schehersad, daß der Tag nahe sei, und sie hörte auf zu erzählen. Ihre Schwester Dinarsad sagte zu ihr: »Wie schön und wunderbar ist deine Erzählung.« Aber Schehersad erwiderte: »Ich werde auch die nächste Nacht noch viel Schöneres und Wunderbareres erzählen, wenn mein Herr, der König, mich leben läßt.«

In der folgenden Nacht sprach Dinarsad zu ihrer Schwester: »Ich beschwöre dich bei Gott, meine Schwester! wenn du nicht schläfst, so erzähle uns wieder eine von deinen schönen Erzählungen, daß wir die Nacht dabei durchwachen,« und der König setzte hinzu: »Vollende die Geschichte des Kaufmanns!« – »Es gereicht mir zum Vergnügen und zur Ehre,« erwiderte Schehersad und fuhr also fort:

Ich hörte, o glückseliger König, daß, während der Kaufmann mit dem Alten der Gazelle sich unterhielt, noch ein alter Mann mit zwei schwarzen wolfartigen Hündinnen dazu kam; er grüßte sie und die beiden erwiderten seinen Gruß; dann fragte er, was sie hier täten, und der Alte mit der Gazelle erzählte jenem die Geschichte des Kaufmanns mit dem Geiste, dem er geschworen, wieder zu kommen, und den er nun erwarte, um von ihm getötet zu werden. »Ich kam nur zufällig hierher,« setzte er hinzu, »aber ich schwur, nicht von hier zu weichen, bis ich sehe, was zwischen ihm und dem Geiste sich ereignen wird.« Als der Mann mit den Hündinnen dies hörte, wunderte er sich besonders darüber, daß der Kaufmann seinen Eid so treu gehalten, und sagte: »Auch ich kann diesen Ort nicht verlassen, bis ich weiß, was sich zwischen dem Kaufmann und dem Geiste zutragen wird.« Während sie so im Gespräch waren, kam noch ein alter Mann mit einem schlechten mageren Maultiere; nach gegenseitigem Gruße fragte dieser: »Was tut ihr hier und warum ist der Kaufmann so traurig und niedergeschlagen?« Die beiden Alten erzählten ihm nun die Geschichte und sagten ihm auch, daß sie hier warten wollten, um zu sehen, wie es ihm mit dem Geist ergehen werde. Als der Alte dies hörte, sagte er: »Auch ich, bei Gott, will nicht von hinnen weichen, bis ich sehe, was sich mit diesem Mann und dem Geiste ereignen wird.« Er setzte sich hierauf zu ihnen, und sie unterhielten sich eine kleine Weile. Da kam auf einmal ein großer Staub aus der Wüste hergezogen und der Geist erschien mit einem bloßen Schwerte von Stahl in der Hand und ging auf sie zu, ohne sie zu grüßen. Als er bei ihnen war, zog er den Kaufmann an der linken Hand in die Höhe und sprach: »Steh auf, daß ich dich töte!« Der Kaufmann weinte, und die drei Alten weinten auch und jammerten laut.

Hier bemerkte Schehersad den Tagesanbruch und schwieg. Dinarsad sprach zu ihr: »O wie schön und wundervoll ist deine Erzählung, meine Schwester.« Schehersad erwiderte: »Was ist dies im Vergleich zu dem, was ich euch in der folgenden Nacht erzählen werde, wenn mein Herr, der König, mich leben läßt; es wird noch weit wunderbarer, angenehmer und entzückender sein.« Das Herz des Königs entbrannte vor Verlangen, die weitere Erzählung zu hören, und beschloß bei sich:

Bei Gott, ich lass' sie nicht umbringen, bis ich das Ende der Geschichte vernommen, und gehört habe, was aus dem Kaufmanne geworden, dann erst will ich sie, nach meiner Gewohnheit, gleich den übrigen Frauen töten lassen. Er ging hierauf seinen Regierungsgeschäften nach und traf ihren Vater, den Vezier, der darüber sehr erstaunt war. Bis zur Nacht blieb er im Divan*, ging dann wieder in seinen Palast zurück, begab sich zu Bette, und nachdem er mit Schehersad eine Weile geschlafen, sprach Dinarsad: »Ich beschwöre dich bei Gott, meine Schwester! wenn du nicht schläfst, so erzähle uns eine deiner schönen Erzählungen, damit wir den übrigen Teil der Nacht dabei durchwachen.« Jene sagte: »Es macht mir Vergnügen und Ehre,« und erzählte:

Man behauptet, o glückseliger König, daß, als der Geist den Kaufmann töten wollte, der erste Alte mit der Gazelle auf jenen zuging und ihm Hände und Füße küßte, und also sprach: »O du Krone der Könige der Geister, wenn ich dir erzähle, was mir mit dieser Gazelle widerfahren, und du meine Erzählung noch wunderbarer findest, als das, was dir mit dem Kaufmanne begegnet, wirst du mir zulieb ihm ein Drittel seiner Schuld verzeihen?« – »Recht gern,« entgegnete der Geist. Und der Alte erzählte:

Geschichte des ersten Greises mit der Gazelle

Wisse, o Geist, daß diese Gazelle die Tochter meines Oheims ist; sie ist mein Blut und von Kindheit an meine Frau, denn sie war erst zehn Jahre alt, als ich sie heiratete, und ist folglich erst bei mir mannbar geworden. Ich lebte dreißig Jahre mit ihr, ohne mit einem Kinde beglückt zu werden; doch hatte ich während dieser ganzen Zeit ihr immer viel Gutes erzeigt und sie geehrt. Aber ich kaufte noch eine Sklavin, die mir einen Knaben gebar, schön wie der Mond. Jetzt wurde meine erste Frau eifersüchtig. Als mein Sohn zwölf Jahre alt war, mußte ich eine Reise unternehmen; ich empfahl ihn meiner Frau aufs angelegentlichste, ihn und seine Mutter. Ein Jahr blieb ich aus. Während meiner Abwesenheit hatte meine Frau die Zauberkunst gelernt; sie nahm meinen Sohn und verzauberte ihn in ein Kalb, ließ meinen Hirten kommen und übergab ihm das Kalb und sagte: »Laß dieses Kalb mit den Stieren weiden.« Dann verzauberte sie die Mutter in eine Kuh und übergab sie ebenfalls den Hirten. Als ich nun bei der Rückkehr meine Frau nach dem Sohn und seiner Mutter fragte, sagte sie mir, die Mutter sei gestorben und der Sohn vor zwei Monaten davongelaufen; sie aber habe seither nichts mehr von ihm gehört.

Als ich diese Worte vernahm, entbrannte mein Herz über meinen Sohn und bekümmerte sich um die Mutter. Ich stellte ein ganzes Jahr Nachforschungen nach meinem Sohn an. Nun kam das große Fest Gottes*, ich schickte zum Hirten hin und ließ ihm sagen, er möge mir eine fette Kuh bringen, damit ich das Fest feiern könne. Er brachte mir meine verzauberte Frau. Als ich sie nun binden ließ und sie schlachten wollte, weinte und seufzte sie: »Mbu! Mbu!« und die Tränen liefen ihr über die Wangen herunter: ich war darüber erstaunt, blieb gerührt vor ihr stehen und sagte dem Hirten: »Bring mir eine andere.« Da sagte meines Oheims Tochter: »Schlachte nur diese, denn er hat keine bessere und keine fettere, wir wollen sie daher am Festtage verzehren.« Ich ging wieder auf sie zu, um sie zu schlachten, aber sie schrie wieder: »Mbu! Mbu!« Ich blieb vor ihr stehen und sagte hierauf zum Hirten: »Schlachte du sie, statt meiner.« Er schlachtete sie und zog ihr die Haut ab, aber da fand er weder Fleisch noch Fett, es war nichts an ihr als Haut und Knochen. Ich bereute es, sie geschlachtet zu haben, und sagte zu dem Hirten: »Nimm du sie, oder gib sie wem du willst, und suche mir ein fettes Kalb heraus.« Er nahm die Kuh und ging fort; ich weiß nicht, was er mit ihr getan; dann kam er wieder und brachte mir meinen Sohn, die Seele meines Herzens, in der Gestalt eines fetten Kalbes. Als mein Sohn mich sah, zerriß er das Seil, das an seinem Kopfe befestigt war, sprang auf mich zu und legte seinen Kopf auf meine Füße. Ich wunderte mich darüber, ward gerührt und bemitleidete durch eine geheime göttliche Kraft mein eigenes Blut. Mein Innerstes kam in Bewegung, als ich die Tränen des Kalbes, meines Sohnes, sah, wie sie über seine Wangen herabflossen und wie es dabei mit seinen Vorderfüßen die Erde scharrte; ich ließ es nun los und sprach zu dem Hirten: »Laß dieses Kalb bei der Herde und verpflege es gut und bring mir ein anderes!« Da schrie meines Oheims Tochter, diese Gazelle hier: »Schlachte kein anderes als dieses Kalb!« Ich erzürnte mich und sagte: »Ich habe dir schon gehorcht, als ich die Kuh schlachtete, und es hat uns nichts genützt, nun werde ich dir aber bei diesem Kalbe kein Gehör geben und es nicht schlachten.« Sie drang aber in mich und sprach: »Dieses Kalb muß geschlachtet werden;« sie nahm dann ein Messer und ließ das Kalb binden.«

Schehersad bemerkte nun den Tagesanbruch und hörte auf zu erzählen. Dinarsad sprach zu ihr: »O meine Schwester, wie schön und wunderbar ist deine Erzählung.« Schehersad erwiderte: »Was ist dies im Vergleich zu dem, was ich euch in der nächsten Nacht erzählen werde, wenn mein Herr, der König, mich leben läßt; es wird noch viel wunderbarer, angenehmer und entzükkender sein.« Das Herz des Königs entbrannte vor Verlangen, die weitere Erzählung zu hören, und er beschloß bei sich: Bei Gott, ich lass' sie nicht umbringen, bis ich das Ende der Geschichte vernommen und gehört habe, was aus dem Kaufmann geworden; dann erst will ich sie nach meiner Gewohnheit, gleich den übrigen Frauen töten lassen. Er ging hierauf seinen Regierungsgeschäften nach und traf ihren Vater, den Vezier, der darüber sehr erstaunt war. Bis zur Nacht blieb er im Divan, und ging dann wieder in seinen Palast zurück, begab sich zu Bette, und nachdem er mit Schehersad eine Weile geschlafen, sprach Dinarsad: »Ich beschwöre dich bei Gott, meine Schwester, wenn du nicht schläfst, so unterhalte mich mit einer deiner schönen Erzählungen, damit wir den übrigen Teil der Nacht dabei durchwachen.« Jene sagte: »Es macht mir Vergnügen und Ehre.« Da erwiderte Dinarsad: »Tu dies aber nicht, ehe dir unser König, Gott erhalte ihn lange! die Erlaubnis dazu gibt.« Als hierauf der König sagte: »Erzähle!« da sprach Schehersad:

Ich habe vernommen, o glückseliger König, daß der

Alte mit der Gazelle zu dem Geiste sagte: »Ich nahm ihr das Messer aus der Hand und wollte selbst mein Kind schlachten, da schluchzte und weinte es, legte seinen Kopf auf meine Füße, streckte die Zunge heraus, gleichsam um mir ein Zeichen zu geben. Ich aber wandte mich von ihm ab und ließ es los, denn mein Herz war zu gerührt. Hierauf sprach ich zu meiner Gemahlin: »Ich empfehle dir dieses Kalb, das ich eben losgelassen.« Sie gab sich zufrieden, als ich ihr versprach, es zum nächsten Feste zu schlachten, und sie willigte ein, jetzt ein anderes zu töten. So verging diese Nacht. Am folgenden Morgen, als es hell geworden, kam der Hirte zu mir, ohne daß meine Frau etwas merkte, und sagte: »Mein Herr, ich habe dir eine gute Nachricht zu bringen, wirst du mir deshalb wohl ein Geschenk machen?« – »Du sollst eines haben,« erwiderte ich; »erzähle nur!« Da sagte er wieder: »Ich habe eine Tochter, die zaubern kann und Beschwörungen gelernt hat; als ich gestern mit dem Kalbe, das du freigelassen, nach Hause kam, um es mit den anderen jungen Stieren weiden zu lassen, betrachtete meine Tochter dasselbe und weinte und lachte. Ich fragte sie: »Warum weinst und lachst du so?« Und sie antwortete mir: »Dieses Kalb ist der Sohn unseres Herrn, des Eigentümers dieses Viehes; er ist von der Gemahlin seines Vaters verzaubert worden, darum lache ich. Weinen muß ich über seine Mutter, die sein Vater geschlachtet hat.« Ich konnte kaum die Morgenröte erwarten, um dir diese gute Nachricht vom Leben deines Kindes zu bringen.« – »Als ich, o Geist, dies hörte, schrie ich laut auf und fiel in Ohnmacht. Nachdem ich wieder zu mir gekommen war, ging ich mit dem Hirten in sein Haus, lief zu meinem Sohne, warf mich über ihn her, umarmte ihn und weinte. Er wandte seinen Kopf nach mir, aus seinen Augen flossen Tränen und er streckte seine Zunge heraus, gleichsam um mich auf seinen Zustand aufmerksam zu machen. Ich wendete mich hierauf zur Tochter des Hirten und sagte zu ihr: »Wenn du ihn wieder vom Zauber befreien kannst, so schenke ich dir mein Vieh und alles, was ich sonst besitze.« Sie beteuerte mir, daß sie weder nach meinem Vieh, noch nach meinem andern Besitztum gelüste. »Nur unter zwei Bedingungen,« sprach sie, »will ich deinen Sohn befreien: Erstens mußt du mich mit ihm verheiraten und zweitens mußt du mir erlauben, die zu verzaubern, die ihn in diesen Zustand versetzt hat, denn sonst werde ich immer ihre Bosheit und ihre Ränke gegen ihn zu befürchten haben.« Ich erwiderte: »Ganz gut, ich gebe dir und meinem Sohne noch mein Vermögen obendrein; ebenso gebe ich dir volle Macht über die Tochter meines Oheims, die so gegen meinen Sohn gehandelt und mich überredet hat, seine Mutter zu schlachten; ich will sie dir bringen, du magst mit ihr verfahren, wie du willst.« Sie antwortete: »Ich will ihr nur das zu kosten geben, womit sie andere speiste.« Hierauf füllte sie eine Schüssel mit Wasser, sprach den Zauber darüber, beugte sich dann zu meinem Sohne und sagte: »O du Kalb, bist du ein Geschöpf des Allgewaltigen, Allmächtigen, so bleibe unverändert! bist du aber treulos verzaubert, so verlasse diese Gestalt und nimm mit Erlaubnis des Schöpfers der Welt wieder eine menschliche an!« Sie bespritzte ihn dann mit dem Wasser aus der Schüssel, und er ward wieder ein Mensch wie früher; es dauerte aber nicht lange, da fiel ich ohnmächtig auf ihn hin. Als ich wieder zu mir gekommen war, erzählte er, was die Tochter meines Oheims, diese Gazelle hier, ihm und seiner Mutter getan. Ich sagte ihm: »Nun, mein Sohn, Gott hat uns ein Wesen gesandt, das für dich, deine Mutter und mich an ihr Rache nehmen wird.« Hierauf verheiratete ich meinen Sohn mit der

Tochter des Hirten, die schön war wie der Vollmond, dabei sehr geschickt, gelehrt und kenntnisreich, viele Dichter gelesen und Zauber und Schwarzkunst gelernt hatte. Sie verzauberte die Tochter meines Oheims hier in die Gestalt einer Gazelle und sagte: »Dir zu lieb habe ich sie in eine schöne Gestalt verzaubert, damit ihr Anblick dir nicht zum Abscheu werde.« Und sie blieb Jahre und Monate bei uns; dann starb die Frau meines Sohnes, die Tochter des Hirten, und mein Sohn reiste in das Land des jungen Mannes, mit dem dir dieses Abenteuer begegnet ist. Ich ging nun, meinen Sohn zu besuchen, und nahm die Tochter meines Oheims, diese Gazelle hier, mit mir, und so kam ich hierher zu euch. Dies ist meine Geschichte; ist sie nicht sonderbar und wundervoll?«

»Nun«, antwortete der Geist, »ich schenke dir den dritten Teil seiner Schuld.« Hierauf, o erhabener König, kam der zweite Alte, der mit den beiden schwarzen Hunden und sprach: »Auch ich will dir erzählen, was mir mit meinen Brüdern, diesen beiden Hunden, widerfahren ist; du wirst sehen, daß meine Erzählung noch wunderbarer und unglaublicher als die dieses Mannes ist. Wirst du, wenn ich dir sie erzähle, mir auch einen Dritteil seiner Schuld schenken?« – »Jawohl,« antwortete der Geist.

Geschichte des zweiten Greises mit den beiden Hunden

Hierauf sprach der zweite Alte mit den beiden Hunden also: »Folgendes ist meine Geschichte, o Geist: Diese zwei Hunde sind meine zwei Brüder; wir waren, als unser Vater starb, drei Brüder; er hinterließ uns 3000 Dinare; ich eröffnete einen Laden und kaufte und verkaufte, ebenso meine Geschwister. Es dauerte nicht lange, da verkaufte mein ältester Bruder, einer dieser Hunde, alles, was er im Laden hatte, für 1000 Dinare*, kaufte verschiedene Waren mit diesem Gelde ein und reiste weg; er blieb ein volles Jahr aus. Eines Tages, als ich in meinem Laden saß, stand er bettelnd vor mir; ich sagte: »Gott helfe dir!« Da sprach er weinend: »Kennst du mich nicht mehr?« Ich betrachtete ihn näher und sah, daß es mein Bruder war; ich hieß ihn willkommen, trat mit ihm in den Laden, fragte ihn, wie es ihm ginge, und er antwortete mir: »Frage mich nicht, denn es ist mir schlecht ergangen; alles Geld ist dahin.« Ich brachte ihn dann ins Bad, gab ihm eines meiner Kleider anzuziehen und nahm ihn zu mir. Als ich nun meine Rechnungen über mein Geschäft in Ordnung brachte und fand, daß mein Kapital von 1000 Dinaren sich verdoppelt hatte, so teilte ich es mit meinem Bruder und sagte ihm: »Nun denke dir, du seiest gar nicht abgereist gewesen.« Er nahm das Geld voller Freude und eröffnete wieder einen Laden. – Ich lebte so viele Tage und Nächte; da ging mein zweiter Bruder, der andere Hund hier, verkaufte auch, was er hatte, sammelte sein Vermögen ein und wollte ebenfalls eine Reise machen. Wir rieten ihm ab; er bestand aber darauf, reiste mit einer Karawane fort und blieb ein volles Jahr aus; dann kam er in demselben Zustande wieder zu mir, wie sein älterer Bruder. Ich sagte ihm: »Wie, mein Bruder, habe ich dir nicht von deiner Reise abgeraten?« Er erwiderte weinend: »O mein Bruder, es war so meine Bestimmung; nun bin ich arm, ich besitze keinen Dirham*, ich bin nackt und habe kein Hemd.« Ich nahm ihn dann, o Geist! mit mir ins Bad, gab ihm eins von meinen neuen Kleidern anzuziehen, ging mit ihm in meinen Laden, wo wir aßen und tranken. Hierauf sprach ich zu ihm: »Ich will nun, wie alljährlich, die Rechnungen schließen, und was ich gewonnen, will ich mit dir teilen.« Hierauf, o Geist, machte ich die Rechnung von meinem Geschäfte und fand 2000 Dinare. Ich dankte dem erhabenen Schöpfer, gab 1000 Dinare meinem Bruder und behielt 1000 für mich, und mein Bruder eröffnete aufs neue einen Laden. – So lebten wir einige Zeit, da kamen meine Brüder zu mir und wollten, daß ich mit ihnen reise; ich weigerte mich und sprach zu ihnen: »Was habt ihr bei euren Reisen gewonnen, so daß auch ich einen Gewinn erwarten könnte?« Ich gab ihnen kein Gehör, und wir blieben wieder in unsern Läden und handelten. Sie aber schlugen mir alle Jahre von neuem vor, mit ihnen zu reisen; ich wollte nie einwilligen, bis zum sechsten Jahre, da sagte ich zu ihnen: »Seht, meine Brüder, ich will wohl mit euch reisen, doch will ich zuerst sehen, was ihr im Vermögen habt.« Als ich suchte, fand ich nichts bei ihnen, denn sie hatten durch Essen, Trinken und allerlei Gelüste alles verschwendet. Ich sagte ihnen kein Wort, machte die Rechnung von dem, was ich an Geld und Waren im Laden hatte, und fand 6000 Dinare.

Dies freute mich, und nachdem ich zwei Teile daraus gemacht, sagte ich zu beiden: »Hier sind 3000 Dinare für euch und für mich, daß wir damit handeln.« Ich vergrub dann die übrigen 3000 Dinare für den Fall, daß es mir ginge, wie es meinen Brüdern gegangen, damit ich wieder 3000 Dinare fände, um einen Laden eröffnen zu können. Es waren beide hiermit zufrieden; ich gab jedem 1000 Dinare und behielt 1000 für mich; wir kauften die nötigen Waren ein, bereiteten uns zur Reise vor, mieteten ein Schiff und reisten, auf Gott vertrauend, Tag und Nacht und Nacht und Tag.«

»Ich reiste nun einen Monat lang auf dem Meere mit meinen Brüdern, diesen beiden Hunden, da kamen wir vor eine große Stadt; wir gingen hinein, verkauften unsere Waren so gut, daß wir an einem Dinar zehn gewannen. Damit kauften wir andere Waren ein und wollten abreisen; da fand ich am Ufer des Meeres ein Mädchen mit zerrissenen Kleidern. Es küßte meine Hand und sagte: »Mein Herr, tu mir einen Gefallen, du wirst dafür belohnt werden, der Schöpfer wird mir wohl die Mittel verschaffen, dir deine Wohltat zu vergelten.« Ich sagte ihr: »Gut, ich will dir einen Gefallen erweisen, ohne daß du mich dafür zu belohnen brauchst.« Sie sprach hierauf: »Heirate mich und schenke mir Kleider und nimm mich mit dir als deine Frau; schon besitzest du mein Herz, sei daher wohltätig gegen mich, ich werde dich dafür belohnen, laß dich nur von meinem armseligen Zustande nicht abschrecken.« Als ich dies hörte, bekam ich nach Gottes Eingebung Mitleid mit ihr, ich nahm sie mit aufs Schiff, machte ihr ein Lager zurecht und näherte mich ihr. – Wir reisten so Tag und Nacht; ich liebte sie immer mehr, denn sie war schön wie der Vollmond am Himmel; ich war stets um sie und vergaß durch sie meine beiden Brüder, diese Hunde, ganz. Sie aber waren neidisch und gönnten mir mein Glück nicht, auch waren sie nach meinem Vermögen und Wohlstand lüstern, daher sprachen sie davon, mich umzubringen, denn der Teufel hatte ihnen diese Tat schön vorgemalt. Als ich nun in einer Nacht mit meiner Frau fest schlief, nahmen sie uns beide und warfen uns ins Meer. Aber meine Frau verwandelte sich sogleich in einen Geist und trug mich auf eine Insel. Als Gott Tag werden ließ, sprach sie zu mir: »Nun, mein Gatte, habe ich dich belohnt, indem ich dich vom Tode befreite. Wisse, daß ich zu den guten Genien gehöre, die alles im Namen Gottes tun. Als ich dich am Ufer des Meeres gesehen, liebte ich dich sogleich und ging zu dir in dem Zustande, wie du mich sahst, erklärte dir meine Liebe, und du nahmst mich auf; jetzt aber muß ich deine Brüder umbringen.« Als sie so zu mir sprach, war ich über ihre Handlungsweise sehr erstaunt; ich dankte ihr und bat: sie solle meine Brüder nicht umbringen, sonst würde auch ich sterben. Ich erzählte ihr hierauf alles, was mir schon mit ihnen widerfahren war. Als sie meine Erzählung angehört, erzürnte sie sich heftig gegen sie und sagte: »Sogleich soll ihr Schiff untergehen, damit sie umkommen.« Ich bat sie bei Gott, daß sie dies nicht tun möge. »Es gibt einen Spruch,« sagte ich: »Vergelte Böses mit Gutem! Es sind ja doch meine Brüder!« Hierauf drang ich in sie und mäßigte ihren Zorn; sie hob mich in die Luft und flog mit mir so hoch, daß man uns nicht mehr sehen konnte; dann ließ sie mich auf das Dach meines Hauses nieder. Ich ging ins Haus hinunter, grub die 3000 Dinare aus der Erde und öffnete meinen Laden wieder. Als ich abends, nachdem mich alle Leute vom Markte gegrüßt, in mein Haus zurückkehrte, fand ich diese beiden Hunde dort angebunden. Als sie mich sahen, seufzten sie mir zu, hingen sich an mich und vergossen Tränen; ich er-

schrak darüber und wußte nicht, was vorgefallen; da kam meine Frau und sprach: »Mein Herr! hier sind deine Brüder.« Ich fragte sie, wer so mit ihnen verfahren. Sie antwortete: »Ich habe es über sie verhängt, und erst in zehn Jahren werden sie frei werden.« Hierauf verließ sie mich, nachdem sie mir ihren Wohnort angegeben. Nun sind die zehn Jahre verstrichen, und ich machte mich mit ihnen auf den Weg, damit sie erlöst werden. – Hier fand ich nun diesen Mann und diesen Greis mit der Gazelle; ich erkundigte mich nach dem Zustande des jungen Mannes, er erzählte mir, was ihm mit dir widerfahren, und ich beschloß, nicht von hinnen zu weichen, bis ich sehe, was unser Herr, der Geist, dem Manne tun wird. Dies ist meine Erzählung, ist sie nicht wunderbar?«

Da sprach der Geist: »Ich schenke dir das Dritteil seiner Schuld.«

Der dritte Greis trat nun hervor und sprach also: »O du Geist, mein Herr! du wirst mich wohl nicht betrüben und mir auch ein Dritteil seiner Schuld schenken, wenn ich dir meine Geschichte mit diesem Maultier erzählt haben werde, die noch wunderbarer und befremdender als die Geschichte dieser beiden ist.« – »Erzähle,« versetzte der Geist und der Greis hub an:

Geschichte des dritten Greises mit dem Maultiere

Höre, o Geist! diese Mauleselin war meine Gemahlin. Ich machte einst eine Reise und war ein volles Jahr von ihr weggeblieben. Nach vollendeten Geschäften kam ich in der Nacht wieder nach Hause zurück. Als ich ins Zimmer trat, fand ich einen schwarzen Sklaven bei ihr; sie unterhielten sich miteinander, warfen sich verliebte Blicke zu, scherzten und küßten und neckten einander. Als sie mich sah, kam sie mir mit einem Becher voll Wasser entgegen, sprach einige Worte darüber, besprengte mich damit und sagte: »Verlasse deine Gestalt und nimm die eines Hundes an.« Sogleich ward ich zum Hunde und sie jagte mich aus dem Hause. Ich lief in einem fort bis zu dem Laden eines Metzgers; dort fraß ich die Knochen, die unter seinem Tische lagen. Als der Metzger mich sah, nahm er mich zu sich, und als seine Tochter mich betrachtete, bedeckte sie ihr Gesicht vor mir und sagte zu ihrem Vater: »Was bringst du einen fremden Mann zu uns herein?« Ihr Vater antwortete: »Wo ist ein Mann?« – »Diesen Hund,« antwortete sie, »hat seine Frau verzaubert; doch, ich kann ihn befreien.« Als ihr Vater dies hörte, sprach er zu ihr: »Bei Gott, meine Tochter! Befreie ihn, du wirst damit eine gute Tat ausüben.« Die Tochter des Metzgers stand nun auf, nahm einen Becher voll Wasser, murmelte etwas vor sich hin, bespritzte mich mit dem Wasser ein wenig und sagte dann zu mir: »Kehre wieder in deine frühere Gestalt zurück mit der Erlaubnis des erhabenen Gottes.« Als ich nun wieder meine frühere Gestalt angenommen, küßte ich ihre Hände und sprach: »Ich beschwöre dich bei Gott, verzaubere meine Frau, so wie sie mich verzaubert hat.« Hierauf gab sie mir ein wenig von jenem Wasser und sagte: »Wenn sie schläft, so bespritze sie damit und sprich sie dann mit einem Namen an, welcher dir gefällt, sie wird die Gestalt annehmen, die du gewählt.« Ich nahm das Wasser, ging zu meiner Frau, fand sie tief schlafend, bespritzte sie mit dem Wasser und sagte dann: »Verlasse deine Gestalt und nimm die einer Mauleselin an!« Sogleich ward sie eine Mauleselin; und sie ist's, die du hier mit eigenen Augen siehst, o Sultan und Oberhaupt der Könige der Geister!« – Der Greis fragte sie noch, ob dies nicht alles wahr sei. Sie nickte mit dem Kopfe und winkte ja. »Dies ist die Erzählung von dem, was mir widerfahren.«

Der Geist verwunderte sich darüber, schüttelte sich vor Freude und sagte: »Nun Greis, ich schenke dir das noch übrige Dritteil der Schuld dieses Mannes und lasse ihn völlig frei.«

Der Kaufmann ging hierauf zu den drei Greisen, dankte ihnen für ihre Güte, und sie wünschten ihm Glück zu seiner Rettung, nahmen Abschied von ihm und trennten sich. Jeder ging seines Weges; der Kaufmann kehrte in sein Land zurück, und seine Frau und Kinder freuten sich sehr, als sie ihn wiederkommen sahen, und er lebte glücklich mit ihnen, bis ihn der Tod erreichte.

Geschichte des Ehemanns und des Papageien

Ich habe gehört, daß es einmal einen sehr eifersüchtigen Mann gegeben, der eine schöne, liebenswürdige und tugendhafte Frau hatte. Obschon er dieser Frau wegen sich nie auf Reisen begeben, so mußte er doch einmal eine notwendige Reise unternehmen. Da ging er auf den Geflügelmarkt, kaufte dort einen Vogel und brachte ihn nach Hause, damit er in seiner Abwesenheit als Wache dienen möchte und ihm, was in seinem Hause vorgegangen, erzähle. Dieser Papagei war sehr schlau und listig. Wie nun der Mann nach vollendeten Geschäften von seiner Reise zurückgekehrt war und den Papagei holen ließ, um ihn zu fragen, was seine Frau während seiner Abwesenheit getan, erzählte ihm derselbe, was sie jeden Tag mit ihrem Geliebten getrieben. Als der Mann dies hörte, ging er zu seiner Frau, überhäufte sie mit Schlägen und geriet in den heftigsten Zorn. Die Frau glaubte, irgend eine ihrer Sklavinnen habe sie bei ihrem Mann verraten; sie ließ daher ihre Sklavinnen eine nach der andern kommen, aber alle schwuren, daß sie zugehört, wie der Papagei ihren Mann von allem benachrichtigt habe. Als dies nun die Frau hörte, befahl sie einer Sklavin, eine Mühle zu nehmen und unter dem Käfig zu mahlen, einer anderen befahl sie, über den Käfig Wasser herunter zu gießen, und einer dritten, die ganze Nacht mit einem Metallspiegel hin und her zu laufen. Ihr Gemahl war wieder abwesend in jener Nacht.

Als er nun des Morgens den Papagei holen ließ und ihn fragte, was diese Nacht in seiner Abwesenheit sich ereignet, sagte dieser aus: »O mein Herr! entschuldige mich, ich konnte nichts hören und nichts sehen vor lauter Dunkelheit und Regen und Donner und Blitz die ganze Nacht durch bis zum Morgen.« Dies war aber in der Sommerjahreszeit im Monat Tamus. Der Mann erwiderte ihm hierauf: »Wehe dir! jetzt ist doch keine Regenzeit.« – »So ist es«, antwortete jener, »bei Gott, ich habe gesehen, was ich dir erzählt.« Nun dachte der Mann, daß der Papagei auch damals gelogen habe, als er ihm von der Untreue seiner Frau erzählt. Hierüber geriet er in Zorn, streckte die Hand nach dem Vogel aus, zog ihn aus dem Käfig, schleuderte ihn gegen den Boden und brachte ihn um. Nachdem der Papagei tot war, erfuhr der Mann erst von seinen Nachbarn, daß der Papagei wahr gesprochen von seiner Frau, so wie auch die List, die diese gegen ihn angewandt; er bereute dann, ihn umgebracht zu haben, aber seine Reue half nichts mehr. Wie mancher ist schon unschuldig zu schwerer Strafe verurteilt worden ...

Geschichte des Christen

Der Christ begann: Wisse, daß, ehe ich in dieses Land gekommen – denn meine Heimat ist weit von hier – ich bin mit Waren hierher gezogen und erst in den letzten Jahren habe ich mich durch die Fügung des Schicksals hier ansässig gemacht – lebte ich in Ägypten und gehörte zu den Kopten; mein Vater war ein großer Makler, und nach seinem Tode setzte ich sein Geschäft zwei Jahre lang fort. Nun hört, was mir Wunderbares widerfahren. Ich saß in Kahirah* auf dem Getreidemarkte, da kam ein schöner junger Mann, herrlich gekleidet, auf einem Esel reitend und grüßte mich; ich stand vor ihm auf, er zeigte mir ein Tuch voll Sesam und fragte mich, was das Malter davon wert sei?

Ich sagte ihm, fuhr der Christ in seiner Erzählung vor dem König von China fort: »Der Ardeb* von diesem Sesam ist hundert Drachmen wert.« – »Nun«, sprach er, »geh, hole die Träger und die Messer, komme ans Siegestor in den Chan* Aldjawali, du wirst mich dort finden.« Er verließ mich dann und setzte seinen Weg fort. Ich machte mich auf die Beine, nahm die Probe und besuchte die Getreidehändler und die Magazine der andern Kaufleute, die Sesam aufkauften. Man bot mir 110 Drachmen für das Malter. Ich nahm dann vier Träger und ging mit ihnen nach der Herberge Aldjawali, wo mich der junge Mann erwartete. Als er mich sah, stand er auf, ging vor mir ins Magazin und sagte mir: »Laß die Messer hereinkommen und messen, und die Träger die

Esel beladen.« Die Träger gingen so hinaus und herein, bis das Magazin leer war; es enthielt 50 Malter für 5000 Drachmen. Der junge Mann sagte mir dann: »Es kommen dir 10 Drachmen vom Malter als Maklergeld zu, bewahre mir also 4500 Drachmen auf; wenn ich mit dem Verkaufe aller meiner Magazine fertig sein werde, will ich zu dir kommen und sie bei dir abholen.« Ich sprach: »Es soll geschehen, wie Ihr befehlt«, küßte ihm die Hand und er verließ mich. Ich bewunderte seine Freigebigkeit und erwartete ihn einen ganzen Monat lang, bis er endlich kam und mich fragte: »Wo ist das Geld?« Ich hieß ihn willkommen und bat ihn, ein wenig bei mir einzukehren und etwas zu genießen; er wollte aber nicht und sagte: »Geh, bereite das Geld, während ich fortgehe, ich komme bald wieder zu dir, um es zu holen.« Er kehrte dann mit seinem Esel um; ich stand auf, brachte das Geld herbei und wartete; als er wieder einen Monat ausblieb, dachte ich: Sonderbar, daß dieser edelmütige Jüngling nicht kommt, seine 4500 Drachmen bei mir zu holen. Er blieb nun drei Monate aus, kam dann wieder auf einem Esel geritten, mit schönen Kleidern angetan; er sah aus, als käme er aus dem Bade.

Als ich ihn erblickte, ging ich aus meinem Laden auf ihn zu und sagte ihm: »Mein Herr, kommst du nicht, dein Geld zu nehmen?« Er antwortete: »Was habe ich zu eilen? Wenn ich alle meine Geschäfte beendigt haben werde, so komme ich diese Woche noch, es zu holen«, und entfernte sich wieder. Ich dachte, wenn er wiederkommt, werde ich ihn zu mir einladen. Er blieb aber ein ganzes Jahr weg; ich handelte mit seinem Gelde und gewann ein großes Vermögen damit. Am Ende des Jahrs kam der junge Mann wieder schön gekleidet. Als ich ihn sah, ging ich ihm entgegen und beschwor ihn beim Evangelium, er möge doch mein Gast sein und bei mir essen. Er sagte: »Gut, aber mit der Bedingung, daß die Kosten von meinem Gelde gehen.« Ich war zufrieden, ging mit ihm ins Zimmer und ließ Teppiche vor ihm ausbreiten. Als er Platz genommen, lief ich auf den Markt, kaufte allerlei Getränke, gefüllte Hühner und süße Speisen und legte sie ihm vor; er näherte sich dem Tische; als ich »im Namen Gottes« sagte, streckte er seine linke Hand aus und aß mit mir. Ich wunderte mich sehr über ihn und dachte: Nur Gott ist vollkommen, dieser junge Mann ist so freigebig und so schön, doch so hochmütig, daß er vor Stolz sich nicht der rechten Hand zum Essen bedient; ich aß aber doch mit ihm.

Als wir gegessen hatten, fuhr der Christ fort, goß ich Wasser über seine Hand und reichte ihm ein Tuch zum Abtrocknen; nachdem ich ihm auch einige süße Speisen angeboten und wir uns zu unterhalten anfingen, sagte ich zu ihm: »Mein Herr! zerstreue meinen Kummer, sage mir, warum du mit der linken Hand gegessen; hast du vielleicht irgend ein Übel an der rechten Hand?« Als der Jüngling dies hörte, zog er weinend den rechten Arm aus seinem Ärmel hervor und zeigte ihn mir, und siehe da: er war verstümmelt, es war ein Arm ohne Hand; als er meine Verwunderung darüber bemerkte, sagte er: »Wundere dich nicht, denke aber nicht, daß ich aus Hochmut mit der linken Hand gegessen habe, und höre die wunderbare Geschichte, wie ich meine Hand verlor.« Als ich mein Verlangen danach äußerte, erzählte er unter Seufzen und Weinen folgendes: »Wisse, daß ich in Bagdad geboren bin, mein Vater gehörte zu den Vornehmsten der Stadt. Als ich das Mannesalter erreicht hatte und oft viele Leute und Reisende Wunderdinge von Ägypten erzählen hörte, blieben mir diese Gedanken immer im Herzen, bis mein Vater starb und ich ihn erbte; dann packte ich eine Partie Bagdader und Mossuler Waren zusammen, nahm auch tausend Stück Seidenstoffe und andere Stoffe mit und reiste damit von Bagdad weg nach Kahirah. In Kahirah ließ ich mich mit meinen Waren im Chan Masrur* nieder; ich packte meine Ladung aus und ging damit in die Magazine, gab meinem Diener Geld, um etwas Essen zuzubereiten und ruhte mich aus, während meine Jungen aßen. Dann ging ich ein wenig zwischen den Palästen spazieren und legte mich hierauf schlafen. Nachdem ich völlig ausgeruht hatte, öffnete ich mehrere Ballen Waren und beschloß, einige bekannte Bazare zu besuchen, um mich nach dem Preise zu erkundigen. Ich nahm einige Proben, bepackte damit einen meiner Jungen, zog mein schönstes Kleid an und ging bis auf den Markt des Djeherkaß. Als ich hineintrat, kamen mir die Makler, die von meiner Ankunft schon wußten, entgegen, nahmen die Muster meiner Waren und riefen sie aus, aber niemand bot dafür, was sie mich kosteten; ich ward sehr verstimmt darüber und sagte: »Ich werde ja mein eigenes Kapital auf diese Art nicht herausbringen.« Die Makler antworteten: »Wir wissen dir einen Rat, wodurch du nicht nur nichts verlieren, sondern auch noch gewinnen wirst.«

»Du mußt nämlich«, sagten die Makler, »wie andere Kaufleute deine Waren in kleinen Partien, nach bestimmten Terminen, verkaufen und dir einen Zeugen, einen Schreiber und einen Wechsler nehmen; du kannst dann jeden Montag und Donnerstag dein Geld bei den Leuten holen und die übrigen Tage dich in Kahirah unterhalten oder am Nil dich ergötzen.« Ich gab diesem Rate meinen Beifall, führte die Makler in meinen Chan und gab die Ware heraus. Sie trugen sie mit mir auf den Markt, ich verkaufte sie einzeln, ließ mir Handschriften, von Zeugen unterschrieben, von den Käufern geben, und übergab sie den Geldwechslern zum einkassieren; ich kehrte dann wieder in den Chan zurück, blieb einige Tage dort, frühstückte jeden Tag einen Becher voll Wein, Hammelfleisch, Tauben und süße Speisen, und lebte so einen ganzen Monat hindurch. Nun kam der zweite Monat, an welchem ich mein Geld einzufordern hatte; ich ging jeden Montag und Donnerstag auf den Markt, setzte mich zu einem Kaufmanne, bis der Geldwechsler mit dem Schreiber mir das Geld von den Käufern brachte. So blieb ich bis nach dem Nachmittagsgebet, dann rechnete ich das Geld zusammen, versiegelte es und ging wieder in den Chan. Nachdem ich eine Zeitlang so gelebt, ging ich einmal an einem Montage früh ins Bad; als ich herauskam, zog ich herrliche Kleider an, begab mich auf mein Zimmer im Chan, frühstückte mit Wein, schlief, aß dann ein gekochtes Huhn, salbte und beräucherte mich mit wohlriechenden Essenzen und ging auf den Markt, wo ich mich neben einen Kaufmann setzte, den man Bedruddin den Gärtner nannte. Als ich mich eine Weile mit ihm unterhielt, kam eine reichgekleidete Frau mit zahlreichem Gefolge, deren Übertuch und Taschentuch die Luft mit Wohlgerüchen um sich her erfüllte. Als sie ihr Tuch abnahm und ich zwei große schwarze Augen bemerkte, ward mein Herz zu ihr hingerissen. Sie grüßte Bedruddin, auch er hieß sie freundlich willkommen und unterhielt sich mit ihr; als ich ihre Stimme hörte, ward meine Liebe zu ihr immer heftiger, ich war ganz entzückt und fühlte schon meine Liebe unvertilgbar. Sie fragte Bedruddin: »Hast du wohl einen Stoff mit wilden Jagdzeichnungen?« Bedruddin zeigte ihr ein solches Stück, das er von mir für 1200 Dinare in Kommission hatte. Sie sagte dem Kaufmann: »Mit deiner Erlaubnis will ich dieses Stück mit mir nehmen; ich gehe nur in den nächsten Bazar und schicke dir sogleich das Geld dafür.« Der Kaufmann sagte ihr aber: »Das kann nicht sein, meine Gebieterin, denn hier ist der Eigentümer dieser Waren, dem ich heute noch eine bedeutende Summe Geld bezahlen muß.« – »Pfui!« antwortete sie; »komm ich nicht gewöhnlich zu dir und nehme ein ganzes Stück Ware mit mir, zahle dir dafür, was du verlangst, und schicke dir das Geld, sobald ich die Ware genommen?« – »Es ist wahr«, sagte Bedruddin, »aber ich muß eben heute noch das Geld für diesen Stoff haben.« Wie sie dies hörte, warf sie das Stück Ware mitten in den Laden, geriet in heftigen Zorn und sagte: »Gott züchtige eure Sippschaft! Ihr wißt niemanden zu schätzen.« Sie stand dann auf und wollte gehen.

Als die Frau fortgehen wollte, erzählte der junge Mann weiter, war mir, als wenn ein Teil meines Herzens ihr nachfolgen müßte; ich sagte ihr also: »Bei Gott, meine Gebieterin, tu mir die Freundschaft und komme mit mir.« Sie drehte sich um, lächelte und erwiderte: »Deinetwegen kehre ich zurück.« Sie setzte sich mir gegenüber in den Laden; ich aber sprach zu Bedruddin: »Wie teuer habe ich dir dieses Stück gelassen?« – »Um 1200 Dinare«, antwortete er. »Nun«, sagte ich ihm, »ich zahle dir 100 Dinare Profit; gib Papier her, ich gebe dir's sogleich schriftlich.« Er gab mir Papier und ich schrieb den Handel darauf, nahm dann das Stück Ware, überreichte es der Dame und sagte ihr: »Hier, meine Gebieterin; wenn du willst, so bringst du mir das Geld auf den nächsten Markt, wo nicht, so nimm es als Geschenk von mir an.« Sie antwortete: »Gott belohne dich dafür, beschere dir alles, was ich habe, und laß dich meinen Gatten werden!« Die Tore des Himmels waren gerade geöffnet und ihre Worte fanden Eingang. Ich sagte ihr hierauf: »O, meine Gebieterin, nimm doch dieses Stück

Ware, und so Gott will, sollst du noch viele andere erhalten; aber laß mich dein Gesicht sehen!« Sie wandte mir ihr Gesicht zu, nahm ihren Schleier herunter und warf mir einen Blick zu, der böse Folgen hatte: denn ich verlor meinen Verstand. Sie umhüllte sich dann wieder mit ihrem Tuche, nahm die Waren und sprach: »Mein Herr! es wird mir unheimlich werden, wenn ich weg von dir bin«; hierauf verschwand sie. Ich blieb bis nach dem Nachmittagsgebet auf dem Markte, war aber schon in einer ganz andern Welt. Ich fragte den Kaufmann nach der Dame, und er sagte mir: »Sie besitzt ein großes Vermögen und ist die Tochter eines Fürsten, von dem sie viel geerbt hat.« Ich verließ dann den Kaufmann und ging in den Chan zurück. Man brachte mir das Abendessen, ich dachte aber nur an sie und konnte nichts essen; ich wollte schlafen, konnte aber nicht, ich wachte bis am Morgen; dann kleidete ich mich an, frühstückte etwas und ging wieder in den Laden Bedruddins.

Als ich eine Weile im Laden Bedruddins gesessen, kam die Dame wieder, in einem noch schöneren Aufzuge als der gestrige, von einer Sklavin begleitet; sie grüßte mich freundlicher, als ich es verdiente, und sagte dann: »Mein Herr! schicke jemanden, um dein Geld zu holen.« Ich erwiderte ihr: »Was hat es denn für eine Eile?« Sie antwortete: »O mein Geliebter, möchtest du uns doch nie entzogen werden!« Sie überreichte mir dann mein Geld, setzte sich, und ich unterhielt mich mit ihr in doppelsinnigen Reden, aus denen sie entnehmen konnte, wie sehr ich sie zu besitzen wünschte. Sie stand dann plötzlich auf und ging fort, mein Herz hing fest an dem ihrigen. Ich ging auf die Straße, als plötzlich eine schwarze Sklavin zu mir trat und mir sagte: »Mein Herr! meine Gebieterin will dich sprechen.« Ich war sehr erstaunt und entgegnete: »Es kennt mich ja niemand.« –

»O mein Herr!« antwortete sie, »wie schnell habt ihr meine Gebieterin vergessen, die heute bei euch im Laden des Kaufmanns saß.« Ich ging mit ihr bis zu dem Hause eines Bankiers. Als ihre Herrin mich sah, winkte sie mir, an ihre Seite zu kommen, und sprach: »O, mein Teurer! du hast mein Herz so sehr eingenommen, daß von dem Tage an, wo ich dich gesehen, mich kein Essen und kein Trinken mehr erlabte.« – »Mir geht es ebenso«, erwiderte ich; »und der Zustand, in dem ich mich befinde, überhebt mich weiterer Liebesklagen.« Sie fragte dann: »Mein Geliebter, sollen wir bei dir oder bei mir zusammenkommen?« Ich antwortete ihr: »Ich bin hier fremd, habe keinen andern Wohnort als einen Chan, glaube mir also, es ist besser, wenn wir bei dir zusammenkommen.«

»Gut«, sagte die Frau; »doch heute ist die Nacht des Donnerstags, da kann nichts geschehen, aber morgen nach dem Gebet besteige einen Esel und frage nach der Straße Habbanijeh*, dann nach der Wohnung Berkuts, des Fürsten Abu Schama; laß dich aber nicht lange erwarten!« Ich sprach: »In Gottes Namen!« schied von ihr und konnte kaum den Anbruch des folgenden Morgens erwarten. Ich stand dann auf, nahm ein Bad und rieb mich mit wohlriechenden Ölen, auch legte ich fünfzig Dinare in ein Tuch und ging dann vom Chan Masrur nach dem Tore Suweila; hier bestieg ich einen Esel und sagte dem Treiber, er solle mich in das Quartier Habbanijeh führen. Als wir da ankamen und er vor der Straße Takwa stehenblieb, sagte ich ihm, er möchte sich nach der Wohnung des Fürsten Abu Schama erkundigen; er blieb eine Weile aus, kam dann wieder und sagte: »In Gottes Namen!« Ich stieg vom Esel und hieß den Treiber mir bis zur Wohnung vorangehen; er tat dies; ich gab ihm einen Viertel-Dinar und sagte ihm, er solle morgen früh wiederkommen, mich nach dem Chan Masrur abzuholen, worauf er mich verließ. Ich klopfte an die Türe, es kamen zwei weiße junge Sklavinnen heraus; sie sagten: »Komm in Gottes Namen! Unsere Gebieterin hat vor Sehnsucht nach dir die ganze Nacht nicht geschlafen.« Ich trat in den Vorhof und sah eine sieben Stufen hoch von der Erde gebaute Wohnung, rings herum von vergitterten Fenstern umgeben, welche auf einen Garten gingen, in dem köstliche Früchte und eine Menge von Vögeln waren, auch durchströmten ihn viele Bäche; es war eine Lust, ihn anzusehen. Mitten im Garten war ein Springbrunnen, an dessen vier Ecken vier aus Gold gegossene Schlangen waren, welche aus dem Rachen so klares Wasser spieen, als wären es Perlen oder Edelsteine.

Ich ging in die Wohnung und setzte mich; da kam die Dame mit dem kostbarsten Schmucke behangen und mit den schönsten Farben geziert. Als sie mich sah, lächelte sie mir ins Gesicht und flog dann in meine Arme. Dann sagte sie: »Bist du wirklich bei mir, mein Herz?« – »Ja, dein Sklave ist bei dir«, antwortete ich. Sie sagte dann: »Bei Gott! von dem Tage an, wo ich dich sah, erquickte mich keine Speise und kein Schlaf mehr.« – »Mir ging es ebenso«, erwiderte ich. Ich saß kaum eine Weile mit gebeugtem Haupte bei ihr, so brachte man eine Schüssel voll mit den trefflichsten Speisen: Fleisch mit saurer Sauce, gebackene Fische, Honigseim, Hühner mit Zukker und Pistazien gefüllt; wir aßen, bis wir satt waren: man nahm dann den Tisch weg, wir wuschen unsere Hände und ließen uns mit Rosenwasser bespritzen, das mit Moschus vermischt war. Die Dame setzte sich dann wieder zu mir und unterhielt sich mit mir. Schon war meine Liebe zu ihr festgewurzelt, und alles, was ich besaß, schien mir nichts neben ihr. Wir spielten dann miteinander bis zur Nacht, da brachte man uns Wein und ein vollständiges Mahl. Wir tranken miteinander bis Mitternacht und ich brachte die schönste Nacht in meinem Leben bei ihr zu. Des Morgens warf ich das Tuch mit den 50 Dinaren unter ihr Bett und nahm weinend Abschied von ihr. Sie fragte mich, als ich gehen wollte: »Wann sehe ich dich wieder?« Ich antwortete: »Heute Abend werde ich wieder bei dir sein.« Sie begleitete mich bis zur Türe und sagte dann: »Mein Herr! bringe heute Abend das Nachtessen mit dir.« Als ich auf die Straße kam, ging ich zum Eseltreiber, mit dem ich den vorigen Tag hierherkam, und der schon auf mich wartete. Ich bestieg den Esel und ließ ihn nach dem Chan treiben; hier entließ ich den Eseltreiber ohne Bezahlung, mit dem Auftrage, bei Sonnenuntergang wiederzukommen. Er ging zufrieden fort. Nachdem ich etwas weniges gefrühstückt hatte, ging ich, um Geld für meine Waren einzufordern, ließ dann ein Schaf braten, einige Gemüse zubereiten und süße Speisen kaufen, legte alles in den Korb eines Trägers und schickte es der Dame. Ich ging dann so lange meinen Geschäften nach, bis der Eseltreiber mich abzuholen kam. Ich legte wieder 50 Dinare in ein Tuch und einen halben Dinar besonders für den Eseltreiber und ritt zur Wohnung der Dame; hier bezahlte ich den Eseltreiber und ging ins Haus, das ich noch schöner als am vorhergehenden Tage aufgeputzt fand. Als die Dame mich sah, küßte sie mich und sagte: »Ich habe mich heute sehr nach dir gesehnt.« Sie ließ dann den Tisch decken, wir aßen, bis wir genug hatten, man brachte dann Wein, wir tranken bis Mitternacht und schliefen bis zum Morgen. Ich stand auf, reichte ihr das Tuch mit den 50 Dinaren, ritt wieder in den Chan, ließ ein Paar Enten braten, mit Pilaw* gefüllt, und Colocasia* backen und Honigseim bereiten, auch ließ ich Wachskerzen, grüne und trockene Früchte und Blumen kaufen; ich schickte sie wieder der Dame und folgte am Abend selbst nach, und alles ging wie an dem vorigen Tage.

So lebte ich fort, gab ihr jeden Abend 50 Dinare und schickte Wein und Speisen, bis ich keinen Dinar mehr im Vermögen hatte; ich ging dann aus, wußte nicht woher Geld nehmen und sagte: »Es gibt keine Macht und keinen Schutz, außer bei Gott, dem Erhabenen: alles, was ich getan, war teuflisch.« Ich ging dann zwischen den Palästen spazieren; als ich aber an das Tor Suweila kam, war ein großes Gedränge, so daß man nicht durch das Tor kommen konnte. Nun wollte das Schicksal, daß ich gegen einen Soldaten gedrückt wurde, so daß meine Hand auf seinen Gürtel kam. Ich fühlte einen Beutel unter meiner Hand, sah hin und bemerkte, daß eine grüne Schnur zum Gürtel heraushing, und dachte, daß sie an dem Beutel befestigt sein müsse; ich sah mich um und fand das Gedränge immer größer; ich bemerkte auch, wie auf der andern Seite des Soldaten eine Ladung Holz ihn drückte, so daß er für seine Kleider fürchtete; er wandte sich daher auf die andere Seite, um das Holz von seinen Kleidern abzulenken. In diesem Augenblick überschwatzte mich der Teufel: ich zog an der Schnur, die zum Gürtel hinaushing, und siehe da, es kam ein feiner blauseidener Beutel nach mit etwas Klingendem darin. Als ich ihn genommen, wendete sich der Soldat um, griff in den Gürtel und fand nichts mehr darin: er kehrte sich zu mir und schlug mich mit seiner Keule auf den Kopf. Ich fiel zu Boden, alle Leute umringten mich, ergriffen den Zaum des Soldaten und sagten ihm: »Weil hier so ein großes Gedränge ist, schlägst du diesen jungen Mann?« Der Soldat aber schalt über sie und sagte: »Er ist ein Dieb.« Ich hatte mich indessen wieder aufgerichtet, die Leute sahen mich an und sagten: »Bei Gott! dies ist ein vornehmer Jüngling, der hat nichts gestohlen.« So ward eben viel hin und her gestritten: Der eine glaubte, der andere widersprach; das Volk wollte mich zuletzt vom Soldaten befreien, als der Befehlshaber der Polizei mit einem Offizier und seinem Gefolge zum Tor hereinkamen. Da sie so viele Leute um mich und den Soldaten versammelt sahen, fragten sie die Umstehenden, was es gebe? und als sie den Gegenstand des Streits erfuhren, fragte der Polizeioberste den Soldaten: »War noch jemand mit dem Jüngling?« und als der Soldat dies verneinte, befahl er dem Offizier, mich ergreifen zu lassen und nackt auszuziehen. Dies geschah; man fand bald den Beutel in meinen Kleidern – und ich fiel in Ohnmacht.

Als der Aufseher der Polizei den Beutel sah, nahm er das Geld heraus, und als er es zählte, fand er 20 Dinare. Er winkte den Offizieren, sie führten mich zu ihm hin, und er sagte: »Was, junger Mann, hat dich in ein solches Vergehen gestürzt? Sage mir die Wahrheit: du hast doch wohl diesen Beutel gestohlen?« Ich beugte meinen Kopf zur Erde und dachte: Soll ich leugnen? man hat ja den Beutel aus meinen Kleidern hervorgezogen; gestehe ich, so werde ich bestraft; ich nickte zuletzt den Kopf und sagte: »Ja, ich habe ihn gestohlen.« Als der Aufseher der Polizei dies hörte, rief er Leute herbei, die mein Geständnis bezeugten; dies alles geschah am Tore Suweila. Dann befahl er dem Henker, mir die rechte Hand abzuhauen. Alle Leute sagten, mich bemitleidend: »Der arme junge Mann!« Auch das Herz des Soldaten erweichte sich; als mir daher auf Befehl des Richters auch der Fuß abgehauen werden sollte, flehte ich den Soldaten an; er bat für mich; der Aufseher der Polizei ließ mich los und ging fort. Das Volk blieb um mich und gab mir einen Becher voll Wein zu trinken, und der Soldat schenkte mir den Beutel, indem er sagte: »Du bist ein vornehmer Jüngling, hast nicht notwendig zu stehlen.« Dann ging auch er fort. Ich wickelte meine Hand in ein Tuch, steckte sie in meinen Busen, ging zur Wohnung der Frau und warf mich sogleich aufs Bett. Als sie mich sehr blaß fand, weil ich viel Blut verloren, fragte sie: »Wo fehlt's dir, mein Geliebter?« – »Ich habe Kopfschmerzen«, antwortete ich. Sie ward sehr betrübt darüber und sagte: »Setze dich und erzähle mir, was dir heute widerfahren: denn dein Gesicht drückt viele Worte aus.« Als ich weinte, sagte sie: »Bist du etwa meiner schon überdrüssig? Bei Gott! sage mir, was hast du?« Ich schwieg und erwiderte gar nichts auf alles, was sie mir sagte. Als es Nacht war und man das Nachtessen brachte, aß ich nichts, denn ich fürchtete, sie möchte bemerken, daß ich mit der linken Hand esse; ich sagte daher: »Ich habe keinen Appetit.« Sie sprach noch einmal: »Erzähle mir doch, was heute mit dir vorgegangen und warum du so verstimmt bist.« – »Nun«, sagte ich, »es bleibt mir keine andere Wahl, ich will dir alles erzählen.« Sie brachte mir dann Wein und sprach: »Trinke, dein Kummer wird dann verschwinden.« Ich antwortete: »Wenn es durchaus sein muß, so gib mir zu trinken.« Sie reichte mir den Becher, ich nahm ihn mit der linken Hand und weinte dabei heftig.

Da fragte die Dame: »Warum weinst du, mein Geliebter, und warum nimmst du den Becher mit der linken Hand?« Ich erwiderte ihr: »Ich habe an der rechten Hand ein Geschwür.« Sie sagte: »Nimm die Hand heraus, ich will es aufstechen.« Ich antwortete: »Es ist noch nicht reif.« Ich tat mir dann Gewalt an und trank; ich ward berauscht, und als ich einschlief, stand die Dame auf und sah nach meiner Hand, fand aber nur einen

Arm ohne Hand; als sie mich untersuchte, fand sie auch den Beutel und meine Hand in ein Tuch gebunden; sie war die ganze Nacht höchst bestürzt. Als ich erwachte, hatte sie mir schon eine Suppe mit fünf Hühnern gekocht, sie reichte mir auch Wein dazu, ich trank, legte den Beutel ab und wollte wieder gehen. Da sagte sie: »Wohin? sitze noch! Ich sehe, daß deine Liebe zu mir so stark geworden, daß du meinetwillen alles, was du besessen, ausgegeben und zuletzt noch deine Hand dazu verloren hast; ich rufe hiermit Gott als Zeugen an, daß ich nicht anders als unter deinen Füßen sterben will und du sollst einst sehen, daß ich wahr geredet!« Sie ließ sogleich Zeugen rufen und den Ehe-Kontrakt schreiben. Dann sagte sie dem Schreiber: »Schreibet auch, daß alles, was ich besitze, diesem Manne gehören soll.« Sie gab dann den Zeugen ihren Lohn, stand auf, faßte mich bei der Hand, stellte mich vor eine Kiste und sagte: »Siehst du hier diese Tücher, in denen du mir dein ganzes Vermögen gebracht? nimm es hin, du bist ein lieber, teurer Mann, ich kann dich nicht genug belohnen.« Sie schloß hierauf die Kiste, die mein Geld enthielt, zu; ich freute mich und mein Kummer verschwand. Als ich ihr dankte, sprach sie: »Bei Gott! wenn ich dir mein Leben schenkte, wäre es auch noch zu wenig.« Wir blieben dann nicht ganz einen Monat beisammen, da ward sie krank; ihre Krankheit nahm immer zu und sie betrübte sich um meinetwillen sehr; nach nicht ganz fünfzig Tagen starb sie. Ich war ihr Erbe und fand unschätzbare Reichtümer, worunter auch die Sesam-Magazine, die ich dir verkauft, du Christ.

»Da ich nun mit vielen anderen Dingen zu tun hatte«, fuhr der junge Mann fort, »blieb mir keine Zeit, bei dir mein Geld zu holen; jetzt bin ich fertig mit allem, was meine Frau mir hinterlassen. Nun aber, bei Gott! du

Christ, widersetze dich nicht dem, was ich tun will: da ich doch einmal in dein Haus gekommen und deine Speisen gegessen, so nimm das Geld für den Sesam als ein Geschenk von mir an; es gehört zu dem vielen, das mir Gott beschert hat. Nun weißt du, warum ich mit der linken Hand gegessen.« Dann sagte er: »O Christ! willst du wohl eine Reise nach fremden Ländern mit mir machen? Schon habe ich Waren eingepackt.« Ich willigte ein und versprach ihm, in einem Monat mitzureisen. Auch ich kaufte dann Waren ein und reiste in euer Land mit dem jungen Manne, der hier wieder andere Waren einkaufte und damit nach Ägypten ging; bei mir aber wollte das Schicksal, daß ich hierblieb.

Geschichte vom Zauberpferde

Herr! man erzählt: Es herrschte einmal vor undenklichen Zeiten ein König in Persien, Namens Sabur, der war der größte und mächtigste unter allen Herrschern seiner Zeit und besaß unermeßliche Länder und Reichtümer, die von einer zahllosen Armee verteidigt wurden. Er war aber ebenso berühmt wegen seiner schönen Tugenden, als wegen seiner furchtbaren Macht und Größe, denn er war nicht allein ein Mann von ausgebreiteten Kenntnissen, gewandt und voll Unternehmungsgeist, sondern sein Herz war auch ebenso weich und teilnahmsvoll, als sein Verstand scharf und durchdringend; seine Hand war ebenso mildtätig und freigebig gegen die Armen, als für den Bösen furchtbar und strafend. Er war ein Trost für den Unglücklichen und Beladenen, und der Verstoßene und Verfolgte fand stets eine Freistätte bei ihm. Seine Verwandten liebte er zärtlich, gegen die Fremden war er milde, und nie wurde ein Fall bekannt, daß ein Unterdrückter ihn vergebens um Recht gegen die Gewalt angefleht hätte. Er war Vater von drei Mädchen und einem Sohne. Dieser König feierte jährlich zwei Feste, Niradj und Mihrdjan*. An diesem Festtage pflegte er alle seine Paläste zu öffnen, Geschenke zu machen, Amnestien zu veröffentlichen, Pförtner und andre Aufseher zu entfernen, so daß alle seine Untertanen freien Zutritt zu ihm hatten, um ihn zu begrüßen, zu beglückwünschen und Geschenke darzubringen. Dieser König war ein großer Liebhaber von Philosophie und

Geometrie. Nun traf es sich an einem dieser Festtage, daß drei äußerst gelehrte und erstaunlich weise Männer mit kostbaren bewunderungswerten Geschenken in seine Stadt kamen. Sie waren alle drei aus verschiedenen Ländern und sprachen auch verschiedene Sprachen. Der eine war ein Inder, der andere ein Grieche und der dritte ein Perser. Der Inder ging zuerst zum König, warf sich vor ihm nieder und übergab ihm, indem er zum Feste Glück wünschte, ein höchst bewunderungswürdiges Geschenk. Es war eine mit kostbaren Edelsteinen verzierte goldene Bildsäule, die ein goldenes Horn in der Hand hielt. Nachdem der König dasselbe von allen Seiten genau betrachtet hatte, sagte er zu dem Inder: »Weiser Mann, zu welchem Zweck soll dies dienen?« – »Herr«, erwiderte der Inder, »dies Bildnis hat die Eigenschaft, daß, wenn ein Spion in die Stadt kommt, es sogleich in das goldene Horn stößt. Der Spion wird sogleich zu zittern anfangen und tot niederfallen.« Der König, im höchsten Grade überrascht von den Worten des Inders, sagte zu ihm: »O Weiser! bei Gott! wenn du wahr sprichst, so werde ich all deine Wünsche erfüllen.« Hierauf trat der griechische Weise vor, warf sich dem König zu Füßen und überreichte ihm ein silbernes Bekken, in dessen Mitte ein goldener Pfau saß, rund herum umgeben von 24 Jungen. Nachdem der König es betrachtet hatte, fragte er den Weisen, was der Zweck dieses Werkes sei. »Herr!« erwiderte der Grieche, »dieser Pfau hier wird nach Verfluß jeder Stunde eines seiner Jungen picken und so die Tageszeit anzeigen. Nach einem Monat aber wird er jedesmal den Schnabel öffnen, und darinnen wird der Mond erscheinen.« Als der König das hörte, sagte er: »O Weiser, sprichst du wahr, so soll jeder deiner Wünsche erfüllt werden.« Sodann trat der persische Weise hervor, beugte sich zur Erde und überreichte dem König ein Pferd aus Ebenholz, mit Gold und Edelsteinen beschlagen, vollkommen ausgerüstet, mit prächtigem königlichem Sattel, Zaum und Steigbügeln, und dem nur die Sprache fehlte. Der König war sehr erstaunt beim Anblick dieses kunstreich gebildeten Pferdes und fragte, wozu dieses leblose Pferd diene. »Mein Gebieter!« antwortete der Weise, »dieses Pferd legt mit seinem Reiter in einem Tag eine Strecke von einem Jahre zurück, denn es fliegt durch die Luft.« Der König war im höchsten Grade erstaunt über das Zusammentreffen dieser drei Wunder an einem Tage und sagte zu dem Perser: »Bei dem erhabenen Gott, dem Schöpfer und Erhalter der Menschen durch Getränke und Nahrung, wenn du die Wahrheit gesprochen hast und deine Rede sich bewährt, so gewähre ich dir im voraus jede Bitte, die du an mich stellen magst.« Er bewirtete dann die Weisen drei Tage lang, um ihre Gaben zu prüfen. Jeder brachte sein Werk mit und machte den König mit dessen Bewegungen bekannt. Das Bildnis stieß alsbald ins Horn, der Pfau pickte die Jungen und der Weise schwang sich aufs Pferd, stieg in die Höhe und ließ sich wieder herunter. Der König geriet beinahe außer sich vor Freude und sagte zu den Weisen: »Ihr habt eure Versprechen erfüllt und die Wahrheit eurer Worte durch die Tat bewiesen; nun ist es an mir, auch mein Versprechen in Erfüllung gehen zu lassen. Fordere jeder von mir, was er will, er soll es auf der Stelle haben.« – Die Weisen hatten aber schon von den drei Prinzessinnen gehört, sie sagten daher: »Wenn der König, unser Herr, mit uns zufrieden ist, unsere Geschenke annimmt und uns erlaubt, etwas zu erbitten, so möchten wir, daß der König, der doch gewiß sein Wort nicht brechen wird, uns seine drei Töchter gebe und uns zu seinen Schwiegersöhnen annehme.« Der König sagte: »Ich werde eurer Bitte willfahren«, und er ließ sogleich beim Kadi die Ehe-Kontrakte abfassen.

Die Prinzessinnen hatten aber hinter einem Vorhange dem Schauspiele zugesehen, und als die jüngste ihren künftigen Gemahl, den Perser, betrachtete, entdeckte sie, daß er ein hundertjähriger Greis war, mit einer Stirne voll Runzeln und Falten, mit borstigem Haupthaare, während die Haare der Augenbrauen und des Bartes ausgefallen waren. Seine Augen waren rot und triefend, und seine Wangen so abscheulich gelb und eingefallen, daß man jeden Knochen seines Gesichts sehen konnte. Er hatte eine Nase wie Bedindjan*; seine paar Zähne waren teils ausgefallen, teils locker; seine Lippen blau und lappig, wie Kamelnieren, und seine ganze Haut eingeschrumpft und lederfarben. In der Tat, er war ein Wunder von Häßlichkeit und von einer ganz unbekannten Rasse; der abscheulichste unter allen Menschen, glich er ganz und gar einem Teufel, so daß selbst die Vögel vor ihm in ihr Nest flohen. Das Mädchen aber war das schönste und liebenswürdigste ihrer Zeit; niedlicher als eine Gazelle, zarter als ein Zephyr, übertraf sie den Mond an Glanz und milder Schönheit; sie beschämte alle Baumzweige, wenn sie sich sanft wiegte, und keine Gazelle kam ihr gleich in der Geschwindigkeit und Kühnheit der Wendungen. Sie war schöner und anmutiger als ihre Schwestern.

Als diese Prinzessin nun ihren Bräutigam sah, eilte sie in ihr Gemach, streute Erde auf ihr Haupt, zerriß ihre Kleider und fing an unter lautem Weinen und Wehklagen sich Gesicht und Brust zu zerschlagen. Ihr Bruder, der sie weit mehr als seine andern Schwestern liebte, kam eben von der Reise zurück. Wie er nun ihr Geschrei und Weinen hörte, eilte er zu ihr hinein, schlug sich an die Brust und fragte sie, was ihr denn zugestoßen sei, sie solle ihm die Wahrheit sagen und nichts verhehlen. Sie brach in die Worte aus: »Mein teurer Bruder! Gewiß, wenn deinem Vater durch mich das Schloß zu eng geworden, will ich es gerne verlassen. Hat er an mir etwas seiner Tochter Unwürdiges gesehen, will ich mich von ihm entfernen oder will er nicht länger mehr für mich sorgen, so gibt es für mich ja einen Gott, der mich führen und nicht verlassen wird.« Ihr Bruder, der den Sinn dieser Reden nicht recht begreifen konnte, bat sie, ihm das alles deutlicher zu sagen, denn noch wisse er den Grund nicht, warum sie so bewegt und betrübt sei. Sie antwortete: »Wisse, teurer Bruder! mein Vater hat mich mit einem Zauberer verlobt, der ihm ein schwarzes hölzernes Pferd geschenkt und ihn mit seiner Zauberkunst überlistet hat. Ich aber mag diesen Alten nicht, ich will nicht seinetwillen auf die Welt gekommen sein.« Ihr Bruder sprach ihr Trost und Mut ein, verließ sie dann und eilte zu seinem Vater, den er fragte: »Wer ist der Zauberer, mit welchem du meine jüngste Schwester verlobt hast, und was hat er dir für ein Geschenk gemacht, daß du seinetwillen deine Tochter vor Gram sterben lassen willst? Das soll nicht sein!« Der Weise, der diese Rede mit anhörte, ergrimmte in seinem Herzen über den Prinzen. Der König aber sprach zu seinem Sohne: »Wenn du das Pferd und seine Kunst gesehen haben wirst, so wirst du vor Erstaunen fast den Verstand verlieren. Er befahl dann den Dienern, es herbeizuführen, und als der Prinz es sah, gefiel es ihm, und da er ein guter Reiter war, schwang er sich sogleich in den Sattel und stieß ihm die Steigbügel in den Leib. Als sich aber das Pferd nicht von der Stelle bewegte, sprach der König zu dem Weisen: »Geh und zeige ihm, wie man es in Bewegung setzt, dann wird er sich wohl deinem Wunsche nicht mehr widersetzen.« Der Weise, der schon einen tödlichen Haß auf den Prinzen geworfen hatte, ging zu ihm hin, und zeigte ihm einen Wirbel an der rechten Seite des Pferdes, welcher dazu diente, das Pferd steigen zu machen, und verließ ihn. Der Prinz rieb den Wirbel und nun stieg das Pferd mit ihm in die Höhe und flog mit so reißender Schnelligkeit dahin, daß er bald gar nicht mehr gesehen wurde. Der König ward besorgt um seinen Sohn und fragte den Weisen: »Wie kann er nun aber das Pferd wieder zur Erde lenken?« – »Herr«, versetzte der Weise, »diese Kunst besitze ich nicht, auch ist's seine und nicht meine Schuld, wenn du ihn bis zum Auferstehungstag nicht mehr wieder siehst. Aus Dünkel und Hochmut verschmähte er, mich zu fragen, auf welche Weise das Pferd dahin gebracht wird, wieder niederwärts zu fliegen, und ich selbst dachte im Augenblick nicht daran, es ihm zu sagen.« Der König geriet über diese Worte in so heftigen Zorn, daß er den Weisen schlagen und einsperren ließ. Er selbst riß die Krone von seinem Haupte, schlug sich ins Gesicht und auf die Brust, jammerte und weinte. Die Tore des Palastes wurden geschlossen und alle Festlichkeiten eingestellt; nicht allein der König, seine Gemahlin und Töchter waren von diesem großen Unglück so schmerzlich berührt, sondern auch alle Stadtbewohner teilten ihren Kummer über den Verlust des Prinzen. So war auf einmal Lust in Trauer, und Glück in Unglück verwandelt, und aus einem Freudentage ein Trauertag geworden.

Der Prinz ward indessen von dem Pferde bis in die Nähe der Sonne emporgetragen, er war dem Tode nahe und war darauf gefaßt, zwischen den Himmelskörpern umzukommen. Da dachte er: wenn ich doch sterben muß, so will ich wenigstens sehen, ob der, welcher den Wirbel zum Aufsteigen gemacht, nicht auch einen gemacht hat, durch welchen das Pferd dazu gebracht wird, daß es sich wieder herablasse. Der Prinz war nämlich ein kluger, scharfsinniger und entschlossener Mann. – Er streckte daher seine Hand nach der linken Seite des Pferdes aus und fand einen zweiten Wirbel, den er sogleich rieb. Augenblicklich bemerkte er auch, daß das Pferd sich niedersenkte: und als er wieder rieb, erblickte er bald die Erde wieder und so näherte er sich der Erdoberfläche immer mehr und er war außer sich vor Freude und dankte Gott für seine Rettung. Dann rieb er wieder den rechten Wirbel ein wenig und flog in geringer Höhe weiter. Als es Abend war, erblickte er ein hohes Schloß, mitten in einer blühenden Ebene, durch die murmelnde silberklare Bäche flossen, wo herrliche Blumen standen und muntere Gazellen umhersprangen. Gleich darauf sah er eine große Stadt mit einer festen Zitadelle, Türmen und hohen Mauern, und auf der andern Seite der Stadt war ein sehr hohes, großes und festes Schloß, um welches er vierzig bepanzerte Sklaven mit Schwertern, Bogen und Lanzen bewaffnet, umhergehen sah. Er dachte bei sich selbst: o wüßte ich doch nur, in welchem Lande ich mich befinde; nach einigem Nachdenken aber entschloß er sich, die Nacht auf der Terrasse des Schlosses zuzubringen und sich nach und nach mit den Bewohnern desselben zu befreunden. Sogleich bemühte er sich nun, das Pferd nach dem Schlosse hinzulenken und es auf die Terrasse niederzulassen. Die Nacht war schon hereingebrochen, als ihm dies gelang und er, äußerst hungrig und durstig, abstieg. Er untersuchte die Terrasse von allen Seiten, bis er endlich eine Treppe fand, die in das Innere des Schlosses hinabführte. Er stieg die Treppe hinunter, und kam auf einen Platz vor der Türe des Schlosses, dessen Boden mit weißem Marmor gepflastert, vom Monde beleuchtet war;

hier sah er sich überall um und bemerkte ein Licht, das aus dem Innern des Schlosses schimmerte. Als er darauf zuging, kam er an eine Türe, vor welcher ein Sklave schlief, gleich einem von Solimans Geistern, lang wie ein Baum, und breit wie eine steinerne Bank. Zu seiner Seite brannte ein Licht und lag ein Schwert, das wie eine Feuerflamme funkelte; nebenan aber stand ein Tischchen mit steinernen Pfeilern. Der Prinz zauderte einige Augenblicke, bald aber faßte er sich und sprach: »Ich rufe Gott um Hilfe an! Du, o Gott, der du mich soeben vom Untergang befreit hast, gib mir nun auch die Kraft, mir über dieses Schloß Auskunft zu verschaffen.« Mit diesen Worten streckte er die Hand nach dem Tischchen aus, ergriff es und ging damit auf die Seite, hob die Decke weg und fand herrliche Speisen, und aß und trank, bis er satt war. Dann ruhte er ein wenig aus, trug das Tischchen wieder an seinen vorigen Platz, nahte sich dann auf den Zehen dem Schlafenden und zog ihm das Schwert aus der Scheide. Damit ging er vorwärts, ohne zu wissen, was die Bestimmung über ihn verhängen werde; bald erblickte er wieder eine Türe, welche mit einem Vorhang bedeckt war. Er ging darauf zu, hob den Vorhang auf und trat in das Zimmer, wo ein Thron aus weißem Elfenbein stand, mit Perlen, Rubinen und andern Edelsteinen besetzt, und an dem Fuße desselben lagen vier schlafende Sklavinnen; er näherte sich dem Throne, um zu sehen, wer auf ihm liege, und fand ein schlafendes Mädchen, schön wie der leuchtende Mond, von ihren langen Haaren umwallt. Er bewunderte ihre Schönheit und Anmut, ihren Wuchs und ihr Ebenmaß. Ihre Stirne leuchtete wie der Mond, ihre Wangen, von einem zarten Male angehaucht, glichen Anemonen. Als der Prinz sie sah, kümmerte er sich nicht mehr um Gefahr und Tod. Er näherte sich ihr zitternd und bebend und küßte sie auf ihre rechte Wange. Sie erwachte sogleich und öffnete ihre Augen und blickte den Prinzen an, der ihr zu Häupten stand und sagte zu ihm: »Wer bist du, Jüngling, und wo kommst du her?« Er antwortete: »Ich bin dein Sklave und dein Geliebter.« – »Wer aber hat dich hierher gebracht?« fragte die Prinzessin weiter. »Mein Gott und mein Schicksal«, erwiderte der Prinz.

Die Prinzessin, welche ihr Vater mit einem der vornehmsten Männer der Stadt verlobt hatte, glaubte, der Prinz sei ihr Verlobter. Sie betrachtete ihn näher und da er schön wie der leuchtende Mond war, breitete sich über ihr Herz das Netz der Liebe wie ein flammendes Feuer aus und sie begann sich mit ihm traulich zu unterhalten. Plötzlich erwachten die Sklavinnen und als sie den Prinzen neben ihrer Herrin sitzen sahen, riefen sie: »O Herrin! wer ist denn der junge Mann, der bei dir ist?« – »Ich weiß es nicht«, antwortete die Prinzessin; »ich habe ihn so bei mir gefunden, als ich erwachte. Ohne Zweifel ist es mein Verlobter.« Die Sklavinnen aber sagten: »O Herrin, beim erhabenen Gott! dein Verlobter kann nicht einmal dieses Mannes Diener sein.« Und mit diesen Worten gingen sie zu dem noch immer schlafenden Sklaven, weckten ihn auf und riefen ihm zu: »So bewachst du das Schloß, daß Leute hereinkommen, während wir schlafen?« Als der Sklave dies hörte, sprang er erschrocken auf und wollte nach seinem Schwert greifen, da er es aber nimmer fand, ging er voll Angst und Betäubung zu seiner Herrin. Sowie er den Prinzen neben der Prinzessin sitzen sah, rief er ihm entgegen: »Wer hat dich hierher gebracht, du Betrüger! du Dieb! du niedrig Geborener!« Bei diesen Schimpfreden sprang der Prinz mit dem Schwerte in der Faust wie ein Löwe auf; aber der Sklave entfloh und eilte zitternd und bebend in die Gemächer des Königs und erzählte ihm, was vorgefallen. Der König erschrak, machte sich auf, ergriff sein Schwert und sagte zu dem Sklaven: »Wehe dir! du Hund, was ist das für eine schlimme Nachricht?« – »Herr«, erwiderte der Sklave, »der Schlaf hat uns überwältigt und als wir erwachten, sahen wir auf einmal einen Mann von vornehmem Aussehen und schöner Gestalt neben meiner Gebieterin sitzen; weder ich noch eine der Sklavinnen konnten begreifen, wie er hereingekommen, ob er von oben oder von unten gekommen ist.« Der König eilte selbst mit dem Schwerte in der Hand in die Gemächer der Prinzessin, um diesen Vorfall zu untersuchen. Als er in ihr Zimmer trat und den Prinzen neben seiner Tochter sitzen sah, geriet er in eine unglaubliche Wut; er zog sein Schwert, drang auf ihn ein und wollte ihm den Kopf spalten. Der Prinz aber erhob sich von dem Throne, streckte ihm sein Schwert entgegen und sagte: »Beim erhabenen Gott! wäre mir dies Haus nicht durch meinen Eintritt heilig, so würde ich dich denen, die in deiner Väter Gruft liegen, nachsenden.«

Der König sagte: »Wer bist du, Betrüger? und wer ist dein Vater, daß du es wagen darfst, in solchem Tone mit mir zu reden und meine Tochter in ihrem Schlosse zu überfallen? Weißt du nicht, daß ich der größte König der Erde bin? Bei dem erhabenen Gott, ich will dich der Welt zum Beispiel und Schrecken den martervollsten Tod sterben lassen, du Dieb! du niedrig Geborener!« Der Prinz lächelte und sagte: »Herr! du setzt mich in Erstaunen durch deinen schwachen Verstand und dein grobes Benehmen! Könntest du dich auch meiner bemächtigen und mich umbringen lassen, was würde es dir nützen? Würden da die Leute nicht sagen, der König hat einen jungen Mann bei seiner Tochter gefunden und ihn töten lassen. So würde Spott und Schande über dich kommen, und kein Mensch mehr Ehrfurcht vor dir haben. Übrigens sind wir auch Könige und Söhne von Königen, und wenn wir wollten, wäre es uns ein leichtes, dich vom Throne ins Verderben zu stürzen! Doch Gott sei davor, daß je etwas Böses von mir bekannt werde. Kannst du übrigens deiner Tochter einen bessern Mann wünschen? Und wenn sie Prinzessin ist, so bin ich ein Sohn des Königs von Persien!« Der König fragte ihn: »Warum aber bist du nicht, wie es Sitte ist, zu mir gekommen und hast um sie angehalten?« Der Prinz erwiderte: »Was geschehen ist, ist geschehen. Doch will ich dir einen Vorschlag machen. Laß von deinen Truppen versammeln, so viel du willst, und ich will ganz allein gegen sie kämpfen; werde ich besiegt, so geschieht es, weil ich eine Schuld begangen, schlage ich sie aber in die Flucht, so wird man mich wohl nicht mehr mit Geringschätzung behandeln. Menschen kann man nicht wie Korn abmähen und messen.« Der König war sehr zufrieden mit dem Vorschlag, der ihn aus der Verlegenheit riß, wie er den Prinzen töten lassen solle, ohne sich und seine Tochter in Schande zu bringen. »Es sei so!« sprach er, versammelte, sobald der Tag anbrach, seine Truppen und stellte sie in Schlachtordnung, und befahl, den Prinzen herbeizuführen und ihm ein Pferd und Waffen zu bringen. Der Prinz aber sagte: »Ich will mein eigenes Pferd besteigen; befehle nur, daß man es von der Terrasse, wo es angebunden ist, herabhole.« Als das Pferd herbeigeführt wurde, bewunderte der König die Schönheit und künstliche Arbeit desselben. Der Prinz bestieg es, und die Truppen umringten ihn von allen Seiten, um ihn zu erschlagen. Der Prinz drehte den Wirbel an der rechten Seite des Pferdes, und augenblicklich erhob es sich in die Luft wie ein Vogel. Der König rief immer: »Ergreift ihn.« Die Soldaten aber sagten: »O

König, wen sollen wir ergreifen? bei dem erhabenen Gotte! der ist ein Teufel, ein abtrünniger Geist! Gelobt sei Gott, der dich von ihm befreit hat!« Der König und seine Truppen kehrten verwirrt und betäubt ins Schloß zurück. Der König ging in die Gemächer der Prinzessin und erzählte ihr das Vorgefallene, dann schimpfte er über den Prinzen und sagte: »Gott verdamme diesen schlechten, betrügerischen Zauberer!« Der König glaubte nämlich, durch solche Reden seine Tochter trösten zu müssen, und ahnte nicht, daß ihr Herz für den Prinzen in Liebe entbrannt war. Als er aber die Tränen sah, die ihren Augen entquollen, suchte er sie zu beruhigen und verließ sie. Die Prinzessin aber brach nun in lautes Weinen und Jammern aus und konnte weder essen noch trinken noch schlafen.

Der Prinz Kamr al Akmar (Mond der Monde, so hieß er) durchflog indessen die Luft, bis er in das Land seines Vaters kam. Er ließ sich auf der Terrasse seines väterlichen Schlosses nieder und stieg vom Pferde; wie er die Treppe in das Schloß hinunterging, fand er Asche auf die Pfosten des Schlosses gestreut, so daß er glauben mußte, es sei jemand von seinen Verwandten gestorben; er eilte in die inneren Gemächer nach seiner Gewohnheit, und hier fand er seinen Vater, seine Mutter und Schwestern in Trauerkleider gehüllt, mit bleichen, schmerzentstellten Gesichtern. Sein Vater sah ihn zuerst; er stieß einen lauten Schrei aus und fiel in Ohnmacht; und als er nach einer Weile wieder zu sich kam, drückte er seinen Sohn an seine Brust. Die Königin und die Prinzessinnen, welche dies vernahmen, stürzten auf ihn zu, umarmten und küßten ihn und fragten ihn unter Tränen, wie es ihm ergangen sei? Er erzählte ihnen alles, was ihm begegnet war, von Anfang an bis zum Ende. Als er seine Erzählung geschlossen hatte, sagte sein Vater: »Gelobt sei

Gott, der Erhabene, für deine Rettung, du Freude meines Auges und Leben meines Herzens!« Die Nachricht durchflog schnell die Stadt und verbreitete überall Jubel und Freude; man schlug Trommeln und Pauken und verwechselte die Trauerkleider mit Freudenkleidern; die Stadt wurde festlich geschmückt, und die Leute drängten sich herbei, um dem König Glück zu wünschen. Dieser ordnete große Festlichkeiten an, erließ alle Strafen, ließ alle Gefangenen frei und gab sieben Tage und sieben Nächte lang Mahlzeiten, bei denen jedermann essen und trinken und sich ergötzen konnte. Dann ritt der König mit seinem Sohne durch die Straßen, damit alle Leute ihn sehen und sich seiner erfreuen konnten. Als die öffentlichen Festlichkeiten zu Ende waren, gingen die Stadtbewohner wieder nach Hause, der König aber begab sich mit seinem Sohne ins Schloß. Da sie nun so bei Tische saßen und aßen und tranken und sich belustigten, ergriff eine schöne Sklavin, die Meisterin im Lautenspiele war, die Laute, schlug die Saiten und sang folgende auf die Trennung bezügliche Verse:

»Glaube nicht, daß ich in der Ferne deiner vergesse; denn was könnte ich noch denken, wenn ich dich vergäße? Die Zeit vergeht, aber meine Liebe zu dir ist ewig. Mit ihr werde ich sterben, und mit ihr werde ich wieder auferstehen!«

Als der Prinz diese Verse hörte, ward sein Herz ganz entzündet von der Flamme der Sehnsucht; Schmerz und Trauer überwältigten seine Seele, und er verließ seinen Vater heimlich, bestieg das Pferd aus Ebenholz und flog auf ihm in einem fort, bis er das Schloß der Prinzessin erblickte. Er ließ sich wieder auf der Terrasse nieder und stieg dieselbe Treppe wie früher hinab, wo er auch den Sklaven, wie das erste Mal, schlafend fand; leise ging er an ihm vorbei auf den Vorhang zu, der die Türe des Schlafgemachs der Prinzessin bedeckte; er blieb ruhig hinter dem Vorhange stehen und lauschte. Diese fand er laut weinend und jammernd und Verse rezitierend. Die Mädchen wurden durch das laute Schluchzen und Weinen der Prinzessin aus dem Schlafe aufgeweckt und sagten zu ihr: »O Gebieterin, warum doch grämst du dich so über einen, der deinen Gram nicht mit dir teilt?« Die Prinzessin aber sagte: »O ihr unverständigen Mädchen, ist das ein Mann, den man wieder vergessen kann?« Und nun brach sie wieder von neuem in Jammern und Weinen aus, bis sie endlich einschlief. Der Prinz hörte und sah das alles von der Türe aus mit an, und sein Herz pochte so heftig und seine Brust war beklommen. Er trat in das Zimmer und ging zu dem Throne, wo die Prinzessin lag und zog sie an der Hand. Die Prinzessin erwachte sogleich bei dieser Berührung und wie sie die Augen aufschlug, sah sie den Prinzen vor ihr stehen. Der Prinz sagte zu ihr: »Warum weinst du und bist so traurig?« Als sie ihn erkannte, sprang sie auf, fiel ihm um den Hals, küßte ihn und sagte: »Deinetwegen, weil ich von dir getrennt bin.« Der Prinz sagte: »Laß das Geschehene, ich bin jetzt sehr hungrig und durstig.« Sie ließ sogleich Speisen und Getränke auftragen und unterhielt sich dann mit ihm bis tief in die Nacht hinein. Als der Morgen anbrach, stand er auf, um Abschied von ihr zu nehmen, ehe der Sklave erwachte. Schems ulnahar (so hieß sie) fragte ihn: »Wohin gehst du?« – »Zu meinem Vater«, sagte er, »doch verspreche ich dir, jede Woche einmal zu dir zu kommen.« Sie aber sagte: »Ich beschwöre dich bei dem erhabenen Gott, nimm mich mit dir, wohin du auch gehen magst, und laß mich nicht ein zweites Mal die Bitterkeit der Trennung kosten.« Der Prinz fragte: »Willst du mit mir ziehen?« und als sie mit einem Ja antwortete, sagte er: »So erhebe dich, daß wir abreisen.« Schems ulnahar eilte sogleich nach einer Kiste und zog die kostbarsten, mit Gold und Juwelen besetzten Gewänder an. Dann gingen sie leise, ohne daß die Mädchen etwas merkten, hinaus und kamen so auf die Terrasse und stiegen beide auf das Ebenholzpferd. Der Prinz rieb dann den Wirbel, worauf das Pferd wie ein Vogel durch die Lüfte flog, bis sie sich über der Hauptstadt des Königs von Persien befanden.

Der Prinz ließ das Pferd in einem Garten außerhalb der Stadt langsam nieder, hob die Prinzessin herab und führte sie in ein Lusthaus und sagte: »Bleibe du einstweilen hier, ich will zu meinen Eltern gehen und sie von deiner Ankunft benachrichtigen. Die Veziere und die ganze Armee sollen dir entgegeneilen und mit Pracht und Glanz vor dir herziehen.« Hierauf eilte er zu seinem Vater und erzählte ihm sein ganzes Abenteuer. Der König und die Königin freuten sich sehr, und er gab sogleich Befehl, alles zusammenzurufen, und alle Leute strömten hinaus nach dem Garten.

Der persische Weise, den der König bei der ersten Rückkehr des Prinzen wieder in Freiheit gesetzt hatte, hielt sich gewöhnlich beim Gärtner auf und ging oft in dem Garten ein und aus. So traf es sich denn, daß er an dem Tage, wo der Prinz mit der Prinzessin ankam, sie sah und den Prinzen erkannte. Er näherte sich dem Lusthause und fand ein Mädchen, schöner als die leuchtende Sonne, und neben ihr stand das Pferd von Ebenholz. Da dachte er: Bei dem erhabenen Gott, dieser junge Mann hat mein Herz in Flammen gesetzt wegen seiner Schwester, ich will ihm jetzt Gleiches mit Gleichem vergelten und dieses Mädchen mit meinem Pferde zugleich entführen. Er klopfte dann an die Türe des Gemaches, und als die Prinzessin fragte, wer da sei, antwortete er: »Dein Sklave und dein Diener. Dein Herr schickt mich zu dir und läßt dich bitten, mir zu folgen; ich soll dich auf dem Pferde der Stadt näher bringen, weil meine Herrin, die Königin, nicht so weit gehen kann und sich doch so sehr darauf freut, dich zu sehen und zu begrüßen, daß sie sich niemand zuvorkommen lassen will.« Die Prinzessin zweifelte nicht im mindesten an der Wahrheit dieser Botschaft und öffnete die Türe, wie sie aber seine häßliche Gestalt, seine abscheuliche Gesichtsfarbe und Züge sah, sagte sie: »Hat meine Herrin keinen feineren Diener als dich, um mich zu ihr zu bringen?« Der Perser antwortete: »Meines Herrn Sklaven sind alle einer schöner als der andere, aber aus Eifersucht wählte er mich aus den Sklaven, den du hier vor dir siehst, denn ich bin einer seiner ältesten Diener.« Die Prinzessin fand dies alles wahrscheinlich. Sie schwang sich aufs Pferd, und der Perser saß hinter ihr auf, rieb den Wirbel, so daß sich das Pferd in die Lüfte schwang und die Richtung nach China nahm.

Zu gleicher Zeit, wo der Weise die Prinzessin entführte, brach der Zug zu ihrem Empfang von dem Palaste auf. Unter dem Schall von Trommeln, Pauken und

Trompeten zog der Prinz mit seinem Vater, seiner Mutter, den Vezieren, an der Spitze der Truppen, in den Garten ein. Der Prinz trat zuerst in das Lusthaus, um seine geliebte Prinzessin zu holen, als er aber das Gemach leer fand, warf er seinen Turban auf die Erde und schlug sich ins Gesicht und auf die Brust. Als er den Gärtner bemerkte, schrie er ihn an: »Du Betrüger, wo ist die Prinzessin, was hast du mit ihr begonnen? sage mir die Wahrheit oder ich schlage dir den Kopf vom Rumpfe!« Der Gärtner, der in der größten Verlegenheit war, sagte: »Mein Herr! du sprichst da von etwas, wovon ich gar nichts weiß. Bei meinem Leben und dem geehrten Barte deines Vaters! ich weiß nicht, was du meinst, und habe nichts gesehen von dem, weshalb du mich in Verdacht hast.« Er fragte dann den Gärtner, wer heute in den Garten gekommen sei? Dieser antwortete: »Niemand als der persische Weise.« Der Prinz wußte, als er dies hörte, daß der persische Weise die Prinzessin entführt, er geriet ganz außer sich und schämte sich auch vor den Leuten. Nach einigem Nachdenken sagte er zu seinem Vater: »Gehe du mit den Truppen in die Stadt zurück, ich weiche nicht von hinnen, bis ich im klaren über diese Sache bin.« Sein Vater schlug sich weinend auf die Brust und sagte: »Mein Sohn! fasse dich und tröste dein Herz und wähle dir eine Prinzessin zur Gattin von allen Prinzessinnen der Erde.« Der Prinz aber antwortete nicht hierauf, sondern ließ ihn allein in die Stadt zurückkehren. Und so ward die Freude wieder in Trauer verwandelt.

Um aber wieder auf den persischen Weisen zurückzukommen, so lenkte dieser das Zauberpferd in China zur Erde und stieg mit der Prinzessin in einer grünen Ebene unter einem Baum an einer Quelle ab. Als sie sich hier niedergelassen hatten, fragte die Prinzessin: »Wo ist dein Herr und wo ist sein Vater und seine Mutter?« Er antwortete: »Gott verdamme sie alle; jetzt bin ich dein Herr. Dies Pferd hier gehört mir, ich habe es gemacht. Glaube nur nicht, daß du den Prinzen je wiedersehen wirst, ich bin besser als er und werde jeden deiner Wünsche befriedigen und dich kleiden, wie du es verlangst; ich bin ein reicher Mann und besitze nicht nur viele Sklaven und Sklavinnen, sondern auch viele Güter, und mein Einkommen ist unermeßlich.« Er scherzte dann mit ihr und suchte sich bei ihr einzuschmeicheln, aber sie stieß ihn fünfhundert Meilen weit von sich weg und fing an zu seufzen und zu weinen. Der Weise lag zu Boden und schlief ein (Möge Gott ihn nie wieder aufrichten!). Durch die Bestimmung des erhabenen Gottes traf es sich nun, daß der König von China gerade in jener Gegend jagte, und da ihn große Hitze sehr durstig machte, suchte er diese Quelle unter dem Baume auf, um seinen Durst zu löschen und auszuruhen. Als er hier ein weinendes Mädchen sah mit einem Pferde an der Seite, während der Weise auf einer andern Seite hingestreckt lag, bewunderte er ihre Schönheit und ward ganz entzückt von ihr. Als er sie eine Weile betrachtet hatte, stieß er den Weisen mit dem Fuße, bis er sich erhob, dann fragte er ihn, wer das Mädchen sei, das er mit sich führe? Er antwortete: »Sie ist meine Frau.« Die Prinzessin sprang bei diesen Worten auf, küßte die Steigbügel des Königs und sagte: »Er lügt, o Herr! und ist ein listiger Zauberer, der mich durch List und Verrat gestohlen hat.« Der König von China sagte: »Gebt diesem Alten sogleich die Bastonnade und führt ihn gefesselt ins Gefängnis.« Die Diener des Königs vollstreckten diesen Befehl. Der König kehrte dann an ihrer Seite nach der Stadt zurück. Unterwegs fragte er sie, was denn das für ein Pferd sei. Die Prinzessin antwortete:

»O Herr! auf dem hölzernen Pferde ritt er vor den Leuten und machte allerlei Kunststücke darauf.« Wie der König das hörte, befahl er seinen Dienern, das Pferd in die Schatzkammer zu führen. Er gab die Jagd auf und sagte: »Wir sind ausgegangen, wilde Tiere zu jagen und haben dafür eine menschliche Gazelle gefangen.« Er war sehr heiter und vergnügt; als er in seinen Palast kam, ließ er der Prinzessin sein Gemach anweisen, und noch am selben Abend ging er zu ihr, um ihr seine Hand anzubieten. Die Prinzessin stellte sich aber wahnsinnig. Sie schlug die Hände zusammen, stampfte mit den Füßen und zerriß unter wildem Schreien ihre Kleider; der Sultan verließ höchst verwirrt und betrübt über diesen Krankheitsanfall ihr Gemach, stellte Frauen zu ihrer Bedienung auf, und verschwendete viel Geld an Ärzte und Astrologen, die die Prinzessin von ihrer Verstandesverwirrung heilen sollten.

Während das mit der Prinzessin vorfiel, wanderte der Prinz von einem Land zum andern, und durchstreifte alle Städte, bis ihn der Allwissende und Allhörende wie durch einen Zufall nach China führte. Er kam in die Hauptstadt und als er die Bazare und öffentlichen Plätze besuchte, um zu hören, womit die Leute sich unterhalten, hörte er mehrere Leute auf dem Bazar von dem König und einem Mädchen sprechen, das man allgemein bedauerte. Er näherte sich den Leuten und ersuchte sie, ihm diese Begebenheit auch mitzuteilen. »Wisse«, sagte der eine von ihnen, »unser König ging vor einiger Zeit auf die Jagd, da sah er ein schönes Mädchen mit einem alten Manne und neben ihnen stand ein Pferd von schwarzem Holze. Als der König den Alten nach dem Mädchen fragte, sagte dieser: »Sie ist meine Frau.« Das Mädchen aber schrie: »Bewahre Gott, er lügt und ist ein Zauberer, der mich listigerweise aus meines Vaters Hause entfernt hat.« Der König ließ den Alten ins Gefängnis werfen; das hölzerne Pferd befahl er in seine Schatzkammer zu führen; das Mädchen aber nahm er mit sich ins Schloß und wollte sie heiraten. Da ward das Mädchen plötzlich verrückt und besessen. Seit einem Jahre wendet der König alles für Ärzte und Astrologen auf, aber noch hat sich keiner gefunden, der ihr hätte helfen können.« Als der Prinz diese Erzählung hörte, war er außer sich vor Freude und rief: »Gott sei gelobt und gepriesen! Es bringt dir jemand Neuigkeiten, die du nicht gesucht hast.« Der Prinz kleidete sich als Astrolog, machte sich weite herabhängende Ärmel, setzte einen großen Turban auf, färbte seine Augenbrauen und kämmte seinen Bart. Dann nahm er eine Schachtel mit einer Hand voll Sand und ein altes Buch von feinem Pergament unter den Arm; in die eine Hand nahm er einen Stock, in die andere einen Rosenkranz und ging, wie die Astrologen pflegen, die Perlen des Rosenkranzes abzählend, langsam einher und schrie: »Glück unserm Quartier und dem eurigen!« So kam er an das Tor des Palastes, wo er zu dem Pförtner sagte: »Ich möchte, daß du dem König sagest: Ein weiser Sterndeuter ist aus Persien gekommen, hat die Geschichte deiner Sklavin gehört und will sie heilen.« Der Pförtner eilte schnell ans Tor, führte den Prinzen zum König. Dieser benahm sich ganz wie ein echter Sterndeuter, sprach vieles Vernünftige und Verständliche, und murmelte eine Menge Worte unter einander her, die keiner der Anwesenden verstehen konnte, er grüßte dann den König und neigte den Kopf zur Erde. Der König sagte zu ihm: »O Weiser, ich habe ein Mädchen, das seit einem Jahre mit den Händen schlägt und mit den Füßen stampft, wenn du sie heilst, so gebe ich dir, was du begehrst.« Der Prinz sagte: »Laß mich zu ihr führen, daß ich die Ursache ihrer Krankheit erforsche und sehen kann, zu welcher Klasse von Geistern der gehört, der in ihr haust.« Der König befahl sogleich dem Oberstkämmerer, den verkleideten Prinzen in die Gemächer der Prinzessin zu führen, damit er ihren Zustand untersuche. Als der Prinz vor die Türe ihres Zimmers kam, hörte er, wie sie unter vielen Tränen Verse rezitierte. Sein Herz entbrannte um ihretwillen und er trat schnell in das Zimmer, in welchem sie mit geschlossenen Augen ganz entstellt von brennender Liebe lag, und sagte: »Gott möge dich aus diesem Zustande retten, Schems ulnahar! mit der Hilfe des Allmächtigen ist die Erlösung da! Ich bin Kamr al Akmar!« Als sie seine Stimme hörte und ihn erkannte, erhob sie sich, schlang ihre Arme um seinen Nacken und küßte ihn, dann fragte sie den Prinzen, wie er denn zu ihr habe kommen können. Er aber antwortete ihr: »Es ist jetzt keine Zeit zu langen Gesprächen, denn der Oberstkämmerer steht im Vorgemache, und noch weiß ich nicht, auf welche Weise ich dich befreien soll. Indessen will ich einen Versuch machen, ob es nicht durch List geschehen kann; ist das nicht möglich, so eile ich zu meinem Vater zurück und werde dann an der Spitze aller Truppen nach China kommen und Krieg mit ihm führen, Gott wird dann nach seinem Willen beschließen.« Er verließ sie dann, ging zu dem König zurück und sagte: »Herr! ich will dir ein Wunder zeigen!« Der König erhob sich sogleich und ging mit Kamr al Akmar zu der Prinzessin. Diese fing sogleich an zu schreien und zu schäumen, stampfte mit den Füßen und schlug mit den Händen. Hierauf ging der Prinz auf sie zu, murmelte seine Beschwörungen her und schäumte und blies ihr ins Gesicht, biß sie ins Ohr und flüsterte ihr zu: »Stehe jetzt mit Würde auf, gehe zum König hin, küsse ihm die Hand und zeige dich ihm gefällig.« Als der verkleidete Prinz das Ohr der Prinzessin losließ, sank sie wie ohnmächtig nieder und blieb einige Augenblicke so liegen, dann stand sie auf wie eine vom Schlaf Erwachte, und näherte sich dem König, küßte voll Ehrerbietung seine Hand und sagte: »Willkommen, mein Herr und König! Ich bin erstaunt darüber, daß du deine Sklavin heute besuchst.« Der König war außer sich vor Freude, als er diese Worte hörte, welche mit einer süßen Stimme gesprochen wurden. Er wendete sich dann zu dem Prinzen und sagte: »Wünsche dir etwas, ich gewähre dir deine Bitte im voraus.« Der Prinz entgegnete: »Herr! die Zeit der Wohltat ist noch nicht da, denn ich fürchte sehr, daß die Krankheit des Mädchens wieder ausbreche. Ich wünschte«, fuhr der Prinz fort, »daß sie von zehn Sklavinnen ins Bad getragen werde; sie darf aber nicht mit dem Fuß den Boden berühren. Dann laß ihr den kostbarsten Schmuck von Edelsteinen umhängen, damit ihr Herz seinen Kummer vergesse und ihr Gemüt sich erfreue. Ist das alles geschehen, so laß sie außerhalb der Stadt an den Ort bringen, wo du sie gefunden hast; denn dort ist der böse Geist in sie gefahren.« Als der König diese Worte des Prinzen hörte, sagte er ihm: »Gott grüße dich, o Künstler, o Philosoph, ich habe noch keinen so geschickten Arzt gefunden, wie mochtest du nur wissen, daß ich das Mädchen außerhalb der Stadt gefunden.« Er ließ nun sogleich die Befehle des Prinzen vollziehen und kleidete sie mit einem Schmuck, der eine ganze Schatzkammer wert war, dann trug man sie unter den Baum, wohin sich auch der König mit den Vezieren und seinen Truppen sowie mit dem Prinzen begab. Dieser murmelte Beschwörungen her, blickte bald gen Himmel, bald zur Erde, und ließ Räucherwerke bereiten. Nach einer Weile hob er den Kopf in die Höhe, trat zu dem König und sagte: »Herr! mir ist klar geworden, daß der

Teufel, der in dieses Mädchen gefahren, seinen eigentlichen Sitz im Leibe eines Tieres aus schwarzem Ebenholze hat. Wird nun dieses Tier nicht gefunden, daß ich dem bösen Geiste auflauern kann, so wird das Mädchen jeden Monat von ihm befallen werden.« Bei diesen Worten des Prinzen sagte der König: »Du bist ein göttlicher Mann und Meister aller Weisen und Philosophen! Du hast bei Gott recht, denn ich sah mit eigenen Augen, wie neben dem Mädchen und dem alten Räuber ein Pferd von schwarzem Ebenholze stand, das vielleicht das Tier ist, von dem du sprichst.« Der König gab sogleich die nötigen Befehle, und nach kurzer Zeit ward das Pferd herbeigeführt. Der Prinz untersuchte es aufs Genaueste, um sich zu überzeugen, daß es unbeschädigt sei, dann befahl er das Räucherwerk anzuzünden. Hierauf zog er eine Handvoll zerschnittenes Papier aus seinem Turban und sagte: »Sobald ich auf dem Pferde sitze, so setzet das Mädchen hinter mich und werfet dies Papier in die Flammen. Wenn dem Pferde dieser Geruch in die Nase kommt, wird es das Maul und die Nüstern aufsperren, um ihn einzusaugen, und dann wird der Teufel aus seinem Leibe fahren, sobald ich diesen Wirbel drehe.« Man befolgte genau seine Befehle und sobald das Mädchen hinter ihm saß, drehte er den Wirbel, und das Pferd erhob sich mit ihm und der Prinzessin wie ein Vogel. Der König rief seinen Leuten: »Haltet sie an! haltet sie an!« Als sie ihn aber davonfliegen sahen, sagten sie: »O Herr! was ist da zu tun, das ist ein Teufel oder ein böser Geist!« Der König aber, der noch in die Luft starrte, als schon längst jede Spur von dem Pferde verschwunden war, schrie plötzlich laut auf und fiel in Ohnmacht. Als er wieder zu sich kam, sagte er: »Es gibt keine Macht und keinen Schutz, außer bei Gott, dem Erhabenen! Hat jemals einer einen Menschen fliegen sehen? Bei Gott, das ist höchst wunderbar!« Dann kehrte er mit seinen vor Erstaunen ganz erstarrten Vezieren und Truppen in die Stadt zurück, ließ den weisen Perser aus dem Gefängnisse holen und schrie ihn an: »Elender Betrüger! Warum hast du mir die wunderbare Eigenschaft dieses hölzernen Pferdes nicht gesagt, so daß es einem nichtswürdigen Landstreicher gelungen ist, mir dieses Mädchen zu entführen, das noch einen ganzen

Schatz an ihrem Körper hängen hat?« Als der Weise diese Worte hörte, schrie und weinte er laut und schlug sich in das Gesicht und sagte: »O Herr! Wisse, ich habe dieses kunstreiche Pferd gemacht und es Sabur, dem König von Persien gebracht, der mir dafür die Hand seiner jüngsten Tochter versprach. Sein Sohn aber ist der Räuber des Mädchens und des Pferdes, und es sieht so und so aus.« Hierauf erzählte er ihm seine ganze Geschichte von Anfang bis zu Ende, und der König geriet darüber in solchen Grimm, daß er dem Bersten nahe war, und er betrauerte sein ganzes Leben hindurch den Verlust des Mädchens und des Pferdes. Der Prinz aber durchflog die Luft, bis er der Residenz seines Vaters nahe war, dann ließ er sich im Schlosse seines Vaters nieder; denn das Sprichwort sagt: »Durch häufiges Fallen lernt man gehen«, und wäre er gleich anfangs vorsichtig gewesen, so wären ihm alle diese Unglücksfälle nicht zugestoßen. Seine Eltern waren über seine Ankunft mit dem Mädchen und dem Pferde nicht wenig erfreut. Diese glückliche Nachricht durchflog schnell die ganze Stadt, und alle, die es hörten, lobten und dankten Gott dem Allmächtigen. Das ganze Volk, die Veziere und die Truppen versammelten sich, um dem König Glück zu wünschen. Auch dem großen König, dem Vater der Prinzessin, schickte man Boten mit Briefen und dieser sandte die herrlichsten Geschenke an seine Tochter und an seinen Schwiegersohn. Nun ließ der König die Stadt festlich schmücken; sieben Tage und sieben Nächte dauerten die Festlichkeiten, und eine Menge Geldes ward unter die Armen ausgeteilt. Das Zauberpferd ward in die Schatzkammer gestellt, und ihr ganzes Leben war nur eine fortlaufende Kette der süßesten Annehmlichkeiten, bis auch sie der Zerstörer aller Freuden und der Trenner aller Bündnisse, der Tod, überfiel.

Geschichte des Abul Hasan

Man erzählt nämlich, daß Harun Arraschid*, Gott erbarme sich seiner! einst eine sehr unruhige Nacht hatte; er rief daher Masrur, das Schwert seiner Rache. Als dieser erschien, sagte ihm der Kalif: »Rufe mir den Barmekiden Djafar!« Als dieser nahte, sprach der Kalif: »Ich bin diese Nacht sehr unruhigen Gemüts, ohne daß ich weiß, warum, und kann nicht schlafen; wie könnte ich wohl diese Unruhe und Qual vertreiben?« Djafar antwortete: »O Fürst der Gläubigen! die Weisen sagen: Frauen besuchen, ins Bad gehen und Gesang hören, vertreibt Kummer und Sorgen.« Der Kalif antwortete: »Alles dies habe ich getan, es half aber nichts; ich schwöre nun bei meinem Vater und bei meinen reinen Ahnen, wenn du meinen Kummer nicht verscheuchest, so schlage ich dir den Kopf ab!« Djafar sagte: »Nun, Herr, so folge meinem Rate; laß uns einen Nachen besteigen und nach einem Orte fahren, Karn Asserat genannt, vielleicht werden wir dort etwas neues sehen oder hören; denn man sagt: durch drei Dinge kann man den Kummer vertreiben: etwas sehen, was man nie gesehen, etwas hören, was man nie gehört, etwas erfahren, was man nie erfahren. Vielleicht wird, so Gott will, dein Kummer verschwinden. An beiden Ufern sind Fenster und Altane: vielleicht hören wir da etwas, das unser Herz erfreut.« Djafars Vorschlag gefiel dem Kalifen, sie gingen zusammen mit Fadhl, Ishak, Masrur und Abu Nuwas, bestiegen einen vergoldeten Kahn und die Schiffsleute ruderten dem Orte zu, wohin sie wollten; auf dem Wege dahin hörten sie eine bezaubernde Mädchenstimme, von einer Laute begleitet, folgende Verse singen:

»Steh auf, Freund! der Wein ist klar und die Nachtigall singt auf den Bäumen! Wie lange noch dieses Zögern und Träumen? Erwache! das Leben ist nur geliehenes Gut, nimm ihn aus der Hand eines zarten Jünglings mit Blicken der Liebe, auf dessen Wangen frische Rosen gesäet sind, neben denen rote Kirschen wachsen.«

Als der Kalif dies hörte, erstarrte er und sprach: »O Ishak! was sagst du zu dieser Stimme?« – Ishak, der Gesellschafter des Kalifen, war nämlich der geschickteste Lautenspieler seiner Zeit. – Er antwortete: »O Fürst der Gläubigen! mein Ohr hat nie so etwas Vortreffliches gehört; hinter dem Vorhange hören wir jedoch nur die Hälfte: wie muß es erst in der Nähe sein?« Der Kalif, der das weibliche Geschlecht liebte, sagte: »Kommt, wir wollen uns beim Herrn des Hauses als Gäste melden, vielleicht sehen wir sie dann, wie sie vor uns singt.«

Wir stiegen – so erzählt nämlich der Barmekide Djafar – aus dem Nachen, klopften an der Türe des Hauses, aus welchem der Gesang kam, und baten um Erlaubnis hineinzukommen. Es trat hierauf ein hübscher, beredter junger Mann zu uns heraus und sagte: »Willkommen, ihr vornehmen Herren! kommt herein und macht es euch bequem!« Er führte uns in ein Haus, das nach vier Seiten frei stand; die Decke der Zimmer war golden und die Wände waren mit Lasursteinen gemauert; man sah darin einen großen Saal mit einem Sofa von Elfenbein und Ebenholz, mit dazu passenden Matratzen und Kissen. Auf demselben saßen fünf Mädchen wie der Mond.

Der junge Mann rief ihnen zu, und sie standen auf. Er wandte sich dann zu mir und sprach: »Herr! ich kann den vornehmsten unter euch nicht unterscheiden; darum setze sich im Namen Gottes der Erste unter euch oben an, und so jeder nach seinem Range.« Der Kalif setzte sich oben an; die verständigen Worte des jungen Mannes aber gefielen ihm sehr. Jeder nahm seinen Platz ein, bis auf Masrur, der zur Bedienung stehenblieb. Nachdem sie Platz genommen hatten, sagte der junge Mann: »Wenn ihr es erlaubt, meine Gäste, so lasse ich etwas auftragen«, und er befahl, ein Tischchen von Chalandj* herzurichten.

Auf sein Geheiß nahten sich vier umgürtete Sklavinnen mit kristallnen und chinesischen vergoldeten Gefäßen in der Hand, worauf die kostbarsten Butterspeisen, Feldhühner und junge Tauben waren. Auf dem Rande des Tischchens waren folgende Verse:

»Brich das Brot und die Kuchen an und laß dir Gebackenes und Geflügel wohlschmecken, strecke dann die Hand nach den Fischen aus und dem wohlgebackenen Brot. Göttlich schmeckt hierauf der Braten mit Gemüsen und sauren Speisen; schon ist der Hafen mit Milch überfüllt, daß die Hand bis zu den Armbändern hineinreicht! O Leben! Geduld! das Schicksal ist wunderbar: wenn es uns einen Tag beengt, so wird es uns am folgenden wieder leicht.«

Wir aßen bis wir satt waren, dann wuschen wir unsere Hände mit Rosenwasser im silbernen Waschbecken. Endlich sagte der junge Mann: »Ihr habt mir eure Freundschaft bewiesen; wenn ihr nun irgendein Anliegen habt, so sagt es mir, ich werde mir eine Ehre daraus machen, euch gefällig zu sein.« Wir fragten ihn: »Willst du das wirklich tun?« Er antwortete: »Ja.« Wir sprachen zu ihm: »Wir sind nur in dein Haus gedrungen, weil wir von außen eine schöne Stimme gehört haben; wir bitten dich nun, sie uns in der Nähe vernehmen zu lassen, dann werden wir, so Gott will, wieder hingehen, woher wir gekommen sind.« Er sagte: »Gerne«, und rief einer schwarzen Sklavin zu: »Laß deine Herrin kommen!« Sie ging weg, blieb eine Weile aus, dann brachte sie einen chinesischen Sessel mit griechischem Seidenstoff überzogen; ihr folgte ein Mädchen wie der Vollmond, wie man nie ein schöneres gesehen; das Mädchen grüßte und setzte sich. Ein anderes Mädchen überreichte ihr ein Futteral von roter Seide, woraus sie eine Laute nahm, die mit Gold und Juwelen besetzt war. Sie legte sie an ihren Busen, und neigte sich zu ihr hin, wie die Mutter zu ihrem Kinde; dann ergriff sie die Saiten und schlug einen Ton an, wie ein Kind, das nach seiner Mutter ruft. Dazu sang sie folgende Verse:

> »Die Zeit ist mit dem Gegenstande meiner Liebe zurückgekehrt und ich kann ihm Vorwürfe machen. O Freund! Da du doch wiedergekehrt, so trinke von dem Weine, der, sobald er das Herz berührt, allen Kummer in Entzücken verwandelt. Der Zephyr selbst stand auf und pries ihn im Becher, und ich sah den Vollmond, der einen Stern trug; wie manche Nacht habe ich mit dem Vollmond gekost über dem Tigris, ehe er unterging. Dann neigte er sich zum Untergang, und es war, als ginge ein goldenes Dach über dem Wasser her.«

Als sie diese Verse vollendet hatte, weinte sie heftig, wir aber waren höchst entzückt und ganz außer uns, wegen ihrer schönen Stimme und Gestalt. Der Kalif sprach zu

Ishak, indem er sich zu ihm hinneigte: »Was hast du gesehen, o Ishak?« Er antwortete: »O Fürst der Gläubigen! ihre Kunst ist unübertrefflich!« Der Kalif betrachtete dann den jungen Mann, und bewunderte seine Schönheit und Anmut, obgleich sein Gesicht so gelb aussah, als wollte er sterben. Der Kalif sagte: »Junger Mann!« Dieser antwortete: »Was beliebt, o Fürst der Gläubigen?« – Dies wurde ihm nämlich gesagt, während das Mädchen sang. – Der Kalif sprach: »Ich möchte wissen, ob das Gelbe in deinem Gesichte dir angeboren, oder ob es Folge einer Krankheit ist?« – Er antwortete: »O Fürst der Gläubigen! erst später ist es an mich gekommen.« – »Und wieso? erzähle mir, vielleicht kann dir durch mich geholfen werden.« Der junge Mann sprach: »Höre mich an, ich will dir es erzählen.«

Wisse, o Fürst der Gläubigen! ich bin ein Kaufmann aus der Stadt Oman; mein Vater war auch Kaufmann, besaß viele Güter und trieb einen großen Seehandel; er war ein edler Mann, lehrte mich schreiben und was sonst der Mensch wissen soll. Einst saß ich in meiner Wohnung mit mehreren Kaufleuten, da kam mein Diener und sagte: »Herr! es ist ein Mann an der Türe, der um Erlaubnis bittet, vorgelassen zu werden«; ich erlaubte es ihm und er kam mit einem Träger, der einen zugedeckten Korb auf dem Kopfe hatte, den er vor mir niedersetzte. Als ich ihn aufdeckte, fand ich seltene Früchte darin; ich dankte ihm, gab ihm hundert Dinare, auch dem Träger seinen Lohn; er ging fort und wünschte mir viel Glück. Ich teilte die Früchte unter die Anwesenden, und fragte die Kaufleute, wo diese Früchte herkommen? Sie sagten: von Bagdad, beschrieben mir die Stadt und fügten hinzu: »Es gibt in der Welt keine angenehmere Stadt als Bagdad, und keine besseren und wohlgesitteteren Leute als die Bewohner derselben.« Ich hatte keine Ruhe mehr, so groß ward meine Sehnsucht, dahin zu reisen; ich verkaufte zuerst meine Güter und meine Schiffe für hunderttausend Dinare; dann meine Sklaven und Sklavinnen, und mein Vermögen belief sich auf eine Million Dinare, außer den Juwelen und Edelsteinen. Ich bestieg ein Schiff, ließ alles darauf bringen und reiste nach Baßrah, wo ich einige Zeit verweilte; ich verkaufte zuletzt auch dieses Schiff und mietete ein anderes, auf das ich mein Vermögen brachte, und fuhr damit nach Bagdad. Daselbst angekommen, fragte ich, wo die Kaufleute wohnen? und man sagte mir: in einem Quartier, Karch genannt; ich ging dahin, mietete ein schönes Haus in der Safranstraße, ließ alles, was ich bei mir hatte, dahin bringen, und lebte dort recht angenehm. Eines Tages, es war Freitag, begab ich mich in die Moschee, um zu beten; als dies geschehen war, ging ich mit den Leuten heraus nach einem Orte, Karn Asserat genannt, und sah daselbst ein altes Haus mit Altanen nach dem Ufer hin und eisernen vergoldeten Gittern. Die Leute gingen alle nach diesem Gitter zu, ich folgte der Menge und sah einen schönen, alten Mann vor demselben sitzen, kostbar gekleidet, fein parfümiert, mit einem Barte, der wie zwei Silberstangen sich über seiner Brust zerteilte; vier Sklavinnen und fünf Sklaven umgaben ihn zu seiner Bedienung. Ich fragte jemanden: »Wer ist dieser alte Mann?« Man antwortete mir: »Es ist Zaher, Sohn Alas, der sich aller Betrübten in Bagdad annimmt; wer bei ihm einkehrt, kann essen, trinken und schöne Mädchen sehen.« Da sagte ich: »Bei Gott! ich suche schon lange ein solches Haus.« Ich ging also auf den Alten zu, grüßte ihn und sprach zu ihm: »Herr, ich habe ein Anliegen an dich.« Er antwortete: »Komm nur und trage es vor.«

Er stand vor mir auf; ich ging mit ihm hinein und sagte ihm: »Herr, ich wünsche diese Nacht dein Gast zu sein.« Er sagte: »Recht gerne; sieh, mein Sohn, ich habe sehr viele Mädchen im Hause, von zehn bis zu hundert Dinaren, wähle dir eine!« Ich zahlte ihm sogleich dreihundert Dinare aus für einen ganzen Monat. Er ließ mich hierauf ins Bad, und von da in ein Zimmer bringen, wo ein Mädchen war, und der Diener sagte ihr: »Nimm hier deinen Gast!« Sie nahm mich gut auf, ließ mich neben sich sitzen und befahl vier Sklavinnen, die sie umgaben, mir zu essen und zu trinken zu bringen. Sie brachten einen Tisch mit kostbaren Speisen, worauf folgende Verse geschrieben waren:

> »Sage, hast du nicht Lust zu Hammelfleisch in einem großen Topfe gekocht, das wie Rosenwasser, Moschus und Ambra duftet? Willst du essen, so greife zu, magst du nicht, so bist du ein Narr.«

Man brachte uns Wein, das Mädchen nahm die Laute und sang; ich verließ sie hierauf und ging zu einer andern, und fuhr so fort, bis ich zur Schönsten kam, die ein wahres Wunder von Anmut und Liebenswürdigkeit war. Eines Abends hörte ich ein großes Geschrei, fragte, was es wäre, und man sagte mir: »Alle Bewohner der Stadt fahren auf dem Flusse spazieren.« Der Alte aber sagte mir: »Mein Sohn, wenn du willst, so kannst du alles von hier aus sehen.« Ich stieg daher mit ihm auf die Terrasse, von wo ich eine Menge Volk mit Wachslichtern und Fackeln in großem Gedränge sah. Als ich an das Ende der Terrasse kam, sah ich einen schönen Vorhang vor einer schönen Wohnung; mitten in der Wohnung war ein Sofa von Zypressenholz mit Gold belegt und dazu passenden Kissen und Matratzen, und ein Mädchen saß darauf, ich hatte nie ein schöneres in meinem Leben gesehen. Neben dem Mädchen stand ein

Jüngling, der seine Hand um ihren Hals geschlungen hatte und sie küßte; als ich dies sah, o Fürst der Gläubigen! da war ich nicht mehr Herr meiner selbst und wußte nicht mehr, wo ich auf Gottes Erde war, so schön war ihre Gestalt. Als ich dann wieder herunterstieg, erkundigte ich mich nach ihr bei meinem Mädchen, und fragte es: »Was ist das für ein junges Mädchen, das so schön ist, daß mir der Kopf schwindelt?« Sie lächelte und sagte: »Hättest du wohl Lust, dich ihr zu nähern?« Ich antwortete: »Ja, bei Gott! und kostete es mein Leben.« Da sagte sie: »Das ist die Tochter Zahers und unsere Herrin, wir alle sind ihre Sklavinnen; weißt du, was es kostet, einen Tag bei ihr zuzubringen? Fünfhundert Dinare, und das tut doch dem Herzen eines Kaufmanns wehe.« Ich aber sagte: »Bei Gott! ich will gerne mein ganzes Vermögen für sie hingeben.« Ich konnte kaum den Morgen erwarten, stieg ins Bad, zog ein kostbares mit Gold und Juwelen verziertes Kleid an und ging zum Alten. Er hieß mich willkommen und fragte mich, was ich wolle? Ich sagte: »Ich möchte zu dem Mädchen, das fünfhundert Dinare kostet.« Er sprach: »Glück dazu! willst du die Summe erlegen?« Ich sagte ja, und brachte sogleich fünfzehntausend Dinare für einen ganzen Monat. Er befahl dann einem Diener: »Geh, bringe ihn deiner Herrin Zahra!« Dieser brachte mich in eine Wohnung, dergleichen sich in der Welt nicht wieder findet; als ich hineinkam und das Mädchen dasitzen sah, fiel ich vor Gott nieder und dankte ihm für ein so bezauberndes Geschöpf; sie war so blühend und schön, wie der Dichter sagt:

»Wenn sie mit der Sonne wetteifern wollte, so würden alle Leute sie statt ihres Idols anbeten; wenn sie in das bittere Meer spie, es würde von ihrem Speichel süß werden, und wenn sie im Westen einem frommen Pilger sich zeigte, er würde den Osten lassen, und ihr nach Westen folgen.«

Kurz, o Fürst der Gläubigen! fuhr der junge Mann fort, sie war über alle Beschreibung schön. Als ich sie grüßte, stand sie vor mir auf und hieß mich vielmal willkommen. Ich sah sie gehen, als hebe sie den Fuß aus weicher Erde auf und setze ihn auf harten Stein nieder. Gepriesen sei der, der sie geschaffen! Ich setzte mich neben sie, und sie befahl den Sklavinnen, eine Mahlzeit zu bringen. Da kamen vier junge Mädchen mit einem Tische voll Speisen, wie man sie nur bei Königen sieht, und stellten ihn vor uns auf. Ich griff nach den Speisen und verlor vor Entzücken meine ganze Besinnung. Als wir genug gegessen hatten, wuschen wir unsere Hände. Man brachte hierauf Wein, eine ihrer Sklavinnen reichte ihr eine Laute, die sie auf ihren Schoß legte und stimmte. Die Laute gab einen so rührenden Ton von sich, wie ein kleines Kind, das nach seiner Mutter schreit, wie der Dichter sagt:

»Wir tranken edlen Wein in der Dunkelheit der Nacht, wenn die Auflaurer schliefen. Sie sang, drückte die Laute an ihren Busen, und ließ Wangen und Halsband darüber herunterhängen, neigte sich liebevoll zu ihr hin, als hätte sie ein Kind in ihrem Schoße.«

Ich lebte so, o Fürst der Gläubigen! von einem Monat zum andern, bis ich all mein Geld verschwendet hatte. Eines Tages saß ich bei ihr und dachte, wie ich mich nun von ihr trennen müsse, und weinte. Sie fragte: »Was weinst du?« Ich antwortete: »Über unsere Trennung, o Licht meiner Augen!« Sie fragte wieder: »Und warum müssen wir uns trennen?« Ich antwortete: »Bei Gott! von dem Tage an, als ich zu dir kam, nimmt dein Vater jeden Tag fünfhundert Dinare von mir; nun habe ich aber nichts mehr. Die Leute sagen: die Armut macht einen zum Fremden in der Heimat und der Reichtum ersetzt sie dem Fremden.« Sie aber sprach: »Wisse, mein Vater ist gewöhnt, jedem Kaufmann, der sein Vermögen bei uns verschwendet, drei Tage zu schenken und ihn dann fortzuschicken; fürchte du aber nichts, ich will es so einrichten, daß wir uns nie trennen müssen, denn wisse, mein Vater ist so reich, daß nur Gott weiß, wieviel er besitzt, und all sein Geld gibt er mir aufzubewahren, ich werde dir jeden Tag fünfhundert Dinare geben, die du meinem Vater bezahlst; wie er es mir schickt, gebe ich es dir zurück, und du kannst auf diese Weise, solange Gott will, bei mir bleiben.« Als ich dies hörte, o Fürst der Gläubigen! stand ich auf und küßte ihr die Hand, wir lebten auf diese Weise ein ganzes Jahr fort, bis einst Gott unsere Trennung wollte; sie schlug nämlich eine ihrer Sklavinnen sehr heftig, und diese sagte: »Du hast durch Schläge mir weh getan, bei dem erhabenen Gott! ich will nun auch deinem Herzen weh tun.« Sie ging hierauf zu ihrem Vater und erzählte ihm die ganze Geschichte von Anfang bis zu Ende. Als ihr Vater dies hörte, stand er auf, kam zu mir und sagte: »O Omaner! bei uns ist es Sitte, wenn jemand arm wird, so schenken wir ihm drei Tage: du hast nun schon ein ganzes Jahr genossen.« Er befahl dann einem Diener: »Zieh ihm seine Kleider aus!« Man zog mir meine Kleider aus, gab mir statt derselben alte zerrissene, die keine Drachme wert waren, und schenkte mir zehn Drachmen. Der Alte sagte mir: »Ich werde dich nicht schlagen und dir nichts zuleid tun, geh nur deines Weges, bleibe nicht in diesem Land und erwähne unserer niemals, sonst haftet dein

Blut an deinem eigenen Halse.« So ging ich gezwungen fort, ohne zu wissen wohin.

Aller Gram von der Welt drückte mich, als ich an das Geld dachte, das ich hierhergebracht hatte, wie ich mit einer Million Dinare aus meiner Heimat gekommen war, die ich nun in dem Hause dieses verruchten Alten verschwendet hatte, und wie ich nun elend und zerknirscht weggehen mußte. Es gibt keinen Schutz und keine Macht, außer bei Gott, dem Erhabenen! Ich blieb nur noch drei Tage in großer Verzweiflung in Bagdad, und konnte weder essen noch trinken. Am vierten Tage sah ich ein Schiff, das nach Baßrah ging, ich bestieg es und gab die zehn Drachmen her. Als wir nach Baßrah kamen, ging ich hungrig auf den Markt und sah daselbst einen Gemüsehändler, der mich von früher her kannte; er stand vor mir auf, umarmte mich und fragte, wie es mir gehe, daß er mich in so schlechten Kleidern sehe? Ich erzählte ihm meine ganze Geschichte, und er sagte: »Herr, das ist kein Verfahren eines verständigen Mannes.« Er fragte hierauf: »Was hast du nun vor?« Ich antwortete: »Bei Gott! ich weiß es nicht.« Er aber sagte: »Bleibe bei mir und führe mein Buch, du sollst jeden Tag zwei Drachmen nebst freier Kost haben.« Meine Antwort war: »Gut, alles ist nach der Bestimmung des erhabenen Gottes.« Ich blieb nun bei ihm bis ich hundert Dinare beisammen hatte, mietete mir eine Hütte am Ufer des Flusses und wartete auf ein Schiff, das nach Bagdad segelte.

Eines Tages kam ein Schiff, mit Waren beladen; alle Kaufleute und Großen des Landes gingen, um einzukaufen, und ich mischte mich unter die Menge. Da stiegen zwei Männer vom Schiffe; man stellte ihnen zwei Stühle, auf die sie sich setzten. Die Kaufleute begrüßten sie, sie aber befahlen dem Diener, Teppiche auszubreiten. Als dies geschehen war, holten sie einen Sack mit Perlen und Edelsteinen, Karniol, Kristall, Korallen und andern Steinen. Dann sagten sie: »O ihr Kaufleute, heute verkaufen wir nur dieses.« Die Kaufleute überboten dann einander, und es wurden vierhundert Dinare geboten. Da sah mich einer der Leute, die auf dem Schiffe waren, und der früher mein Freund war, er kam herunter und grüßte mich. Er fragte mich: »Warum sprichst du nicht mit den Kaufleuten?« Ich antwortete: »Die Unfälle der Welt sind über mich gekommen und haben mir mein Vermögen geraubt; ich besitze nur noch hundert Dinare! so hat die Bestimmung es gewollt.« Ich schämte mich so sehr vor ihm, daß ich weinen mußte. Als er mich in diesem Zustande sah, bekam er Mitleid mit mir, und weinte mit mir. Er sagte dann den Kaufleuten, die um ihn herum waren: »Ihr seid meine Zeugen, daß ich diesen Teppich mit allem, was darauf ist, diesem Omaner für hundert Dinare verkaufe, obschon ich weiß, daß er noch einmal so viel wert ist; doch schenke ich es ihm gerne.« Ich wünschte ihm viel Gutes, und alle Kaufleute lobten seine Freigebigkeit. Ich nahm die Waren, ging damit auf den Perlenmarkt, und handelte ein Jahr lang. Nun war unter diesen Edelsteinen auch ein Amulett von Korallen, worauf ganz feine Talismane, die ich nicht verstand, so fein wie Bienenfüße, geschrieben waren; ich nahm dieses Amulett und gab es dem Makler, der damit eine Weile ausblieb, dann kam er wieder und sagte: »Verkaufst du es für zehn Drachmen?« Ich sagte: »Nein, dafür gebe ich es nicht her.« Er warf es vor mich hin und ging wieder fort. Ich ließ es an einem andern Tage wieder ausrufen, da fragte er mich: »Verkaufst du es für fünf Drachmen?« Ich nahm es ihm weg und warf es vor mich hin. Als ich eines Tages so dasaß, kam ein Reisender zu mir, grüßte mich und ich erwiderte seinen Gruß. Er sagte: »Erlaube mir, alles, was du hier hast, genau zu betrachten.« Ich antwortete: »Tu, was du willst.« Ich ward aber mißmutig, als er von allen Edelsteinen nichts als dieses Amulett kaufen wollte, und eine große Freude hatte, als sein Blick darauf fiel, und seine Hand küßte. Er fragte mich: »Verkaufst du dies?« Ich sagte: »Ja«, und sah wohl, daß er eine große Lust dazu hatte. Er fragte: »Wie teuer?« Ich antwortete: »Wieviel hast du bei dir?« Er sagte: »Zwanzig Drachmen.« Ich versetzte: »So laß es nur und gehe deines Weges.« Er sprach: »Laß mir es um fünfzig Dinare.« Ich glaubte, er mache nur Spaß, und sagte: »Geh, laß mich, scherze nicht mit mir, hier ist kein Ort zum Spaßen.« Er sagte dann: »Verkaufst du es um hundert Dinare? um zweihundert, um fünfhundert, um tausend Dinare?« Das alles sprach er lachend, und ich glaubte immer, er scherze nur. Er bot dann noch mehr als tausend, ich aber antwortete vor Zorn nicht mehr. Endlich aber sagte er: »Verkaufst du es für zwanzigtausend Dinare?« Da mußte ich lachen und spaßte nun auch mit ihm. Alle Leute des Marktes versammelten sich um uns und riefen mir zu: »Verkaufe es ihm und wenn er nicht bezahlt, so machen wir uns alle gegen ihn auf und treiben ihn aus der Stadt.«

Ich sagte: »Nun in Wahrheit, wieviel Geld hast du?« Er aber fragte: »Verkaufst du es?« Ich antwortete: »Ja, wenn du es kaufen willst.« Da sagte er: »Ich habe dreißigtausend Dinare, verkaufst du es dafür? nimm sie und gib das Amulett.« Ich sprach zu den Anwesenden: »Ihr seid Zeugen. Doch verkaufe ich es nicht, bis du mir sagst, wozu es dient, daß du so viel Geld dafür gibst.« Er sagte: »Mache nur den Handel richtig, dann sage ich es dir, und Gott bürgt mir für deine Aufrichtigkeit.« Ich sagte: »Nun, es sei!« Da freute er sich sehr, nahm das

Gold heraus, gab es mir, nahm das Amulett, hing es um seinen Hals und fragte noch einmal: »Bist du zufrieden?« Ich antwortete: »Ja.« Er sagte dann zu den Anwesenden: »Ihr seid Zeugen, daß er zufrieden ist und den Wert angenommen hat.« Er wandte sich hierauf zu mir und sagte: »Bei dem erhabenen Gott! hättest du noch mehr gefordert, ich hätte dir hundert-, zweihundert-, dreihunderttausend Dinare gegeben.« Als ich dies hörte, war mir, als sei ich aus dem Schlafe erwacht, das Blut entfloh aus meinem Gesichte, und von damals an ward ich durch die Bestimmung Gottes, gelobt sei er! so gelb. Ich fragte ihn: »Und wozu dient es?« Er sagte mir: »Mein Sohn, höre meine Geschichte!«

Es versammelten sich nun mehr als tausend Menschen um uns, und er sprach: »Wisse! Kaschmir, der große König von Jemen, der ein Dritteil der Welt besitzt, ist der Vater der schönsten Tochter der Welt, die aber die fallende Sucht hat. Der König ließ alle Sterndeuter kommen, um sie zu heilen. Da sagte einer der Anwesenden: O König! ich kenne einen Mann, er heißt Abd Allah aus Babel, und ist der geschickteste Mann auf der Welt, um derartige Krankheiten zu heilen; wenn du willst, so schicke mich zu ihm. Der König gab ihm ein Stück Karniol und hunderttausend Dinare, und der Mann reiste damit nach dem Lande Babel, fragte nach dem alten Manne und brachte ihm die Geschenke. Der Alte nahm sie an und beobachtete sieben Monate lang die Sterne, bis er eine günstige Stunde fand, in der er nach seiner Einsicht die Talismane und Namen auf dieses Amulett schrieb. Der Mann nahm es und brachte es dem König, der es seiner Tochter umhängte. Diese war an vier Ketten gefesselt, jede Nacht mußte ein Mann bei ihr wachen, den man des Morgens tot fand. Sobald ihr nun der König dieses Amulett umgehängt, ward sie durch den Willen des erhabenen Gottes wieder gesund, und von jenem Tage an bekam sie keinen Anfall mehr. Der König freute sich sehr, machte jenem Manne viele Geschenke, und alle Bewohner der Stadt erwiesen ihm Wohltaten. Eines Tages aber machte die Prinzessin mit ihren Sklavinnen eine Spazierfahrt auf dem Flusse und spielte mit ihnen; da streckte eine Sklavin scherzend die Hand nach ihr aus, das Amulett machte sich los und fiel ins Wasser. Die Prinzessin fiel in Ohnmacht und ward wieder krank wie zuvor. Als der König dies hörte, gab er mir Geld und befahl mir, zum Alten zu gehen, um ein neues Amulett machen zu lassen; als ich aber nach seinem Orte kam, war er schon tot. Gottes Barmherzigkeit sei mit ihm! Der König schickte uns dann zu Zehn ab und gab uns viel Geld, um in allen Ländern nachzusuchen, bis mich mein Glück zu dir trieb.« Mit diesen Worten nahm er das Amulett und ging fort. Du hast nun, Fürst der Gläubigen, die Ursache meines gelben Gesichts gehört! Ich kehrte hierauf nach Bagdad zurück, nahm mein Geld mit mir und mietete wieder mein altes Haus. Am Morgen nach meiner Ankunft zog ich mich an und ging nach dem Hause Zahers, Sohn Alas, in der Hoffnung, meine Geliebte wieder zu sehen. Als ich dahin kam, sah ich die Fenster geschlossen; ich blieb eine Weile stehen und dachte über meine Lage und über die Macht des Schicksals nach, bis ich einen Diener sah. Ich fragte ihn, was aus dem Herrn dieses Hauses geworden? Er antwortete: »Mein Onkel, er hat sich zu dem erhabenen Gott bekehrt.« Ich fragte ihn: »Und was hat ihn zu seiner Buße veranlaßt?« Er antwortete: »Vor einigen Jahren war ein Mann bei uns, mit Namen Abul Hasan aus Oman, den seine Tochter sehr liebte; als er sie verließ, wurde sie so krank, daß sie vor Gram dem Tode nahe war. Sie erklärte sich nun ihrem Vater, der nach allen Ländern schickte, um ihn aufzusuchen. Er versprach dem, der ihn bringen würde, hunderttausend Dinare. Niemand aber wußte, wo er hingekommen, und man konnte keine Spur von ihm entdecken; die Tochter ward deshalb immer kränker und nun ist sie dem Grabe sehr nahe. Ihr Vater hat des großen Unglücks seiner Tochter willen alle Mädchen verkauft und sich zu dem erhabenen Gott bekehrt.« Ich sagte dem Diener: »Was wirst du sagen, wenn dir jemand den Abul Hasan zeigt?« Er antwortete: »O ich beschwöre dich bei Gott, hilf mir und meinem Vater aus unserm Elende.« Ich sagte ihm: »Geh hinein und sprich: Abul Hasan aus Oman ist an der Türe und läßt dich grüßen.« Er rief aus: »Was sagst du? Ich beschwöre dich bei Gott, sprich die Wahrheit!« Ich antwortete ihm: »Geh hinein und sage, was ich dir aufgetragen;« worauf er von mir weglief, wie ein Maulesel, der von der Mühle entflieht. Nach einer Weile kam er wieder mit dem Alten zurück. Als dieser mich sah, grüßte er, umarmte mich und sprach: »Gelobt sei Gott, der dich wohl erhalten!« Mit diesen Worten ging er in sein Haus, gab dem jungen Mann tausend Dinare und kam hierauf wieder zu mir, umarmte mich nochmals und sagte: »Gelobt sei Gott, der dich wohl erhalten! Wo warst du, mein Sohn? deine Trennung hat meine Tochter niedergeschlagen. Komm mit mir herein.« Ich trat mit ihm in seine Wohnung. Er hieß mich sitzen, ging zu seiner Tochter und sagte: »O meine Tochter, lasse einmal diese Krankheit!« Sie erwiderte: »O mein Vater, ich werde nicht eher gesund, bis ich den Geliebten meines Herzens wiedersehe; wäre mir doch vergönnt, auch nur einen einzigen Blick auf sein Antlitz zu werfen.« Er aber sprach: »Ich gelobe, dich mit deinem Geliebten zu vereinigen; geh nur zuerst ins Bad und iß etwas.« Als sie diese Worte hörte, rief sie: »Sprichst du wahr?« Hierauf sagte der Alte zu seinem Diener: »Geh zu dem Herrn, der eben angekommen ist.« Er kam zu mir, und ich trat mit ihm hinein. Kaum hatte das Mädchen mich erblickt, o Fürst der Gläubigen! so fiel sie in Ohnmacht. Als sie wieder zu sich kam, seufzte sie tief und sprach diese Verse:

»Sobald ich ihn noch beim Leben sah, erschrak ich
so sehr, daß ich ihm nichts erwidern konnte.«

Sie setzte sich dann aufrecht und sagte: »O mein Herr, bei Gott, ich habe geglaubt, dich nur im Traume wieder zu sehen!« umarmte mich und weinte heftig. Hierauf sagte sie ihrem Vater: »Geh, reiche mir etwas zu essen.« Der Alte freute sich sehr darüber, und brachte ihr Speisen und Getränke; wir aßen und tranken. Ich brachte einige Zeit bei ihr zu: ihre Schönheit und Anmut kehrten aber zusehends wieder. Dann ließ ihr Vater den Kadi und die Zeugen rufen und verheiratete mich mit ihr: nun ist sie meine Gemahlin, o Fürst der Gläubigen, und ich habe schon einen Knaben von ihr.

Er brachte dann einen Knaben herbei, schön wie der aufgehende Mond, er küßte die Erde vor dem Kalifen; der Kalif nahm ihn zu sich, küßte ihn und pries Gott für seine Schönheit.

Der Kalif, dem diese Geschichte sehr wohl gefiel, stand auf, indem er zu Djafar sagte: »Bei Gott, das ist eine wunderbare Begebenheit!« Sie gingen dann miteinander in den Palast des Kalifen. Als dieser am folgenden Morgen auf dem Throne saß, rief er Masrur, und ließ ihn drei Ladungen Geld, eine von Bagdad, eine von Arsan und eine von Baßrah zusammentragen, bis es eine so ungeheure Summe ausmachte, daß nur Gott sie zählen konnte; er befahl dann Djafar, den jungen Mann zu rufen. Er ging zu ihm, klopfte an der Türe, und als er zu Djafar herauskam, sagte er zu ihm: »Der Fürst der Gläubigen läßt dich rufen!« Als er mit ihm zum Fürsten kam, küßte er die Erde, nahte sich zitternd und ließ seine Hände herunterfallen, denn er fürchtete sich, er habe in etwas gegen den Kalifen verstoßen, dessen Reich Gott verewige und dem Gott seine Huld zuströmen lasse! Der Kalif hieß ihn den Vorhang, den er über das Geld hatte decken lassen, wegnehmen. Als der junge Mann den Vorhang wegnahm und das viele Geld sah, erschrak er und schwieg. Der Kalif sagte ihm: »Ich schenke dir dieses Geld als Ersatz für das, was du bei dem Amulett verloren.« Der junge Mann antwortete: »O Fürst der Gläubigen! das ist ja mehr als noch einmal so viel.« Der Kalif sprach zu den Anwesenden: »Ihr seid Zeugen, daß ich dieses Geld diesem jungen Manne schenke.« Derselbe trat dann vorwärts, küßte die Erde und schwieg; er schämte sich und weinte, es flossen Tränen über seine Wangen; mit Erlaubnis des erhabenen Gottes kehrte das Blut wieder in sein Gesicht zurück, und es war wie der Vollmond. Als der Fürst der Gläubigen ihn sah, sagte er: »Es gibt keinen Gott, außer Gott! gepriesen sei der ewig Unveränderliche! sieh einmal in den Spiegel!« Als er sein Gesicht gesehen, fiel er dankend vor Gott nieder, und dankte auch unserm Herrn Harun Arraschid, dem Fürsten der Gläubigen. Der Kalif sprach: »Bei der Herrlichkeit Gottes und seinem vollkommenen Wesen! ich nehme keinen Drachmen von diesem Geld! Ich schenke dir alles, und was ein Edler verschenkt, nimmt er nicht zurück.« Er ließ das Geld in sein Haus tragen, nahm ihn auf immer in seine Dienste, machte ihn zu seinem Gesellschafter, und sie lebten in Wonne, Freude und Annehmlichkeiten, bis ihnen der Herr der Welten den Tod sandte.

Die Sklavin Harun Arraschids

Harun Arraschid ging einst am Gemache einer seiner Sklavinnen vorüber, mit der er schon lange entzweit war. Sie war vom Weine erhitzt und hatte einen langen Mantel an, den sie selbstgefällig nachschleppte. Raschid trat zu ihr und wollte sie umarmen. Sie aber sagte: »O Fürst der Gläubigen, du hast mich schon so lange verstoßen, daß ich mich nicht mehr auf deinen Besuch vorbereitete. Warte also bis morgen, da will ich mich gehörig schmücken und zu dir kommen.« Am folgenden Morgen gab der Kalif den Befehl, daß man niemanden zu ihm lasse, und erwartete die Sklavin. Da sie aber nicht kam, ging er zu ihr und fragte sie, warum sie ihr Versprechen nicht gehalten? Sie antwortete: »O Fürst der Gläubigen, der Tag löscht die Worte der Nacht wieder aus.« Der Kalif verließ sie und ließ die Dichter, welche im Vorsaale harrten, hereinrufen; sie hießen: Rakaschi, Mußab und Abu Nuwas. Raschid erzählte ihnen sein Abenteuer und befahl ihnen, Verse zu dichten mit dem Schlußverse: Der Tag löscht die Worte der Nacht aus. Da sagte Rakaschi:

> »Wie wolltest du sie vergessen, wenn dein Herz ihr stets entgegenschlägt? Ein Mädchen, das niemanden besucht und von niemanden besucht werden will, ließ dich vor Liebe rasen, als du sie besuchtest, und als du wiederkamst, sagte sie: der Tag löscht die Worte der Nacht aus.«

Mußab sprach dann folgende Verse:

»Bei Gott, liebtest du wie ich, so wäre in Bagdad kein Haus mehr weit genug. Seht, wie meine Augen triefen und wie bei ihrer Erwähnung eine brennende Flamme mich durchglüht. Wo bleibt euer Versprechen, meine Herrin? Sie aber antwortete: der Tag löscht die Worte der Nacht aus.«

Dann sprach Abu Nuwas:

»Eine Nacht saß sie, vom Weine gerötet, doch voller Würde, im Schlosse, ein Mantel umhüllte ihre Schultern und ein Zephyr umwehte einen schmiegsamen Zweig, der kleine Granatäpfel trug; da sagtest du ihr: gewähre mir doch eine Zusammenkunft! Besuche mich morgen, entgegnete sie; als du aber erschienst, sagte sie: der Tag löscht die Worte der Nacht aus.«

Raschid sagte: »Gott verdamme dich, Abu Nuwas! Man glaubt ja, du wärest zugegen gewesen.« Er ließ jedem fünftausend Drachmen geben, Abu Nuwas aber zehntausend und noch ein kostbares Ehrenkleid.

Geschichte der messingnen Stadt

Als der Fürst der Gläubigen, Abdulmelik, der Sohn Merwans, eines Tages von den Großen des Reichs umgeben war, kam die Rede auf Geschichten alter Völker und ihre mächtigen Kaiser; da sagte einer der Anwesenden: »Keinem Sterblichen ward je so viel verliehen als Salomo, dem Sohne Davids; denn er gebot über Menschen und Genien, über Vögel und vierfüßige Tiere. Gott befahl sogar dem Winde, ihm seinen Teppich einen Monat lang auf der Hin- und ebensolang auf der Rückreise zu tragen, auch gab ihm Gott einen Siegelring, mit welchem er Eisen, Blei, Stein und Kupfer versiegeln konnte, kurz, er gab ihm alles.« Da sagte Abdulmelik: »Es ist wahr, zürnte er gegen Genien, so sperrte er sie in kupferne Büchsen ein, goß Blei darauf, siegelte sie mit seinem Ringe zu und warf sie ins Meer.« Hierauf erhob sich Taleb, ein berühmter Schwarzkünstler und hochgestellter Mann, der Bücher hatte, die ihn Schätze aus der Erde zu ziehen lehrten, und sprach: »O Fürst der Gläubigen! Gott erhalte dein Reich und erhebe deinen Rang in beiden Welten! Mein Vater erzählte mir, einst habe mein Großvater sich eingeschifft, um nach der Insel Sizilien zu fahren; da gefiel es Gott, einen Sturmwind herbeizuführen, der das Schiff vom Wege ablenkte und es erst nach einem Monate an einen hohen Berg trieb, den niemand kannte. Die Schiffsleute wußten gar nicht, wo sie waren, und fanden am Ufer Leute von wunderbarer Gestalt, die sie nicht verstanden. Nur der König dieses Landes verstand Arabisch, obgleich er kein Fremder war. Dieser kam ans Ufer, begrüßte sie und sagte: »Ihr habt euch gewiß verirrt, denn euer Schiff ist das erste, das hier landet; doch fürchtet nichts, ihr sollt wieder glücklich in eure Heimat zurückkehren.« Der König bewirtete sie dann drei Tage lang mit Vögeln und Fischen. Am vierten Tage führte er sie zu den Fischern spazieren; da sahen sie, wie einer sein Netz auswarf und eine kupferne Flasche heraufbrachte, die mit Salomos Siegel versiegelt war. Er brach der Flasche den Hals ab und öffnete das Siegel; da stieg ein blauer Rauch heraus und verwandelte sich in der Luft in die häßlichste Gestalt der Welt und rief: »Gnade! Gnade! o Prophet Gottes, ich will nichts mehr so tun.« Mein Urgroßvater ging dann zum König und fragte ihn, was das wäre? da sagte er: »Es ist ein rebellischer Geist, der wegen seines Ungehorsams gegen Salomo eingesperrt und ins Meer geworfen ward. Als er jetzt herauskam, glaubte er, Salomo lebe noch und habe ihm verziehen; darum rief er: Gnade! Gnade! o Prophet Gottes!«

Abdulmelik war sehr erstaunt über diese Erzählung und sagte: »Es gibt keinen Gott außer dem einzigen Gott; der hat Salomo ein großes Reich gegeben; könnte ich nur einmal mit meinen Augen solche Salomonische Flaschen sehen, sie würde jedem zur Belehrung und zur Warnung dienen.« Da sagte Taleb: »Diese Büchsen finden sich in der messingnen Stadt, wenn du solche zu haben wünschest, so schreibe Musa, deinem Statthalter über den Westen und Andalusien, er möge einige seiner Leute mit Lebensmitteln und Wasser dahin schicken, und dir ohne Säumen einige von dort bringen lassen.« Der Kalif ließ sogleich einen Schreiber rufen und an den Emir Musa schreiben. Er gab dann Taleb den Brief und sagte ihm: »Ich wünsche, daß du selbst den Brief überbrächtest.« Taleb antwortete: »Ich gehorche Gott und dem Fürsten der Gläubigen«, ließ sich Geld, Lebensmittel und ein Reittier geben und reiste von Damaskus nach der Hauptstadt von Ägypten. Dort verweilte er einige Zeit bei guter Bewirtung, begab sich dann nach Oberägypten, wo der Emir Musa sich aufhielt. Als dieser von der Ankunft Talebs hörte, ging er zu ihm, bewillkommte ihn und ließ ihn mit Auszeichnung bewirten. Taleb überreichte ihm dann den Brief des Kalifen, und als er ihn gelesen hatte, sagte er: »Ich gehorche Gott und dem Fürsten der Gläubigen«, ließ sogleich einige Reisende kommen und sagte ihnen: »Der Kalif schreibt mir, ich solle ihm Salomonische Flaschen verschaffen, wie fange ich das an?« Die Reisenden antworteten: »Wende dich an Abdul Kadus, der wird dir den Ort angeben, wo sie liegen, denn er ist viel gereist zu Wasser und zu Land, er ist der beste Führer und Ratgeber, kennt alle Wüsten und ihre Bewohner und alle Meere, und ist schon mancher Gefahr glücklich entgangen.« Musa schickte nach ihm, und es erschien ein alter Mann, dem die Jahre schon hart zugesetzt hatten, und dem man ansah, daß er schon die wunderbarsten Dinge erlebt. Musa teilte ihm den Brief des Kalifen mit und sagte: »Da ich dieses Land wenig kenne und gehört habe, es sei niemand so weit gereist als du, so bitte ich dich, mit uns zu gehen und uns zu helfen, den Willen des Kalifen zu erfüllen. Du sollst dich, so Gott will, nicht umsonst bemühen.« Abdul Kadus erwiderte: »Ich gehorche Gott und dem Fürsten der Gläubigen; doch, mein Herr, die messingne Stadt liegt weit von hier; wir haben einen weiten Weg zu machen und laufen viel Gefahr auf der Reise.« Da fragte Musa: »Wie lange müssen wir ausbleiben?« Der Alte antwortete: »Wir brauchen zwei Jahre hin und ebensoviel zurück, und du bist ein Mann, der für Gott gegen

Ungläubige kämpft, du darfst also durch eine so lange Abwesenheit das Land nicht dem Feinde preisgeben, darum ernenne einen Stellvertreter, der in deiner Abwesenheit die Feinde bekämpfe und das Land verwalte; übrigens weiß ja der, dessen Leben nicht in seiner Gewalt steht, auch nicht, wie bald er dem Tode anheimfällt.«

Musa ließ sogleich seinen Sohn Harun rufen, der ein guter und in der Regierungskunst erfahrener Mann war und übertrug ihm die Statthalterschaft Ägyptens; dann ließ er die Truppen zusammenkommen und empfahl ihnen, seinem Sohne, wie ihm selbst, in allem Gehorsam zu leisten. Als dies geschehen war, sagte der Alte zu Musa: »Laß tausend Kamele mit Wasser beladen und wieder tausend mit Lebensmitteln und ebenso viele mit irdenen Krügen.« – »Wozu diese?« fragte Musa erstaunt. Der Alte antwortete: »Wir haben vierzig Tage durch die große Wüste von Kairawan zu gehen, wo es wenig Wasser gibt und man keine Menschen sieht; dort weht ein heftiger Samum, der die Schläuche austrocknet, weshalb das Wasser nur in Krügen aufbewahrt werden kann.« Musa schickte nach Alexandrien und ließ von dort viele Krüge holen. Er nahm dann seinen Vezier zu sich, ließ zweitausend bepanzerte Reiter neben den Kamelen herreiten, und der Alte ritt als Führer voran. Ihre Reise war sehr beschwerlich, sie zogen bald durch bewohntes, bald durch unbewohntes Land, und häufig führte der Weg durch wilde, gefährliche, wasserlose Wüsten oder über hohe Berge. So zogen sie ein Jahr lang umher. Eines Morgens waren sie vom rechten Wege abgekommen; der Führer wußte nicht mehr, wo er war, und rief: »Es gibt keinen Schutz und keine Macht außer bei Gott, dem Erhabenen! Bei dem Herrn der Kaaba, ich habe mich in der dunklen Nacht verirrt und befinde mich nun in einem Lande, das ich heute zum ersten Male sehe.« Da sagte Musa: »So führe uns wieder zur Stelle zurück, wo wir vom Wege abgekommen sind.« Als der Alte sagte, er könne sie nicht mehr finden, rief Musa: »So laß uns nur weiter gehen, vielleicht wird uns Gott durch seine Macht leiten.« Sie gingen nun bis zur Zeit des Mittaggebetes vor sich hin und kamen in ein schönes ebenes Land, so flach wie das Meer, wenn es ganz ruhig ist. Bald sahen sie in der Ferne etwas Hohes und Schwarzes, sie gingen etwas näher und fanden ein Gebäude, so hoch und so fest wie ein Berg, ganz von schwarzen Steinen gebaut, mit furchtbar großen Altanen und einem chinesischen eisernen Tore, das einen blendenden Glanz von sich warf. Niemand wußte, wofür er dieses Riesengebäude halten sollte, das tausend Schritte im Umfang hatte und dessen hundert Ellen hohe bleierne Kuppel in der Ferne sich wie eine Rauchsäule ausnahm. Da sagte der Führer: »Wir wollen diesem Gebäude näher treten, vielleicht können wir uns daran belehren.« Als er aber näher kam, erkannte er es und rief: »Es gibt keinen Gott außer Gott, und Muhamed ist sein Prophet.« Da sagte Musa: »Ich sehe, du preisest Gott; hast du uns eine frohe Botschaft mitzuteilen?«

Der Alte antwortete: »Freue dich! der erhabene Gott hat uns aus den schrecklichsten Wüsten befreit. Wisse, mein Vater hat mir einmal von seinem Großvater erzählt, er sei in diesem Lande gewesen und nach langen Irrwegen an dieses Schloß gekommen, und von da in eine messingne Stadt. Wir haben von hier nach dem Orte unserer Bestimmung nur noch zwei Monate zu reisen; wir müssen immer dem Rande der Wüste folgen, finden aber viele Wohnungen, Brunnen und Bäche, die Alexander der Zweihörnige eroberte, als er sich nach Westen wandte; die meisten Brunnen auf unserem Wege hat er graben lassen.« Musa dankte für diese freudige Nachricht und sagte: »Komm, laß uns jetzt die Wunder dieses Schlosses sehen!« Sie gingen auf das Tor zu und fanden darüber folgende Inschrift mit goldenen Buchstaben:

»Die Überbleibsel ihrer Werke verkünden uns, daß auch wir ihnen folgen müssen. O Wanderer, der du vor dieser Wohnung stehst, willst du die Geschichte eines Volks kennenlernen, das sich von seinen Reichtümern trennen mußte, so geh ins Schloß und forsche nach den Begebenheiten derjenigen, die dort im Staube beisammen wohnen.«

Musa weinte über diese Verse und sagte: »Es gibt keinen Gott außer Gott, der ewig fortdauert.« Er kam dann an ein anderes Tor, auf welchem folgende Inschrift zu lesen war:

»Wie manches Volk hat vor uralter Zeit hier gelebt und ist wieder verschwunden! wären die Menschen verständig, so würden sie einsehen, wie die Zeit mit andern verfährt und es sich zur Warnung dienen lassen; sie haben Schätze gesammelt, die sie wieder andern überlassen mußten, während sie selbst nach allem Abmühen ins enge Grab steigen. Wie manche Freude wurde ihnen zuteil, wie viel haben sie genossen, während sie jetzt selbst im Staube verzehrt werden.«

Diese Inschrift machte auf Musa einen tiefen Eindruck; die ganze Welt erschien ihm nichtig und das irdische Leben kaum beachtenswert. »Ich bin Gottes«, rief er, »und zu ihm kehren wir alle wieder; es gibt keinen Schutz und keine Macht, außer bei Gott, dem Erhabenen! er hat uns zu etwas Großem in der Zukunft geschaffen; diese Welt hat aber für mich nicht mehr den Wert eines Mückenflügels; alle Könige müssen zuletzt sterben, und die Armen haben nach dem Tode mehr zu erwarten. Gepriesen sei Allah, der Ewigdauernde.« Er ging dann ins Schloß und bewunderte ungestört dessen schöne Bauart mit ungeheuren Räumen, in denen kein Mensch zu sehen war. Als er in den Hof kam, wo eine Kuppel sich erhob, fand er vierhundert Gräber. Er näherte sich einem derselben, das einen großen Grabstein von weißem Marmor hatte, auf welchem folgende Verse eingegraben waren:

»Wie oft bin ich gleich dir stehen geblieben, um Inschriften auf Grabsteinen zu lesen; wie lange habe ich gegessen und getrunken und Sängerinnen angehört; wie viele feste Schlösser habe ich erobert und seine Schönen mir zugeeignet; auch ich, o Wanderer! habe vor dir über das Schicksal nachgedacht, und es war mir, als fragte man schon nach mir, und es hieß: Er ist tot. Drum, o Wanderer, sorge für deine Seele, ehe du zu den Toten niedersteigst.«

Musa weinte und war so gerührt, daß ihm fast der Atem ausging. Er näherte sich dann der Kuppel und sah acht hölzerne Pforten mit goldenen und silbernen Nägeln beschlagen. Über der Hauptpforte waren folgende Verse geschrieben:

»Nicht aus Freigebigkeit hinterließ ich andern meine Güter, sondern der Tod, der unter den Menschen umherzieht, zwang mich dazu. Lange freute ich mich mit meinem Gute und beschützte es wie ein reißender Löwe. Ich war stets voller Sorgen, gab aus Geiz kein Senfkörnchen von dem Meinigen her und hätte man mich ins Feuer geworfen. Da kam bald der über mich verhängte Tod, und es lag nicht in meiner Macht, ihn abzuwenden. Nichts halfen mir meine gesammelten Truppen, kein Freund und kein Nachbar konnte mich retten. Mein ganzes Leben war eine Täuschung, ich lebte bald in Wohlstand, bald in Not, stets den Tod vor Augen. Kaum füllen sich deine Beutel mit Dinaren, so gehören sie schon einem andern und es kommen Kameltreiber und Totengräber. Dann kommt der Tag des Gerichts und du trittst vor Gott allein und nur mit Sünden schwer beladen. Drum, o Wanderer, laß dich nicht vom Glanze der Welt verblenden und bedenke, wie sie es deinen Freunden und Nachbarn gemacht.«

Musa war so angegriffen, daß er in Ohnmacht fiel; als er wieder zu sich kam, ging er in die Kuppel und sah ein großes Grabmal mit einem eisernen chinesischen Grabstein, auf dem folgendes zu lesen war:

»Im Namen Gottes, des Einzigen, Mächtigen, Ewigdauernden, der allein bleibt, während alle seine Diener vergehen müssen. O Wanderer, der du hierher kommst, belehre dich an dem, was du hier von den Schicksalen der Welt erfährst, laß dich nicht vom Glanze der Welt verführen, sie ist trügerisch gleich dem Traum eines Schlafenden, oder einem täuschenden Sandspiegel, dem der Wanderer sich vergebens nähert, um seinen Durst zu löschen. Auch ich setzte mein Vertrauen auf diese Welt und ward von ihr verraten. Ich war Herr von viertausend Jungfrauen, so schön wie der Mond, und sie gebaren mir tausend Söhne, stark und mutig wie Löwen. Ich lebte tausend Jahre und sammelte Schätze, wie kein König der Erde noch besaß; ich glaubte, das würde ewig fortdauern; aber der Zerstörer aller Freuden, der Verwüster aller Wohnungen, der Kinder zu Waisen macht, weder den Armen verschont noch vor den Befehlen des Königs sich fürchtet, ereilte auch mich in meinem Schlosse, und als ich die Vergänglichkeit sah, ließ ich diese Verse als Belehrung für Verständige aufschreiben. Ich hatte ein Heer von zehntausend Reitern, alle tapfere Helden, mit langen Panzern, schneidenden Schwertern, schrecklichen Lanzen und edlen Rossen; als die Bestimmung Gottes, des Herrn der Welten eintraf, fragte ich meine Krieger, ob sie das Schicksal von mir abwenden könnten, und als sie dies nicht vermochten, ergab ich mich der Fügung, die mir den Tod gab und mich in dieses Grab versenkte. Ich bin Kusch, der Sohn Kanans, Sohn Schaddads, Sohn des älteren Ad.«

Dann kamen folgende Verse:

»Wer wird einst im Wechsel der Zeiten meiner noch gedenken, und ich bin doch der Sohn Schaddads, der die Welt beherrschte mit allen Menschen, die darauf sind; alle Könige der Erde beugten sich vor meinen Waffen und alle ihre Bewohner fürchteten meine Macht; wenn ich ausritt, sah ich eine Million Zügel, und unzählbare Schätze füllten meine Paläste; doch endlich kam der Tod, der alle Menschen auseinander trennt, und ich stieg aus meiner Herrlichkeit in die niedrigste Wohnung; da hätte ich gern für einen Augenblick Leben mein ganzes Vermögen hingegeben, aber Gott wollte diesen Tausch nicht, und so liege ich hier einsam, getrennt von den Freunden. Drum, o Wanderer, sorge für deine Seele vor dem Tode und stelle dich sicher gegen die Tücke des Schicksals!«

Musa ward auch von diesen Versen so ergriffen, daß ihm das Leben zur Last wurde. Hierauf kamen sie an einen gelben Stein mit Füßen von Zypressenholz, worauf geschrieben war:

»An diesem Tische haben tausend Könige gespeist, die am rechten Auge blind waren, und tausend, die am linken Auge blind waren, und tausend, die zwei gesunde Augen hatten; alle sind aus der Welt geschieden und wohnen jetzt in Gräbern.«

Nachdem Musa von allem, was er gelesen, eine Abschrift genommen, reisten sie wieder weiter, und nach drei Tagen kamen sie an einen hohen Hügel, auf dem ein kupferner Reiter auf einem kupfernen Pferde saß; er hatte eine lange blendende Lanze in der Hand, auf deren Spitze folgendes mit römischen Buchstaben geschrieben war:

»O Wanderer, der du hierherkommst, wenn du den Weg nach der messingnen Stadt nicht weißt, so reibe den Reiter, er wird sich herumdrehen, und wende dich dann nach der Seite, nach welcher er die Spitze der Lanze dreht.«

Musa rieb den Reiter, er drehte sich herum, und sie schlugen den Weg ein, nach welchem er die Lanze hob und fanden sich bald auf geebnetem Wege. Nach drei

Tagen kamen sie auf einen hohen Berg, auf dem sie eine große lange Säule sahen; als sie darauf zugingen, fanden sie eine Statue von schwarzem Stein, die einen Menschen vorstellte, der bis zu den Achseln in der Säule steckte; er hatte zwei große Flügel, zwei Hände wie die Tatzen eines Löwen, mit eisernen Krallen, einen Haarschopf mitten auf dem Kopfe wie ein Roßschweif, zwei Augen, die in die Länge gespalten waren und Feuer sprühten, und aus der Stirne stach noch ein drittes häßliches dunkelrotes Auge hervor, wie das eines Luchses. Diese Gestalt rief in einem fort: »Gepriesen sei der, welcher diese lange harte Pein über mich verhängt hat!« Musa bat den Alten, diese Gestalt einmal zu fragen, wer sie sei und warum sie sich in diesem Zustande befinde? Der Alte sagte: »Ich fürchte mich vor ihr.« Musa versetzte: »Der hat genug mit sich selbst zu tun, um dir etwas anzuhaben.« Der Alte ging auf sie zu und fragte: »Wer bist du? wie heißt du? wer hat dich hierher gebracht?« Da antwortete sie: »Ich bin ein böser Geist und heiße Dasmusch und werde gepeinigt und bleibe hier gebannt bis zum Tage der Auferstehung durch die höchste Gewalt Gottes. Die wunderbare Ursache aber, warum ich an diese Säule gebannt bin, ist folgende: Iblis, den Gott verdammen möge, hatte einen Götzen aus rotem Korall, der mir anvertraut war. Diesen Götzen betete einer der Könige des Meeres an, welcher über zehnhunderttausend bewaffnete Menschen und zehnhunderttausend Genien gebot, ich verführte aus dem Leibe des Götzen hervor die Leute und sie gehorchten mir und erkannten die Herrschaft Suleimans, des Propheten Gottes, nicht an. Dieser König hatte eine Tochter, welche Tag und Nacht den mir anvertrauten Götzen anbetete, und so schön war, daß man selbst Salomo auf sie aufmerksam machte. Dieser schickte zu ihrem Vater, ließ um sie anhalten und befahl ihm auch, den Götzen zu zerbrechen und den einzigen Gott und seinen Propheten Suleiman anzuerkennen. Tust du dies, ließ ihm Salomo sagen, so geht es dir gut, wo nicht, so bereite dich zum Tode vor, denn ich werde dich mit Truppen überfallen, welche die ganze Erde ausfüllen, und du wirst gleich dem gestrigen Tage werden, der nie mehr wiederkehrt. Als der König diesen Brief las, warf er ihn zornig weg und sagte zu seinen Vezieren: Was soll ich Salomo, dem Sohne Davids, antworten, der einen Boten herschickt, meine Tochter als Gattin verlangt und mir befiehlt, meinen Götzen zu zerbrechen und seinen Glauben anzunehmen? Die Veziere antworteten: Großer König und mächtiger Herr! was kann Salomo dir tun? Du bist ebenso groß und noch mächtiger als er, du hast über eine Million Krieger zu gebieten und wohnst auf diesem großen Meere, wo er gar nicht zu dir gelangen kann und wo Menschen und Genien für dich kämpfen; übrigens berate deinen Herrn, den Götzen, und befiehlt er dir, ihm entgegenzuziehen, so tue es! Der König stand auf und ging zum Götzen, brachte ihm ein Opfer, fiel vor ihm nieder und sprach: O Herr, ich bitte um deinen Schutz, der König Salomo will dich zerbrechen. O Herr! gebiete uns, dein Befehl wird vollzogen, denn wir kennen deine Macht. Ich verbarg mich nun, weil ich Salomos Macht nicht kannte, in dem Leibe des Götzen und sagte: Ich fürchte mich nicht vor Salomo; wenn er Lust hat, soll er mich nur bekriegen, ich werde ihm mit Schwert und Lanze das Leben nehmen.

Meine Antwort gab dem König Mut genug, um Salomo den Krieg zu erklären; er spie seinem Gesandten ins Gesicht und gab ihm folgende beleidigende Antwort: Sage Salomo, sein Herz habe ihm Lug und Trug vorgespiegelt; er möge seine ganze Macht aufbieten, wenn er nicht zu mir geht, so komme ich zu ihm. Als der Bote Salomo diese Antwort überbrachte, glühte er vor Zorn, und sein Entschluß stand fest. Er sammelte alsbald Menschen und Geister und Vögel und wilde Tiere, befahl dann dem Löwen, dem König der vierfüßigen Tiere, alle reißenden Tiere aus den Wüsten und Einöden zu versammeln. Er rief dann den Adler, den König der Vögel, und befahl ihm, alle Raubvögel zusammenfliegen zu lassen. Seinem Vezier Damuriat erteilte er den Befehl, alle Genien und Teufel und widerspenstigen Geister zu rufen, und Asaf, den Sohn Berahjas, beauftragte er, alle menschlichen Truppen zusammenzubringen. Als alles in unzählbarer Masse sich eingestellt hatte, setzte sich Salomo mit seinen Scharen auf seinen Teppich; die Vögel flogen über ihm und die Menschen und Genien gingen vor ihm her. Als der ganze Zug am Ufer des Meeres anlangte, stieg Salomo vom Teppich herunter und schickte einen Boten zum König der Insel, der ihm sagen sollte: Hier ist nun Salomo, der Prophet Gottes, gehorche ihm, zerbrich deinen Götzen, gib ihm deine Tochter zur Frau und rufe mit allen Bewohnern des Landes aus: Es gibt keinen Gott außer dem einzigen Gott, und Salomo ist sein Prophet! wo nicht, so verteidige dich gegen seinen Angriff. Glaube aber nicht, daß dich das Meer gegen ihn schützt, denn er befiehlt dem Winde, ihn zu dir zu tragen, und erscheint mitten auf deiner Insel, um dich zu verderben. Als der Gesandte dem König Salomos Botschaft überbrachte, antwortete er: Sage Salomo, ich ziehe ihm morgen entgegen und hoffe ihn zu treffen. Der Bote kehrte wieder zu Salomo zurück, der sich hierauf zur Schlacht rüstete.

Sobald der Gesandte weg war, ließ mich der König rufen und gebot mir, alle unter mir stehenden Truppen zu versammeln. Ich gehorchte, brachte eine Million

Menschen und ebenso viele Genien zusammen; auch der König zog alle seine Leute zusammen, und es kam eine Zahl heraus, die nur Gott kennt. Salomo aber stellte wilde Tiere zur Rechten und zur Linken seiner Truppen auf, und befahl den Vögeln in der Luft, über ihren Köpfen zu fliegen, dem Feinde, sobald er einen Angriff versuche, mit den Flügeln ins Gesicht zu schlagen und ihnen mit den Schnäbeln die Augen auszupicken. Er selbst schwebte auf seinem vom Winde getragenen Teppiche in der Luft, er setzte Damuriat über den rechten Flügel der Menschen und Asaf über den linken, die Könige der Menschen stellte er zur Rechten und die Könige der Geister zur Linken und die wilden Tiere und Vipern und Schlangen schickte er voraus. Indessen traten wir ihnen doch entgegen und kämpften zwei Tage, am dritten Tage aber brach nach der Bestimmung das Verderben über uns herein. Ich stellte mich an die Spitze der ersten Reihe unserer Truppen und forderte zum Zweikampfe heraus. Da trat mir Damuriat, der Vezier Salomos, wie ein großer feuerspeiender Berg mit seiner schrecklichen Macht entgegen und schoß einen feurigen Pfeil gegen mich ab, aber ich wich ihm aus und schleuderte einen feurigen Pfeil gegen ihn, der ihn traf. Aber sein Pfeil machte meine Flamme unschädlich und er schrie so laut, daß ich glaubte, die Berge wankten und der Himmel stürzte über mir zusammen. Auf seinen Befehl griffen dann seine Truppen uns an und das Handgemenge ward allgemein unter furchtbarem Getöse; die Erde zitterte, Flammen sprühten, Rauch stieg gen Himmel, Köpfe fielen, Gallen zersprangen, fliegende Genien kämpften in der Luft, wilde Tiere auf der Erde; ich selbst focht immer gegen Damuriat, der mich so sehr in die Enge trieb und mir so hart zusetzte, daß ich die Flucht ergriff, und sogleich zerstreuten sich auch alle meine Truppen. Aber Salomo rief den Seinigen zu: Nehmet sie mit ihrem ruchlosen Könige gefangen! Da stürzten wilde Tiere zur Rechten und zur Linken über uns her; Vögel pickten uns die Augen aus und schlugen uns ihre Flügel ins Gesicht, Schlangen bissen uns und unsere Pferde, so daß kein einziger von den Unsrigen entkam. Zwar floh ich noch eine Strecke von drei Monaten vor Damuriat, aber zuletzt sank ich erschöpft zu Boden und ward von ihm eingeholt. Als er mich gefangennahm, sagte ich ihm: Bei dem, der dich erhoben und mich erniedrigt hat, laß mich leben und führe mich zu Salomo (Friede sei mit ihm). Aber Salomo nahm mich sehr schlecht auf, ließ sich diese Säule bringen, höhlte sie aus, steckte mich hinein und legte sein Siegel darauf; Damuriat trug mich dann hierher und setzte einen mächtigen König über mich, um mich zu bewachen, und so muß ich hier in schwerer Pein bis zum Auferstehungstage gefangen bleiben.«

Höchst erstaunt über diese schreckliche Gestalt, rief Musa aus: »Es gibt keinen Gott außer dem einzigen Gott, der Salomo ein großes Reich geschenkt.« Der Alte sagte dann dem Geiste: »Erlaubst du mir, dich etwas zu fragen?« Der Geist antwortete: »Frage nur, was du willst.« Da fragte der Alte: »Gibt es hier Geister, in kupferne Flaschen von Salomos Zeit her eingesperrt?« – »Ja wohl«, erwiderte der Geist; »im Meer Karkar, dort wohnen Leute, die noch von Noah abstammen (Friede sei mit ihm!), dorthin kam die Sündflut nicht, denn jene Gegend ist von der ganzen übrigen Erde abgeschieden.« Der Alte ließ sich dann noch den Weg nach der messingnen Stadt und dem Orte, wo die kupfernen Flaschen liegen, näher angeben und zog mit Musa und seinen Begleitern weiter. Nach einer kurzen Strecke sahen sie etwas Schwarzes in der Ferne, von zwei einander gegenüber lodernden Flammen umgeben. Als Musa fragte, was das wäre? antwortete der Alte: »Freue dich, Fürst, das ist die messingne Stadt, so ist sie mir in meinem Schatzbuche beschrieben; denn sie ist aus schwarzen Steinen gebaut und hat zwei Schlösser aus spanischem Messing, welche wie zwei Feuer einander gegenüber aussehen, und daher hat sie auch ihren Namen.« Sie gingen nun auf die Stadt zu, welche mächtige Gebäude enthielt und schön angelegt war, von sehr festen, achtzig Ellen hohen Mauern mit fünfundzwanzig Toren umgeben. Aber diese Tore konnten nur von innen geöffnet werden; Musa war daher in der größten Verlegenheit und wußte keinen Rat, um in die Stadt zu dringen und ihre Wunder zu sehen und der Alte sagte ihm: so ist sie in dem Schatzbuch beschrieben. Nach einigem Nachdenken befahl er einem seiner Offiziere, um die Stadt herum zu reiten und zu sehen, ob sich nicht ein zugänglicher Ort finde. Dieser bestieg sein Kamel, nahm Wasser und Lebensmittel mit und nach zwei Tagen hatte er den Kreis um die Stadt vollendet, berichtete aber, sie sei wie aus einem Stücke gegossen, er habe auch keine Öffnung gefunden, die es möglich machte, hineinzukommen.

Musa fragte ihn dann, ob er gar nichts von der Stadt gesehen? »Tapferer Fürst«, antwortete der Offizier, »es müssen Wunderwerke in den Mauern, vor denen wir hier stehen, verborgen sein; ich bin ganz erstaunt über die Festigkeit dieser Stadt, über ihre schönen Gebäude und hohen Türme.« Musa stieg dann mit dem Alten auf den höchsten Berg, der vor der Stadt lag, und von hier aus sahen sie die schönste Stadt vor sich liegen, die man finden konnte; hohe Häuser, feste Schlösser, fließende Bäche, schön angelegte Straßen. Ihr Auge entdeckte aber keinen Menschen, noch ein Haustier; Nachteulen hausten darin mit andern Vögeln, aber sie war sicher vor jedem Wechsel der Zeit. Die Wohnungen beklagten die Bevölkerung, die sie einst umschlossen, und die Schlösser beweinten die, welche sie gebaut. Musa wunderte sich über den traurigen Zustand dieser Stadt und rief: »Gepriesen sei Gott, der die Launen des Schicksals nicht zu befürchten hat und den die Zeit nicht ändert.« Unter solchen Betrachtungen sah Musa an der Seite des Berges, welche der Stadt gegenüber lag, sieben marmorne Tafeln, auf denen allerlei Ermahnungen eingegraben waren. Musa bat den Alten, diese Inschriften zu lesen, und dieser näherte sich der ersten Tafel und las folgende Inschrift:

»O Mensch, warum bedenkst du nicht, was vor dir war, deine Jahre, Monate und Tage haben dich es vergessen lassen. Weißt du nicht, daß der Todeskelch dich erwartet und daß du bald von der Welt scheiden mußt? Drum sorge für deine Seele, ehe du ins Grab sinkst. Wo sind die Könige, welche Länder besessen, Menschen unterjocht, Schlösser gebaut und Truppen angeführt haben? Der Tod hat sie überfallen, der alles Vereinte trennt, ihre Wohnungen stehen nun leer, sie sind aus geräumigen Schlössern ins enge Grab gestiegen.«

Dann las er noch folgende Verse:

»Wo sind die mächtigen Kaiser mit allen ihren Leuten? Gegen ihren Willen mußten sie sie räumen, als der Herr des Himmels sie heimsuchte, und nichts halfen ihnen alle ihre Schätze.«

Musa ward tief ergriffen und Tränen flossen auf seine Wangen herab; er ließ sich dann Tinte geben, schrieb die Tafel ab und ging zur zweiten, welche folgende Inschrift hatte:

»O Mensch! welche Hoffnungen täuschen dich? Was zerstreut dich von dem Gedanken des Todes? Weißt du nicht, daß niemand in dieser Welt bleibt? Wo sind denn die Könige, die so viele Länder besessen? Wo sind die, welche Irak bevölkert haben? Wo ist der Erbauer Ispahans? Wo ist der Herr von Chorasan? Der Todesbote hat ihnen zugerufen und sie mußten antworten. Der Verkündiger der Vergänglichkeit hat sie angesprochen, und sie verschwanden; ihre festen Schlösser schützten sie nicht und alles, was sie gezählt und aufgehäuft, konnte das Übel nicht von ihnen abwenden.«

Zuletzt las er noch folgende Verse:

»Wo sind die großen Kaiser und ihre Reiche? Sie haben die Erde verlassen, als wären sie nie gewesen. Sie haben aus Furcht vor dem Zerstörer der Freuden viele Truppen gesammelt, dann mußten sie doch beschämt von dannen weichen.«

Musa weinte heftig und rief: »Bei Gott! wir sind zu etwas Großem geschaffen!« Er schrieb auch diese Tafel ab und ging zur dritten Tafel, auf welcher geschrieben war:

»O Erdensohn, du lebst in Zerstreuungen und wendest dich ab vom Befehle deines Herrn; ein Tag nach dem andern vergeht von deinem Leben, und du kehrst dich nicht daran. Sammle dir doch Vorrat für den Auferstehungstag, und bereite dich vor, deinem Herrn zu Rede zu stehen!«

Auf dieser Tafel standen noch folgende Verse:

»Wo sind die Mächtigen, die so viele Länder bebauten und immer ruchloser und gewalttätiger wurden? Alle Bewohner der Erde, Indier und Sindier, Abyssinier und Mohren, und Nubier fielen dem Tode anheim, sobald sie übermütig wurden, und alle ihre Schlösser konnten ihnen nicht helfen.«

Musa gefiel auch diese Inschrift so sehr, daß er sie abschrieb; er stellte sich dann vor die vierte Tafel, welche folgende Inschrift hatte:

»O Mensch, wie lange glaubst du, daß dein Herr dir noch zusieht, wenn du immer tiefer ins Meer deiner Leidenschaften untertauchst? Jeder Tag bringt dir Gottes Güte, jeden Tag sollte dein Dank zu ihm hinaufsteigen, statt dessen beschäftigst du dich mit eitlen Dingen. O schäme dich doch vor dem, der alles sieht, und erfülle des Teufels Wünsche nicht! Mir ist, als frage man schon nach dir und es heißt: Er ist gestorben voller Reue über seine Vernachlässigung der göttlichen Gebote.«

Am untern Rande der Tafel standen noch folgende Verse:

»Wo sind die, welche hier feste Grundpfeiler gelegt und hohe Gebäude darauf errichtet? Wo sind die, welche diese festen Burgen bewohnt haben? Sie sind alle verschwunden, sie ruhen im Grabe bis zum Tage, an welchem jedes Geheimnis offenbart wird. Gott, der allein Ehrwürdige, ist unvergänglich.«

Musa fiel vor großem Erstaunen in Ohnmacht; als er wieder zu sich kam, schrieb er auch die vierte Tafel ab und näherte sich der fünften, auf der geschrieben war:

»O Menschensohn! was leitet dich ab von dem Gehorsam gegen Gott, der dich als Kind gepflegt und erzogen? Wie kannst du seine Huld vergessen, während er immer gnädig auf dich herabsieht und seine schützende Hand über dich ausbreitet? Du entgehst doch einer Stunde nicht, welche bitterer ist als Geduld*, und heißer als brennende Kohlen; bereite dich zu dieser Stunde vor, denn wer kann ihre Bitterkeit mildern und ihre Glut löschen? Gedenke der Völker und Jahrhunderte, die vor dir waren, und belehre dich daran, ehe du untergehst!«

Am Rande der Tafel waren noch folgende Verse eingegraben:

»Wo sind die alten Könige der Erde? Dahin sind sie mit ihrem ganzen Erwerb. Einst ritten sie an der Spitze von Armeen, welche die ganze Erde ausfüllten, bekämpften mächtige Herrscher, besiegten und zernichteten unzählbare Heerscharen; aber unerwartet kam der Befehl des Herrn des Himmels, und nach dem glanzvollsten Leben war Verwesung ihr Ende.«

Nachdem Musa auch diese Inschrift abgeschrieben hatte, näherte er sich der sechsten Tafel, worauf zu lesen war:

»O Menschensohn! Glaube nicht, daß dein Heil ewig dauert; der Tod schwebt immerfort über deinem Haupt. Wo sind deine Väter? Wo deine Brüder und Freunde? Alle sind ins Grab gestiegen, als hätten sie nie gegessen oder getrunken, und vor den erhabenen Herrn getreten und empfangen nun den Lohn ihrer Taten. Sorge daher für deine Seele, ehe du ins Grab sinkst!«

Die Inschrift schloß mit folgenden Versen:

»Wo sind die Könige der Franken! Wo sind die, welche in Tanger thronten? Nur ihre Werke bleiben ewig in einem Buche aufgezeichnet, das der Einzige als unauslöschliche Beweise aufbewahrt.«

Als Musa diese Verse gelesen und abgeschrieben hatte, rief er: »Es gibt keinen Gott außer Gott! Wie groß war der Tod dieser Leute!« Er näherte sich dann der siebenten Tafel, worauf geschrieben war:

»Gepriesen sei der, welcher über alle seine Geschöpfe den Tod verhängt, der selbst aber ewig lebt und niemals stirbt. O Menschensohn! laß dich von deinen vergnügten Tagen, Stunden und Augenblikken nicht irre leiten! Wisse, daß der Tod dir immer näher rückt und gleichsam auf deinen Schultern sitzt, jeden Augenblick bereit, dich zu überfallen. Schon ist mir, als sähe ich dich deines süßen und angenehmen Lebens beraubt; drum horche auf meine Rede und vertraue nur dem höchsten Herrn! Wisse, in dieser Welt ist kein Bleiben, sie gleicht einem Spinngewebe, alles vergeht darin! Wo ist der Gründer und Erbauer der Stadt Amid*? Wo ist der, welchem die Stadt Farikein* ihr Dasein verdankt? Nach aller ihrer Herrlichkeit sind sie ins Grab gestiegen, und so werden auch wir einst vergehen, denn nur der erhabene, barmherzige Gott allein bleibt ewig.«

Der Erzähler fährt fort: Der Emir Musa bewunderte diese Inschrift und schrieb sie ab, stieg dann wieder vom Berg herab und sagte den Führern und den andern Leuten, die ihn umgaben: »Wie fangen wir es an, um in diese Stadt zu kommen, ihre Wunder zu sehen und ihre Schätze zu nehmen?« Der Führer antwortete: »O Fürst, wenn du in die Stadt willst, so müssen wir eine lange Leiter machen, um über die Mauer zu steigen, vielleicht können wir dann, so Gott will, die Tore öffnen.« Musa fand diesen Rat gut und befahl sogleich seinen Leuten, Holz zu schneiden, und sie arbeiteten fünf Tage lang an einer langen Leiter, die bis zur Mauer hinaufreichte. Da sagte Musa: »Gottes Segen sei mit euch! wer von euch will über die Mauer steigen und uns die Tore öffnen?« Einer von ihnen antwortete: »Ich will hinaufsteigen und euch öffnen.« Als er ganz droben war und einen Blick in die Stadt warf, schrie er mit lauter Stimme: »Bei Gott, schön!« dann schlug er die Hände zusammen und sprang hinunter, brach den Hals und starb sogleich. Musa rief erschrocken: »Bei Gott! der Mann ist tot!« Hierauf erhob sich ein anderer und sagte. »O Fürst! der Mann war gewiß rasend, und darum ist er umgekommen; ich will auf die Mauer steigen und euch die Tore öffnen.« Musa erwiderte: »Tue das, Gott segne dich! doch hüte dich, so davonzufliegen wie dein Gefährte!« Der Mann stieg auf die Mauer, und als er droben war, lachte er laut und rief: »Schön! schön!« dann schlug er die Hände zusammen, sprang die Mauer hinab und fiel tot hin. Da rief Musa: »Es gibt keinen Schutz und keine Macht, außer bei Gott, dem Erhabenen! Dies geschah nun dem Verständigen und Einsichtsvollen; fahren wir so fort, so gehen wir alle zugrunde, ohne daß der Wunsch des Fürsten der Gläubigen erfüllt wird; was mögen wohl diese Männer gesehen haben, um sich selbst in den Abgrund zu stürzen?« Indessen stieg doch noch ein Dritter auf die Mauer, stürzte aber ebenfalls hinab, und ihm folgten noch viele von Musas Leuten.

Da sagte der Alte: »Hier kann niemand helfen als ich: der Erfahrene handelt anders als der Unerfahrene.« – »Ja, bei Gott!« rief Musa; »nur du darfst noch hinaufsteigen, und fliegst auch du davon, so ziehen wir weg und wollen nichts mehr von dieser Stadt sehen.« Der Alte stieg mit den Worten: »Im Namen Gottes, des Barmherzigen«, auf die Leiter, und als er droben war, lachte er und rief: »Schön, bei Gott, schön!« er setzte sich dann ein wenig, stand wieder auf und sagte: »O Fürst, fürchte nichts; durch seinen barmherzigen Namen hat Gott die List der Teufel von dir gewandt.« Musa fragte: »Was siehst du?« Er antwortete: »Ich sehe zehn Jungfrauen, schön wie der Mond, sie haben Haare, Mund und Hals wie Huris, sie rauben dem Besonnensten den Verstand und laden jeden, der sie ansieht, ein, zu ihnen zu kommen. Dem oben Stehenden scheint es dann, als wäre Wasser unten, und auch ich hatte schon im Sinn, hinunter zu springen, da verbannte ich aber den Zauber durch den Namen Gottes, und nun sehe ich unsere Gefährten tot vor mir liegen.« Hierauf rief der Alte noch einmal: »Im Namen Gottes, des Barmherzigen!« und ging bis zu zwei kupfernen, nach den Regeln der Kunst angelegten Türmen mit zwei goldenen Toren, an denen aber weder Schloß noch Riegel zu sehen war.

Mitten am Tore war ein kupferner Reiter ausgehauen, welcher seine Hand ausstreckte, in deren Mitte war geschrieben: »O Wanderer, der du hierher kommst, willst du dieses Tor öffnen, so reibe zwölfmal den Nagel an meiner Brust, und sogleich wird sich dir das Tor mit der Erlaubnis des erhabenen Gottes öffnen.« Als der Alte dies tat, drehte sich der Reiter wie der Blitz herum, und das Tor öffnete sich; er stieg dann hinunter und kam in einen unterirdischen Gang, der zum Stadttore führte; aber auch dieses war mit Ketten und Schlössern verriegelt, viele Leichen lagen umher und allerlei Fahnen und Kriegsgeräte. Da dachte der Alte: Gewiß hat einer dieser Männer die Schlüssel zum Tore; er näherte sich ihnen daher und suchte, bis er den steinalten Torwächter fand, dem die Schlüssel zu Häupten lagen. Der Alte nahm die Schlüssel, räumte das Kriegsgeräte weg und öffnete das Tor ganz allein, trotz seiner Höhe und Größe. Beim Öffnen des Tores vernahmen die Leute, die außen standen, ein Geräusch wie ein Donnern; freudig priesen die Leute Allah, sprangen dem Alten entgegen und wollten mit ihm in die Stadt gehen. Er aber sagte: »Nur ein Teil von euch komme mit mir, der übrige bleibe außen stehen.« Als der Alte hierauf an der Spitze der Hälfte seiner Leute die Straßen und die Märkte der Stadt durchzog, bewunderten sie die schönen Häuser, Schlösser und Bäche, die in der Stadt waren, und erstaunten über die vielen Leichen, die in den Straßen umherlagen. Auf dem Markte der Geldwechsler fanden sie alle Gerätschaften geordnet, aufgehängte Waagen, Gold und Juwelen, die niemand bewachte und niemand wegnahm, nur Leichen lagen dabei, die zum Teil schon in Verwesung übergegangen waren und nur noch die Knochen übrig hatten, als Warnung für Verständige. Sie kamen dann auf den Markt der Spezereihändler und sahen die Läden voll von dem feinsten Moschus, Ambra, Aloe und Kampfer, in Gefäßen von Elfenbein, Ebenholz, spanischem Messing und andern Metallen, die so kostbar wie Gold waren und deren Eigentümer tot umherlagen. Hierauf gelangten sie an das königliche Schloß, das ganz unbewacht war; hier hingen Schwerter mit Gold verziert und daneben lagen tote Männer und Jünglinge, Schloßhüter und Adjutanten, deren Haut schon wie gedörrtes Fleisch aussah, und die man für Schlafende hielt. Musa blieb erstaunt vor ihnen stehen und pries Gott. Auf dem offenen Tore des Schlosses war mit goldenen und Azurbuchstaben geschrieben:

»Sei aufmerksam, o Mensch, auf das, was du hier siehst, und bedenke dein Ende, ehe du vergehst; betrachte diese Leute, die plötzlich verschieden und nun für all ihr Bemühen im Staube liegen. Schicke dir einen reichen Vorrat an heilbringenden Taten voraus, denn alle Bewohner dieser Erde müssen sie einst verlassen. Diese Männer haben viele Gebäude errichtet und viele Güter gesammelt, die ihnen nichts halfen, als die Todesstunde kam. Sie sind vom Gipfel des Ruhms in die Tiefe des Grabes gestiegen. Wehe einem solchen Sturz! Dann rief man ihnen in ihrem Grabe zu: Wo sind die Kronen und die Throne und aller Schmuck? Wo sind die verschleierten Gesichter, die einst als Muster der Schönheit galten? und das Grab antwortete: die Rose ist auf ihren Wangen verblichen, und, nachdem sie die besten Leckerbissen verzehrt, werden sie nun selbst ein Raub der Würmer.«

Musa weinte und fiel in Ohnmacht, und als er wieder zu sich kam, schrieb er die Verse ab; dann ging er ins Innere des Schlosses, da fand er vierzig einander gegenüberliegende sehr hohe Säle, voll mit Gold, Silber, Perlen und Edelsteinen. Im vordersten Saale war ein Thron von Elfenbein und Rubinen, mit dem reinsten Golde belegt, daneben erhob sich eine goldene Säule, auf deren Spitze ein Vogel stand mit einer Perle im Schnabel, welche wie ein Stern leuchtete. Auf dem Throne saß ein Mädchen, so schön wie die leuchtende Sonne, sie war in ein Kleid gehüllt, das ganz aus Edelsteinen war, und hatte eine Perlenschnur am Halse, mit Moschus und Ambra ausgestopft, die das Reich eines Kaisers wert war. Dieses Mädchen sah Musa mit Gazellenaugen an, und sowohl ihr Blick, als der Glanz ihres Angesichts und die Schwärze der Haare machten den tiefsten Eindruck auf ihn. Als er sie aber grüßte und sie seinen Gruß nicht erwiderte, sagte der Alte: »Dieses Mädchen ist tot; ihre Augen sind herausgenommen und Quecksilber an ihre Stelle gegossen worden, so daß, so oft sie eine Luft anweht, man glaubt, sie bewegen sich.« Musas Auge fiel dann auf zwei Statuen, welche vor dem Mädchen standen; die eine war weiß, die andere schwarz, die eine hatte ein Schwert in der Hand, die andere eine Lanze.

Zwischen den beiden Statuen lag eine goldene Tafel auf den Stufen des Thrones mit einer silbernen Inschrift. Musa fand folgendes darauf:

»Im Namen Gottes, des Ewigdauernden, des Einzigen und Mächtigen, der allein durch die Dauer ausgezeichnet ist, während alle seine Diener vergehen, der den Tag und die Nacht leitet! O Wanderer, der du hierher kommst, denke nach über das, was du hier siehst vom Wechsel der Zeit, laß dich nicht verblenden von der Welt, sie ist trügerisch und treulos gegen ihre Anhänger. Ich habe mich auf sie verlassen und mich ihr ganz hingegeben, und doch, wie du siehst, hat sie mich verraten, so wie alle älteren Völker und vergangene Jahrhunderte; wenn du mich nicht kennst, so will ich dir sagen, wer ich war. Ich bin die Königin Tadmora, Tochter von Königen, welche so viele Länder beherrscht und so viele Menschen unterjocht; ich habe das größte Reich auf Erden besessen, ich war gerecht in meinen Urteilen und mild gegen meine Untertanen, aber auf einmal suchte mich und mein Volk der Tod heim. Es vergingen nämlich viele Jahre, und kein Tropfen Regen fiel vom Himmel und nichts Grünes wuchs auf der Erde. Nachdem wir unsern Vorrat verzehrt hatten, suchten wir uns Nahrung aus andern Ländern zu verschaffen; aber die Leute, welche ausgegangen waren, um Lebensmittel zu holen, sagten, wenn sie sie mit Perlen aufgewogen und aufgemessen hätten, so wäre es ihnen auch nicht möglich gewesen, etwas herbeizuschaffen. Als uns nun keine Hoffnung mehr blieb, ergaben wir uns der Bestimmung und schlossen die Tore der Stadt. Wer nun herkommt, der nehme von diesen Gütern so viel er will, nur lasse er mir, was ich an meinem Körper an Kostbarkeiten trage, er fürchte Gott und entblöße mich nicht und lasse mir meine Ausstattung, dann wird euch auch Gott nicht mit Teurung und Hungersnot heimsuchen.«

Musa weinte heftig, schrieb alles ab, und sagte seinen Freunden: »Schafft Kamele herbei und beladet sie mit allen diesen Gütern.« Da sagte der Vezier: »Sollen wir wirklich das schönste, was dieses Mädchen besitzt, zurücklassen? Wir wollen es lieber dem Fürsten der Gläubigen bringen.« Musa antwortete: »Hast du das Verbot auf der Tafel nicht gelesen?« Der Vezier erwiderte: »Und darum sollen wir diese kostbaren Perlen und Edelsteine hier lassen? Dieses Mädchen ist doch tot, was tut sie mit diesem irdischen Schmucke? Ein baumwollenes Kleid genügt ihr. Nimmst du ihn nicht, so nehme ich ihn und bringe ihn dem Fürsten der Gläubigen.« Mit diesen Worten stieg er zu ihr hinauf; als er aber zwischen den beiden Statuen stand, schlug ihm die mit dem Schwerte den Kopf ab und die mit der Lanze spaltete ihm den Rücken. Da sagte Musa: »Gott habe kein Mitleid mit deiner Seele! warum warst du so habgierig?« Nachdem hierauf Musas Leute ihre Kamele mit Gold und Edelsteinen und andern Kostbarkeiten beladen hatten, verließen sie die Stadt und reisten am Ufer des Meers einen ganzen Monat lang, bis sie an einen hohen Berg kamen, in welchem viele Höhlen ausgegraben waren. Auf dem Berge standen viele schwarze Menschen in Häute gekleidet, die kein Wort sprachen. Als sie Musas Truppen sahen, flüchteten sie sich in ihre Höhlen mit ihren Frauen und Kindern und sahen schüchtern zu Musa und seinen Leuten auf.

Musa fragte den Alten: »Wer sind diese Leute?« Er erwiderte: »Es sind Leute, welche das besitzen, was du suchst.« Musa stieg vor dem Berge ab, und kaum hatte er sich in sein Zelt begeben, da kam der König der Schwarzen, der allein unsere Sprache redete, und grüßte ihn und seine Leute und fragte sie: »Wer seid ihr? was wollt ihr? was hat euch hierher geführt?« Musa antwortete: »Der Fürst der Gläubigen, Abdul Melik, der Sohn Merwans, hat von unserm Herrn Salomo, dem Sohne Davids (Friede sei mit ihm!), gehört und von dem großen Reiche, das ihm der erhabene Gott geschenkt; auch hat er vernommen, wie Salomo über Genien, Tiere und Vögel regierte und die Widerspenstigen in kupferne Flaschen einsperrte, die er versiegelt in den Abgrund des Meeres warf, dessen Wellen die Ufer eures Landes bespülen. Der Fürst der Gläubigen hat uns daher hierher geschickt, um solche Flaschen aufzusuchen; und wir bitten dich nun, o König! uns behilflich zu sein, daß wir den Befehl des Fürsten der Gläubigen vollziehen können.« Der König versprach ihnen seinen Beistand und führte sie in die für Gäste bestimmte Wohnung, ließ alles Nötige dahin bringen und erwies ihnen viel Ehre. Musa fragte dann den König: »Welchen Glauben habt ihr und was betet ihr an?« Er antwortete: »Wir beten den Gott des Himmels an und glauben an Muhamed (Gottes Friede sei mit ihm!), der am Ende der Zeit wieder erscheinen wird.« Musa fragte: »Wer hat euch dies gelehrt? ich sehe doch keinen Menschen bei euch?« Er antwortete: »An jedem Donnerstag steigt eine Feuersäule gegen den Himmel auf und wir sehen einen Mann auf dem Wasser gehen, welcher ruft: O ihr Söhne der Tiefe! bekennet, daß es keinen Gott gibt, als den einzigen Gott, der keinen Gefährten hat, und daß Muhamed sein Diener und Gesandter ist. Wir beschworen ihn dann bei dem, den wir anbeten, er möge uns sagen, wer Muhamed sei, und er antwortete: Muhamed ist ein Prophet, der in späterer

Zeit erscheinen und alle Religionen vernichten und Dienst des göttlichen Richters herstellen wird. Ich fragte ihn dann: Wer ist Gott, den du so beschreibst? Er antwortete: Sein Thron ist im Himmel und seine Herrschaft auf Erden; er ist einzig und mächtig, und dieser Mann lehrte uns die Grundpfeiler des Islams und das Gebet und die Fasten.« Musa freute sich sehr, als er vernahm, daß diese Bergbewohner Muselmänner waren; er blieb drei Tage in der ihm angewiesenen Wohnung, dann ließ er Taucher kommen und sagte ihnen, er wünsche einige der Salomonischen Flaschen zu haben. Sie tauchten ins Meer, brachten drei kupferne Flaschen herauf und überreichten sie Musa mit vielen andern kostbaren Geschenken.

Musa trat dann mit den Seinigen den Rückweg nach Bagdad an, und als sie in der Nähe der Stadt waren, kamen ihnen die vornehmsten Bewohner derselben entgegen. Musa erzählte dem Fürsten der Gläubigen die Wunder, die er auf seinem Wege gesehen, sowie auch die Geschichte des Veziers, der wegen seiner Gier nach dem Gewande des Mädchens getötet worden, und überreichte ihm die Flaschen und die Geschenke des Königs der Schwarzen, worüber sich der Fürst der Gläubigen sehr wunderte. Als er eine dieser Flaschen öffnete, stieg ein Rauch gen Himmel, der sich zu einem sehr häßlichen Geiste gestaltete, und schrie: »Gnade, o Prophet Gottes! ich will nicht mehr so sein.« Der Kalif sagte: »Kehre wieder auf deinen Platz zurück.« Der Geist ging wieder in die Flasche, und der Kalif versiegelte sie und ließ sie in seine Schatzkammer bringen und rief: »Wahrlich, dem Suleiman ist eine große Herrschaft verliehen worden.« Das ist's, was von der Geschichte der messingenen Stadt uns zugekommen. Aber nur Gott ist allwissend!

Geschichte Schaddads und der Stadt Irem, der pfeilerreichen

Man erzählt: Der König Schaddad beherrschte die ganze Welt, und sein Volk, die ältern Aaditen*, waren von Gott mit sehr großen und starken Körpern begabt, so daß sie sagten: »Wer ist stärker als wir?« Drum heißt es auch im Koran: »Sahen sie denn nicht ein, daß Gott, der sie geschaffen, stärker als sie?« Gott schickte ihnen dann den Propheten Hud, der sie zum Gehorsam und zur Verehrung Gottes aufrief. Schaddad sagte aber zu Hud: »Wenn ich an deinen Gott glaube, was werde ich davon haben?« Hud (Friede Gottes sei mit ihm!) antwortete: »Er wird dir in der zukünftigen Welt ein Paradies schenken mit Schlössern von Gold, Hyazinthen, Perlen und allerlei Edelsteinen.« Da sagte Schaddad: »Ich kann mir in dieser Welt schon ein solches Paradies schaffen, und bedarf deiner Versprechungen nicht.« Der Priester Kaab berichtet: Gott habe Moses in der Tora diese Geschichte erzählt und ihm über den Garten Irem, mit den Pfeilern, folgendes mitgeteilt: Schaddad gab hundert seiner stärksten Emire den Befehl, ein weites, ebenes Land aufzusuchen, mit vielem Wasser und gesunder Luft, um dort eine goldene Stadt zu bauen. Die Emire reisten weg, jeder von tausend Mann begleitet, und suchten im Lande Jemen, bis sie an den Berg Aden kamen; da fanden sie ein quellenreiches Land, wie es der König wünschte, in einer sehr gesunden Lage.

Sobald sie ihm Kunde davon gaben, schickte er Baumeister dahin, ließ eine viereckige Stadt bauen, die vierzig Pharasangen* im Umfange hatte; man legte sehr tiefe Grundpfeiler, auf denen die Stadt sich bis zum Himmel erheben konnte, man nahm Steine aus dem Jemen bis zur Oberfläche der Erde, dann gebrauchte man rote Backsteine zu den Mauern, die fünfhundert Ellen hoch und zwanzig Ellen breit waren. Schaddad schickte dann auch nach allen Fundgruben und baute in der Stadt dreihunderttausend Schlösser, jedes ruhte auf tausend Pfeilern von verschiedenem Smaragd und Rubinen mit Gold belegt und die Pfeiler, auf denen die Schlösser mit ihren reichgeschmückten Gemächern ruhten, waren hundert Ellen hoch. Er ließ dann Kanäle graben und die Ufer mit Datteln und andern Bäumen bepflanzen; hernach wurden vier Tore an die Stadt gesetzt, jedes hundert Ellen hoch und zwanzig breit, alles aufs feinste ausgeschmückt, denn der Bau dauerte fünfhundert Jahre. Als die Stadt vollendet dastand, ließ Schaddad von Osten und Westen allerlei Teppiche, Vorhänge und seidene Betten in die Schlösser bringen, auch allerlei Speisen und Getränke, Früchte und Süßigkeiten, Wachslichter, Weihrauch, Aloe, Ambra und Kampfer; dann ließ er zehntausend schöne und reichgeschmückte Mädchen in die Stadt ziehen, mit zahlreichem Gefolge und Dienerschaft. Schaddad besah nun die Stadt und sie gefiel ihm so gut, daß er sagte: »Nun habe ich schon, was mir Hud erst nach dem Tode verhieß.« Aber als er sein Schloß beziehen wollte, da befahl Gott einem seiner Engel, sie zu vertilgen. Der Engel schrie sie grimmig an und in einem Augenblick war ihr Leben ein Raub des Todesengels, wie es im Koran heißt: »Und Gott zernichtete das alte Volk Aads.« Gott verbarg auch die Stadt vor den Augen aller Menschen; doch sieht man in jener

Wüste bei der Nacht noch Spuren davon. Einst ging einer der Gefährten des Propheten, sein Name war Abdallah, in jene Gegend, um ein verirrtes Kamel zu suchen, und er sah die Mauern der Stadt Irem mit den goldenen Schlössern und Pfeilern; er gab Moawiah Kunde davon, dieser ließ Nachsuchungen anstellen, aber man konnte nie etwas finden.

Parabeln

Es war vor alten Zeiten ein Pfau, der mit seiner Gattin einen Wald, in welchem viele andere Tiere sich aufhielten, am Ufer des Meeres bewohnte. Des Nachts verbargen sie sich daher in einem der Bäume, aus Furcht vor wilden Tieren, und des Tages flogen sie umher, um Nahrung zu suchen. Sie lebten lange so fort, bis ihnen einmal der Gedanke kam, einen andern Wohnort zu suchen, wo sie sicherer und ruhiger leben könnten. Da kamen sie auf eine fruchtbare Insel, die reich an Bäumen und Gewässer war, ließen sich da nieder und aßen und tranken. Auf einmal kam eine Ente zu ihnen, welche gar zu ängstlich aussah und furchtbar zitterte. Der Pfau dachte: der muß was gar Schlimmes widerfahren sein; er stieg von seinem Baume herunter, grüßte sie und bat sie, ihm zu erzählen, was ihr begegnet. Nachdem sie seinen Gruß erwidert hatte, sagte sie: »Schütze mich gegen die Menschen und sei selbst auf deiner Hut! gelobt sei Gott, der mich von meiner Angst erlöst und mich zu euch geführt hat, wie sehr habe ich mich nach eurer Nähe gesehnt; laß nur auch dein Weibchen heruntersteigen, daß es höre, was mir zugestoßen.« Das Weibchen kam auch herunter, bewillkommnete die Ente und sagte ihr: »Sei nur ohne Furcht, woher soll ein Mensch auf diese Insel, inmitten im tobenden Meere, kommen? sei nur ganz ruhig, es kann niemand zu uns gelangen; erzähle mir, was dir zugestoßen und warum du die Menschen so fürchtest?« Da begann die Ente: »Wisse, o Pfau! ich bringe nun mein ganzes Leben schon in Sicherheit auf dieser Insel zu und wußte von nichts Bösem. Eines Nachts erschien mir im Traum ein Mensch, der sich mit mir unterhielt; darauf hörte ich eine Stimme, welche mir zurief: O Ente! hüte dich vor dem Menschen, laß dich nicht verführen durch seine süßen Worte, denn du hast nur Unglück von ihm zu erwarten, weil er gar zu listig ist. Nimm dich wohl in acht, denn wisse, daß der Mensch durch List die größten Meerungeheuer zu fangen versteht, mit seiner Flinte die Vögel in der Luft zu sich herunterzieht und den Elefanten in eine Grube stürzt. Niemand ist vor der List der Menschen sicher, kein Fisch, kein Vogel, kein wildes und kein zahmes Tier. Nachdem ich dies gehört hatte, erwachte ich voller Angst und Furcht und ich konnte, teure Schwester! mich den ganzen Tag nicht fassen und hatte keine Lust, weder zu essen noch zu trinken; so sehr setzte mich die Bosheit des Menschen in Schrekken. So lief ich unruhig umher, bis ich zur Höhle eines jungen gelben Löwen kam. Dieser freute sich über alle Maßen, als er mich ankommen sah, denn meine Farbe und schöne Gestalt gefielen ihm sehr gut; er hieß mich in seine Nähe kommen und fragte mich nach meinem Namen und Geschlechte. Ich sagte: »Ich heiße Ente und gehöre zum Geschlechte der Vögel.« Ich fragte ihn, warum er so lange hier bleibe? Er antwortete: »Mein Vater, der Löwe, der warnt mich schon so lange vor den

Menschen, nun sah ich diese Nacht in einem Traum einen Menschen, mit dem ich mich sehr gut unterhielt; zwar hörte ich eine Stimme, welche mich vor ihm warnte, aber er gefiel mir so gut, daß ich, weil ich weiß, daß zuweilen Menschen hier vorüberkommen, hier warte, denn ich möchte gar zu gern einen Menschen sehen.« Als der Löwe zu reden aufgehört, sagte ich ihm: »Sei auf deiner Hut und suche den Menschen auszuweichen, dessen List allmächtig.« Ich warnte ihn dann so lange, bis er sich endlich entschloß, mit mir wegzugehen. Als wir eine Weile miteinander umherliefen, sahen wir einen großen Staub, der uns immer näher kam, und endlich entdeckten wir einen umherirrenden Esel, der bald stampfte, bald in die Höhe sprang, bald schrie. Der Löwe rief ihn zu sich, und der Esel näherte sich ihm ehrfurchtsvoll und küßte die Erde vor ihm. Da sagte der Löwe: »Wie heißt du, blödsinniges Tier, und wieso kommst du hierher und was springst du so?« Der Esel antwortete: »O Prinz! ich heiße Esel und komme hierher aus Furcht vor den Menschen. Denn der Mensch ist ein Unheil von den allergrößten, ein wahres Verderben der Tiere.« – »Fürchtest du, daß ein Mensch dich töte oder zerreiße?« – »Bei Gott, o Prinz! ich fürchte weder von ihm getötet, noch zerrissen zu werden; aber er gebraucht List, um auf mir zu reiten und mich zu beladen. Da hat er etwas, das er Decke nennt, das legt er auf meinen Rücken, dann hat er so ein Leder, das er Gurt nennt, damit umgürtet er mich, dann hat er etwas zum Sitzen, von ihm Sattel genannt, und einen Riemen, den er unter meinen Schweif legt; auch steckt er mir ein Stück Eisen, das er Zaum nennt, in den Mund und er macht einen Stachelstock, mit dem er mich antreibt, so muß ich dann laufen und tragen über meine Kräfte; stolpere ich, so schmäht er mich, schreie ich, so flucht er, und gehe ich ein wenig zu langsam, so schlägt er mir die Rippen auf, und wenn ich alt werde, so macht er mir so einen groben, hölzernen Sattel und übergibt mich den Wasserträgern, die mich mit Wasserschläuchen und großen Krügen beladen. So lebe ich bei den Menschen in Mühseligkeit und Elend und Erniedrigung, bis ich sterbe, da wirft man mich auf einen Schutthaufen den Hunden zur Speise hin. Gibt es wohl eine größere Qual, als die meinige?«

»Als ich«, fuhr die Ente fort, »diese Worte des Esels hörte, ergriff mich ein furchtbarer Schauder und eine noch größere Furcht vor den Menschen, und ich sagte zum Löwen: »Bei Gott! der Esel hat Ursache, den Menschen zu fürchten.« Er fragte dann den Esel, wo er hingehe? »O Prinz!« antwortete der Esel, »ich fliehe von hier, so schnell als ich kann, denn ich habe vor Sonnenuntergang in der Ferne einen Menschen erblickt.« Während dieses Gesprächs, als gerade der Esel wieder von uns Abschied nehmen wollte, entdeckten wir einen dichten Staub, der Esel schrie laut auf, und blickte nach dem Staube hin. Auf einmal kam unter dem Staube ein schönes schwarzes Pferd hervor, das scheu und schüchtern umherlief. Als es in die Nähe des Löwen kam, empfing er es mit Achtung und fragte: »Wie ist dein Name, verehrtes Tier, und warum irrst du so umher?« Das Pferd antwortete: »O Herr der Tiere! man nennt mich Pferd und ich bin hier auf der Flucht vor Menschen.« Der Löwe rief ganz erstaunt: »Bei Gott, wunderbar! was sagst du mir da; das ist eine Schande für dich, du bist ja so stark, so groß und so dick, und doch fürchtest du dich vor den Menschen? Ich wünschte sehr, einem Menschen zu begegnen, ich hoffte mich an seinem Fleische zu sättigen und an seinem Blute meinen Durst zu stillen, um dieser schwachen, zitternden Ente Ruhe zu verschaffen; nun aber zerschneiden mir deine Worte das Herz, du machst mir bang durch deinen Schrecken und nimmst mir die Lust, mich mit ihm zu messen; du bist doch viel größer und siehst stärker aus, als ich, ich dächte, daß du mit einem Tritte deiner Füße einen Menschen töten könntest.« Das Pferd lachte und sagte: »Hüte dich wohl vor den Menschen und laß dich nicht durch sein unbedeutendes Aussehen betören; o Prinz! mir hilft weder Stärke, noch Größe, noch Breite; der Mensch macht aus List und Bosheit etwas, das man Pfahl nennt, und etwas, das Strick heißt, aus Palmfasern mit Filz geflochten und stark gedreht, den Pfahl befestigt er in dem Boden, und mit dem Strick bindet er meine Füße an. Mit einem andern Stricke, der in der Höhe an einen Pfosten gebunden wird, zieht er meinen Kopf aufwärts und so muß ich wie gekreuzigt auf den Füßen stehen und kann nicht liegen und nicht schlafen; will er auf mir reiten, so legt er mir etwas auf, das man Sattel nennt, woran spitzige Eisen befestigt werden, die Steigbügel heißen. Der Sattel wird mir durch zwei Riemen um den Leib geschnürt, dann bekomme ich auch noch ein Eisen in den Mund, Gebiß genannt, daran befestigt man Riemen, die man Zaum nennt und die der, welcher auf mir reitet, in die Hand nimmt, und so zieht er mich hin, wo er will, und spornt mich dabei, daß mir das Herz blutet. Frage nur nicht, o Prinz! nach allem, was ich von ihm in meiner Jugend dulden muß, und wenn ich gar alt werde und mager, so verkauft er mich einem Müller, wo ich im Kreise umhergehend, Weizen und Gerste mahlen muß, Tag und Nacht; und bin ich auch dazu nicht mehr tauglich, so werde ich geschlachtet, meine Haut und mein Schwanz wird dem Siebmacher verkauft, mein Fett wird geschmolzen und mein Fleisch wird auf allen Straßen ausgeschrieen, und wenn es nicht gut abgeht, so mischt es der Metzger mit Esel- und Mauleselfleisch und kocht es mit Essig, um den schlechten Geruch zu vertreiben.«

Als der Löwe dies hörte, ward er noch grimmiger, und er fragte das Pferd, wann es einen Menschen gesehen? Es antwortete: »Gegen Mittag sah ich einen Menschen, der meinen Spuren folgte.« Während des Gesprächs entdeckten wir auf einmal wieder einen mächtigen Staub in der Ferne und es kam ein Kamel darunter hervor, das zitternd und bebend umhertrabte, bis es uns nahe kam. Der Löwe hielt es für einen Menschen und wollte schon darauf losspringen; da sagte ich ihm: »O Prinz! das ist kein Mensch, das ist ein Kamel, das auch vor den Menschen zu fliehen scheint, wie wir.« Während ich dies dem Löwen sagte, trat das Kamel zu uns, verbeugte sich vor dem Löwen und grüßte ihn. Der Löwe erwiderte seinen Gruß und fragte es, wie es so hierhergekommen? Es antwortete: »Ich fliehe vor dem Menschen.« – »Wie«, versetzte der Löwe, »ein Tier von so großer Gestalt, so lang und so breit fürchtet den Menschen? bei Gott! mit einem Tritte kannst du ihn ja umbringen.« – »O Prinz!« antwortete das Kamel, »der Mensch ist so klug und so schlau und so fein, daß nur der Tod ihm beikommen kann. Da zieht er mir einen Ring durch die Nase, woran eine Schnur befestigt wird, und wirft mir ein Halfter um den Kopf und übergibt mich seinem jüngsten Kinde, das trotz meiner Größe und Stärke mich hinführt, wo es will. Dann legt er mir die schwersten Lasten auf und unternimmt mit mir die größten Reisen, und gebraucht mich zu den schwersten Arbeiten, so daß ich weder bei Tag, noch bei Nacht Ruhe finde, und wenn ich alt werde und gebrechlich, duldet er mich nicht mehr in seiner Gesellschaft, sondern verkauft mich dem Metzger am Siegestor (in Kahirah). Dieser schlachtet mich, verkauft meine Haut dem Gerber und mein Fleisch den Wirten. Ich kann dir gar nicht alles sagen, o Prinz! was ich stets vom Menschen ertragen muß.« Der Löwe fragte es dann, wann es den Menschen verlassen? Es antwortete: »Gegen Sonnenuntergang, und ich denke, er wird bald hier sein; schütze dich vor ihm und laß mich weiter fliehen in die Wüsten und Einöden.« Der Löwe sagte: »Bleibe nur noch ein wenig, du sollst sehen, wie ich ihm die Knochen zermalme, wie ich ihn zerreiße, wie ich dich von seinem Fleische nähre und von seinem Blute tränke.« Aber das Kamel rief: »Bewahre Gott, o Prinz! daß ich länger säume, ich bin sogar um deinetwillen in großer Angst, wenn ein Mensch sich deiner Wohnung nähert.« Auf einmal bemerkten wir wieder einen Staub und es trat ein kurzer, magerer Greis hervor, der in einem Korbe allerlei Schreinerhandwerkszeug auf der Schulter, einen Baumzweig und acht Bretter auf dem Kopf trug, und kleine Kinder an der Hand führte. Ich fiel vor Furcht auf den Boden, als ich ihn herankommen sah, der Löwe aber trat ihm in den Weg, schüttelte seinen Schwanz und bereitete seine Klauen zum Kampfe vor. Der Mensch trat ihm freundlich entgegen, verbeugte sich vor ihm, lächelte ihm zu und sprach mit einer süßen Zunge: »O erhabener und mächtiger König! Gott schenke dir einen süßen Abend, vermehre deine Kraft und deinen Ruhm, verbreite deine Herrschaft und deine Macht, unterwerfe dir alle deine Feinde und weise dir das Paradies zur Wohnung an. Gewähre mir deinen Schutz und stehe mir bei, ich kann nur bei dir Hilfe finden.«

Der Löwe, gerührt von dem Flehen und Weinen des Schreiners, sagte ihm: »Ich verspreche dir meinen Schutz; sage mir, wer dir Gewalt angetan und wer du bist, denn ich habe in meinem Leben kein Tier deinesgleichen gesehen, so schön an Gestalt und so beredter Zunge; wie heißt du denn und wer mißhandelt dich?« Der Schreiner antwortet: »O Herr der Tiere! ich heiße Schreiner und fürchte mich sehr vor dem Menschen, der morgen früh schon hier eintreffen wird.« Als der Löwe dies hörte, war das Licht zur Dunkelheit vor ihm, er knurrte und schnaubte, Funken sprühten aus seinen Augen und er schrie: »Bei Gott, ich werde die ganze Nacht hier wachend zubringen.« Dann bat er den Schreiner, er möchte ihm, da er doch mit seinen kurzen Füßen nicht mit wilden Tieren gleichen Schritt halten könne, sagen, wo er hingehe? Der Schreiner antwortete: »Ich gehe jetzt zum Luchs, dem Vezier deines Vaters, dem mächtigen, reißenden Tiere, dem Herrn der Klauen und Zähne, der auch gehört hat, daß Menschen in seine Nähe kommen würden, und daher aus Furcht mich rufen ließ, damit ich ihm zum Schutz aus diesen Brettern ein Haus baue.« Der junge Löwe beneidete den Luchs und sagte zum Schreiner: »Bei Gott! ich lasse dich nicht von der Stelle, bis du mir zuerst ein Haus bauest; nachher kannst du zum Luchs gehen.« Der Schreiner sagte: er müsse zuerst zum Luchs und wolle nach vollendeter Arbeit bei diesem zu ihm zurückkehren; aber der junge Löwe drang in ihn, sprang auf ihn zu und faßte ihn zum Scherze mit der Tatze, da fiel der Schreiner mit dem Korbe auf den Boden und alle Werkzeuge lagen auf der Erde zerstreut. Der Löwe sagte dann lachend: »Wie schwach bist du, du armer Schreiner; bei Gott, deine Furcht vor dem Menschen ist zu entschuldigen, denn du hast gar keine Kraft.« Der Schreiner ward sehr aufgebracht, doch verbarg er aus Furcht vor dem Löwen seinen Groll, stand wieder auf und sagte lächelnd: »Gut, ich will dir ein Haus bauen.« Er nahm dann die Bretter, die er bei sich hatte, und nagelte sie zusammen, wie eine Kiste, und brachte eine große Öffnung an. Als er damit fertig war, sagte er zum Löwen: »Mein Herr! geh einmal in dieses Haus, daß ich dein Maß nehme.« Der Löwe ging hinein, vor Freude ganz außer sich. Da aber die Kiste für ihn etwas eng war, sagte ihm der Schreiner, er müsse niederknieen, dies tat der Löwe, bis nur sein Schweif noch heraushing; aber auch diesen legte der Schreiner zusammen und drückte ihn in die Kiste, dann legte er schnell den Deckel auf die Öffnung und nagelte sie zu. Der Löwe schrie: »Was ist das für ein enges Haus? laß mich heraus!« Der Schreiner antwortete lachend: »Aus dieser Kiste kommst du in

deinem Leben nicht mehr heraus, es bleibt dir gar kein Weg zur Rettung offen, du bleibst nur im Käfig, du abscheulichstes aller Tiere; nun liegst du in der Schlinge, die du so sehr gefürchtet hast; die Bestimmung wollte es so durch mich, da hilft keine Vorsicht.« Als der Löwe diese Worte vernahm, merkte er, daß der Schreiner ein Mensch war, vor dem man ihn wachend und träumend gewarnt hatte. Ich fing nun an«, fuhr die Ente fort, »auch für mich ängstlich zu werden, darum entfernte ich mich ein wenig, aber ich war noch Augenzeuge davon, wie der Mensch ein großes Loch in der Nähe der Kiste, in die er den Löwen gesperrt hatte, grub, die Kiste in die Grube warf, Holz auf dieselbe legte und es anzündete. Als ich dies sah, entfloh ich schnell und befinde mich nun schon zwei Tage auf der Flucht vor den Menschen.«

Der Pfau war sehr erstaunt über diese wunderbare Erzählung der Ente und sagte ihr: »O meine Schwester! hier sind wir sicher vor dem Menschen, wir befinden uns ja auf einer Insel, die von keinem Menschen betreten wird; wir wohnen schon lange in bester Ruhe hier, bleibe also bei uns, bis der erhabene Gott auf andere Weise uns vor unsern Feinden Ruhe schafft. Was willst du länger so umherziehen? ist etwas über unser Haupt beschlossen, so wird es uns überall erreichen; denn, ist unsere Todesstunde nahe, wer kann uns gegen sie schützen? Und niemand stirbt, bis seine Zeit abgelaufen.«

Während sie so zusammen sprachen, erhob sich wieder ein Staub; die Ente sprang ins Meer und schrie: »Vorsicht! Vorsicht! laß mich dem Unheil entfliehen!« Auf einmal legte sich der Staub und es kam ein Reh herbeigesprungen. Da sagte der Pfau zur Ente: »O meine Schwester, kehre nur wieder, das, wovor du dich fürchtest, ist ja ein Reh, das uns gewiß nichts zuleide tut, es nährt sich ja nur von Pflanzen, und gehört zu den vierfüßigen Tieren, wie du zu den Vögeln, sei also ruhig und mache dir keine Sorgen, denn Sorgen machen den Körper mager.« Das Reh hatte inzwischen den Schatten des Baumes gesucht, wo der Pfau und die Ente sich aufhielten, und als es sie sah, grüßte es sie und sagte: »Ich habe in meinem Leben keine fruchtbarere Insel gesehen, die so reiche Weide hat, als diese; wie angenehm ist es hier zu wohnen, ich wünschte sehr, euch Gesellschaft leisten zu dürfen.« Die Ente und der Pfau näherten sich ihm freundlich, grüßten es und sagten, sie haben sich schon lange nach einer so lieblichen Gesellschaft gesehnt; sie schlossen bald ein Freundschaftsbündnis und schwuren sich Treue, und aßen und tranken und wohnten vergnügt beisammen, bis eines Tages ein Schiff an der Insel vorbeikam, das auf dem Meere herumirrte. Die Schiffleute wählten diese Insel als Ankerplatz, stiegen ans Land und liefen auf der Insel umher. Als sie den Baum sahen, unter welchem das Reh, der Pfau und die Ente versammelt waren, liefen sie darauf zu; aber der Pfau entfloh schnell auf den Baum, das Reh suchte das Weite, nur die Ente, die bald vorwärts, bald rückwärts ging, wurde gefangen und trotz aller ihrer Vorsicht gegen die Bestimmung aufs Schiff geschleppt und geschlachtet. Als der Pfau sah, was der Ente geschehen, wollte er diese Insel verlassen, denn er rief aus: »Ich sehe überall nur Unheil; wie schön hätte ich in Freundschaft mit dieser Ente gelebt, wenn nicht das Schiff dazwischen gekommen wäre!« Er flog dann umher, bis er wieder das flüchtige Reh traf; dies wünschte ihm Glück zu seinem Entkommen und erkundigte sich nach der Ente. »Meine treue Freundin«, sagte der Pfau, »ist gefangen worden, darum verlasse ich auch diese Insel, die mir wegen des Unglücks der Ente verhaßt geworden.« Er weinte dann eine Weile und sprach folgenden Vers:

»Der Tag der Trennung hat mein Herz gebrochen,
Gott breche auch dem Trennungstage das Herz!
Wenn nur noch ein Tag der Vereinigung wiederkehrte, daß ich ihm berichte, was der Trennungstag getan.«

Das Reh ward sehr betrübt, doch bewog es den Pfau, noch einige Zeit auf der Insel zu bleiben, und sie wohnten vergnügt und sicher beisammen und hatten keinen anderen Kummer, als den Verlust der Ente. Eines Tages sagte das Reh zum Pfau: »Du siehst, daß wir unsern Verlust nur den Menschen zu verdanken haben, die aus dem Schiffe gestiegen sind, sei also stets auf deiner Hut gegen ihre List.« Aber der Pfau erwiderte: »Ich weiß ganz bestimmt, daß nur die Vernachlässigung des göttlichen Lobes die Ente ins Verderben gestürzt, denn jedes Geschöpf ist verpflichtet, Gott zu preisen, und wer dies unterläßt, wird dafür bestraft.« Das Reh dankte dem Pfau für diese Ermahnung und fing an, den ganzen Tag den Schöpfer zu loben und immer zu rufen: »Gepriesen sei der Richter, der Herr der Kraft und der Macht!«

Auch erzählt man: Vor alten Zeiten wohnte ein Einsiedler allein auf einem Berge, wo er kein lebendiges Wesen, als ein Paar Tauben, bei sich hatte, mit denen er sehr befreundet war, deren ganze Lebensweise er kannte und deren Lobeserhebungen er deutlich vernahm. Dieser Einsiedler teilte seine Nahrung mit den Tauben, die sich bald vermehrten, weil er oft für die Verbreitung ihrer Nachkommen betete. So lange der Einsiedler lebte, hörten die Tauben nicht auf, Gott zu preisen und zu rufen: »Gepriesen sei der Schöpfer, der jedem Geschöpfe seinen Lebensunterhalt angewiesen, gepriesen sei der Erbauer des Himmels und der Gründer der Erde!« Als aber Gott den Einsiedler zu sich nahm und die Tauben nicht mehr an ihr göttliches Lob ermahnt wurden, da hatte auch bald ihr Wohlstand ein Ende, sie wurden getrennt und zerstreut in Städten und Flecken, auf Bergen und in Ebenen.

So wird auch erzählt: Es wohnte einst auf einem Berg ein sehr verständiger, religiöser und tugendhafter Hirt, der von der Milch und Wolle seiner Herde lebte. Der Berg, den er bewohnte, war sehr waldig und beherbergte viele wilde Tiere, doch konnten sie weder dem Hirten, noch seiner Herde etwas zuleide tun; er lebte daher in größter Sicherheit und Sorgenlosigkeit auf diesem Berge, unbekümmert um weltliche Angelegenheiten und bloß in der Verehrung Gottes selig. Einst wurde er sehr krank, so daß er seine Höhle nicht mehr verlassen konnte; seine Herde ging indessen jeden Tag auf die Weide und kehrte abends zur Höhle zurück. Aber Gott wollte den Einsiedler prüfen, er schickte ihm daher einen Engel in der Gestalt einer sehr schönen Frau, die sich zu ihm setzte. Als der Einsiedler sie sah, zitterte sein ganzer Körper und er sagte ihr: »Was ruft dich hierher? Was haben wir miteinander gemein, daß du zu mir kommst?« Sie antwortete: »O Mensch! siehst du nicht, wie reizend und schön ich bin und welchen Wohlduft ich verbreite? Weißt du nicht, wie sehr du einer weiblichen Pflege bedarfst? Warum willst du mich denn verstoßen? Was schadet dir meine Gesellschaft, da mir doch deine Nähe so teuer ist, daß ich dir alles gewähren und gar nichts versagen will? Wir haben ja hier niemanden zu fürchten, wir sind ja allein und du wohnst ja so einsam auf diesem Berge, daß es dir nur erwünscht sein kann, ein weibliches Wesen bei dir zu haben, das dich bedient; du wirst auch sehen, daß du durch meine Nähe gewiß bald wieder gesund wirst, und es tief bereuen, so lange abgesondert von Frauenzimmern gelebt zu haben; komm zu mir und folge meinem Rate.« Der Hirt antwortete: »Verlaß mich, du trügerisches Weib! ich mag deine Nähe und deine Liebe nicht; wer sich hier seiner Leidenschaft hingibt, dem bleibt jene Welt verschlossen; nur wer hier allen Freuden entsagt, dem werden die des Paradieses zuteil; wehe dem, der durch deine Nähe in Versuchung kommt und von deinen Liebkosungen sich täuschen läßt.« – Darauf erwiderte der Engel: »O Frauenfeind, der du vom rechten Wege abirrst, sieh mich nur an und ergötze dich an meinen Reizen, wie schon andere weise Männer vor dir getan, die besser und erfahrener als du waren; laß ab von deinem Eigensinn, du wirst es sonst bereuen.« Aber der Hirt versetzte: »Du bist ein trügerisches Weib, ich werde fortleben in meiner Enthaltsamkeit und Gott zu Hilfe rufen gegen jede Gemeinschaft mit dir; wie manchen Frommen magst du schon verführt haben, den dann ewiges Unheil traf. Laß mich also, du verworfenes Weib!« Er warf dann seinen Mantel um sein Gesicht, daß er sie nicht mehr sah, und betete zum Herrn.

Als der Engel die unerschütterliche Frömmigkeit des Hirten sah, zog er sich zurück und stieg wieder in den Himmel. In der Nähe des Einsiedlers war ein Flecken, in welchem auch ein sehr frommer Mann wohnte. Dieser hörte nachts im Traum eine Stimme, welche ihm zurief: »Auf dem Berg in deiner Nähe hält sich ein gottesfürchtiger Einsiedler auf, besuche ihn und tue, was er dir sagt.« Am folgenden Morgen machte er sich auf den Weg, um ihn aufzusuchen; des Mittags ließ er sich unter einem Baume neben einer Wasserquelle nieder, um ein wenig auszuruhen. Da kamen viele wilde Tiere und Vögel, um an der Quelle zu trinken, sie entflohen aber und kehrten wieder um, als sie den frommen Mann sahen. Da dachte er: Mein Aufenthalt hier verscheucht die Tiere und die Vögel, ich will ihnen nicht länger im Wege sein. Er stand daher auf und machte sich Vorwürfe, diese Tiere und Vögel, die doch auch Geschöpfe Gottes wie er seien, von der Quelle vertrieben zu haben, und ging gebeugt fort, bis er zum Hirten kam. Dieser bewillkommte und umarmte ihn und fragte, was ihn hierher gebracht, an einen Ort, der von keinem Menschen sonst betreten wird? Der gottesfürchtige Fremde antwortete: »Eine Stimme hat mir im Traume deinen Ort bezeichnet und mir befohlen, zu dir zu wandern und dich zu grüßen.« Der Hirt freute sich mit dem Fremden, nahm ihn gut auf und lebte in seiner Gesellschaft, bis der Tod sie trennte; so belobte ihn Gott für seine Enthaltsamkeit und Selbstbeherrschung.

Der König sagte zu Schehersad: »Diese Erzählung läßt mich alles Unrecht bereuen, das ich in meinem Königreich ausgeübt, und den Tod so vieler Mädchen bereuen; erzähle mir nun wieder etwas von den Vögeln.« Da begann Schehersad: »Ich will dir von der Freundschaft zwischen einem Raben und einer Katze erzählen, woraus man sehen kann, wie ein treues und festes Zusammenhalten gegen jede Gefahr schützt.«

Ein Rabe und eine Katze, welche lange in bestem Einverständnisse lebten, unterhielten sich eines Tages unter einem Baume miteinander; da kam auf einmal ein Tiger auf den Baum zu; der Rabe flog gleich auf den Gipfel des Baumes, aber die Katze wußte nicht, wie sich retten. Da fragte sie den Raben, ob er ein Rettungsmittel wisse. Er antwortete: »In der Gefahr kann nur Freundschaft erprobt werden.« Er flog sogleich vom Baume weg auf einen Weideplatz, der in der Nähe war, wo Hirten mit ihren Hunden sich herumtrieben. Er ließ sich auf den Boden nieder, so daß seine Flügel die Erde berührten, und fing an zu schreien und zu lärmen und einem der

Hunde die Flügel ins Gesicht zu schlagen und sich dann wieder ein wenig zu erheben. Der Hund folgte ihm, und auch der Hirt, der den Vogel so nieder fliegen sah, kam mit den andern Hunden nach; so lockte sie der Rabe, immer ganz nahe an der Erde fliegend, bis zu dem Baume hin, wo der Tiger war. Als die Hunde den Tiger sahen, vergaßen sie den Raben und sprangen auf den Tiger los, der die Flucht ergreifen mußte und in seiner Hoffnung, die Katze zu fressen, getäuscht ward. So wurde die Katze durch die List ihres Freundes, des Raben, gerettet. Du siehst, o König! was wahre Freundschaft vermag.

Geschichte des Prinzen Zeyn Alasnam und des Königs der Geister

Ein König von Baßrah besaß große Reichtümer. Seine Untertanen liebten ihn, aber er hatte keine Kinder, und das betrübte ihn über die Maßen. Indes veranlaßte er alle heiligen Männer in seinen Staaten durch namhafte Geschenke, den Himmel für ihn um einen Sohn zu bitten, und ihre Gebete waren nicht erfolglos: die Königin ward schwanger und genas glücklich eines Sohnes, welcher den Namen Zeyn Alasnam, d. h. Zierde der Bildsäulen, erhielt.

Der König ließ alle Sterndeuter seines Reiches zusammenrufen und befahl ihnen, dem Kinde das Horoskop zu stellen. Sie entdeckten durch ihre Beobachtungen, daß er lange leben und viel Mut besitzen würde, daß er dieses Mutes aber auch bedürfe, um das vielfache Unglück, das ihn bedrohe, mannhaft zu ertragen. Der König erschrak nicht über diese Weissagung. »Wenn mein Sohn Mut hat«, sagte er, »so ist er nicht zu beklagen. Es ist gut, wenn die Prinzen manchmal in ein Unglück kommen; Widerwärtigkeiten läutern ihre Tugend, sie lernen dadurch nur um so besser regieren.«

Er belohnte die Sterndeuter und entließ sie in ihre Heimat. Seinen Sohn aber ließ er mit aller erdenklichen Sorgfalt erziehen. Er gab ihm Lehrer, sobald er alt genug war, ihren Unterricht benutzen zu können. Der gute König wünschte einen vollendeten Prinzen aus ihm zu machen; aber auf einmal wurde er von einer Krankheit befallen, welche seine Ärzte nicht zu heilen vermochten. Als er nun sein Ende nahen sah, ließ er seinen Sohn rufen und empfahl ihm unter anderem, er solle sich mehr die Liebe als die Furcht seines Volkes zu erwerben suchen, niemals den Schmeichlern sein Ohr leihen und ebenso langsam im Belohnen als im Strafen sein; denn gar häufig lassen sich die Könige durch falschen Schein verführen, schlechte Leute mit Wohltaten zu überhäufen und die Unschuld zu unterdrücken.

Als der König gestorben war, legte der Prinz Zeyn Trauerkleider an und trug sie sieben Tage lang. Am achten bestieg er den Thron, nahm von dem königlichen Schatze das Siegel seines Vaters weg, legte das seinige daran und begann nun die Süßigkeit des Herrschens zu kosten. Der Anblick, wie seine Höflinge sich vor ihm beugten und zur höchsten Aufgabe ihres Lebens machten, ihren Gehorsam und Eifer an den Tag zu legen, mit einem Wort, die unumschränkte Herrschergewalt hatte allzu großen Reiz für ihn. Er dachte nur an die Pflichten seiner Untertanen, nicht aber an das, was er ihnen schuldig war, und kümmerte sich wenig um die Regierungsgeschäfte. Dagegen ergab er sich allen Arten von Ausschweifungen mit jungen Wüstlingen, die er mit den höchsten Würden des Staates bekleidete. Er wußte in nichts Maß und Ziel. Seine angeborene Freigebigkeit verwandelte sich in zügellose Verschwendung, und unbemerkt hatten Frauen und Günstlinge die ganze Schatzkammer erschöpft.

Die Königin, seine Mutter, lebte noch. Sie war eine weise und verständige Fürstin und hatte mehrmals vergeblich dem Strome der Verschwendung und der Ausschweifung des Königs, ihres Sohnes, Einhalt zu tun versucht, indem sie ihm vorstellte, wenn er seinen Lebenswandel nicht ändere, so werde er nicht nur in kurzem seinen ganzen Reichtum einbüßen, sondern sich auch seine Völker abwendig machen und Aufstände veranlassen, die ihn leicht Krone und Leben kosten könne. Wenig fehlte, so wäre ihre Weissagung in Erfüllung gegangen: die Untertanen fingen an, gegen die Regierung zu murren, und es wäre unfehlbar zur offenen, allgemeinen Empörung gekommen, wenn nicht die Königin durch ihre Gewandtheit vorgebeugt hätte. Unterrichtet von dem Stand der Dinge, benachrichtigte sie den König davon, der sich endlich überreden ließ, und nun das Vezirat weisen, bejahrten Männern anvertraute, welche die Untertanen in ihrer Pflicht zu erhalten wußten.

Als aber Zeyn alle seine Reichtümer verschwendet sah, bereute er, daß er keinen bessern Gebrauch davon gemacht hatte. Er versank in düstere Schwermut, und nichts vermochte ihn zu trösten. Eines Nachts sah er im Traum einen ehrwürdigen Greis, der auf ihn zutrat und mit lächelnder Miene zu ihm sagte: »O Zeyn, wisse, daß es kein Leid gibt, dem nicht Freude folgte, kein Unglück, daß nicht irgend ein Glück nach sich zöge. Willst du deinem Kummer ein Ende machen, so stehe auf, reise nach Ägypten und zwar nach Kahirah: dort erwartet dich ein großes Glück.«

Als der Fürst erwachte, machte er sich allerlei Gedanken über diesen Traum. Er erzählte ihn sehr ernsthaft der Königin, seiner Mutter, die nur darüber lachte. »Mein Sohn«, sagte sie, »willst du nicht vielleicht auf diesen schönen Traum hin nach Ägypten reisen?« – »Warum nicht, Mütterchen?« antwortete Zeyn. »Glaubst du denn, alle Träume seien bloß Hirngespinste? Nein, nein, es gibt welche, in denen tiefe Wahrheit verborgen liegt. Meine Lehrer haben mir tausend Geschichten erzählt, die mich nicht daran zweifeln lassen. Wäre ich übrigens auch nicht davon überzeugt, so könnte ich doch nicht umhin, meinem Traume Beachtung zu schenken. Der Greis, der mir erschienen ist, hat etwas Übernatürliches. Es war keiner von denen, die bloß ihr Alter ehrwürdig macht: etwas Ehrwürdiges, das ich nicht näher bezeichnen kann, war über seine ganze Person ausgegossen. Er glich vollkommen dem Bilde, das man von unserm großen Propheten macht, und um dir alles aufrichtig zu gestehen, ich glaube, daß er es selbst ist, daß er sich meines Kummers erbarmt und ihn lindern will. Er hat mir ein Vertrauen eingeflößt, auf das ich alle meine Hoffnung setze. Seine Versprechungen klingen mir noch im Ohr, und ich bin entschlossen, seiner Stimme zu folgen.« Umsonst bemühte sich die Königin, ihn davon abzubringen; der Fürst übertrug ihr die Verwaltung des Reichs, verließ eines Nachts ganz heimlich den Palast und begab sich ohne Begleiter auf den Weg nach Kahirah.

Nach vielen Beschwerden und Mühseligkeiten langte er in dieser berühmten Stadt an, die sowohl in Beziehung auf Größe als Schönheit wenige ihresgleichen hat. Er stieg an der Pforte einer Moschee ab und legte sich, von Müdigkeit übermannt, daselbst nieder. Kaum war er eingeschlafen, als ihm derselbe Greis erschien und zu ihm sprach: »O mein Sohn, ich bin zufrieden mit dir, du hast meinen Worten geglaubt und hast dich nicht von der Länge und Beschwerlichkeit des Weges abschrekken lassen, hierher zu kommen. Vernimm jetzt, daß ich dich zu dieser großen Reise nur veranlaßt habe, um dich auf die Probe zu stellen. Ich sehe, du hast Mut und Charakterfestigkeit: du verdienst, daß ich dich zum reichsten und glücklichsten aller Könige der Erde mache. Kehre nach Baßrah zurück; du wirst in deinem Palaste unermeßliche Reichtümer finden. Nie hat ein König so viel besessen, als dort aufgehäuft liegen.«

Der König war von diesem Traume nicht sonderlich erbaut. »Ach!« sagte er bei sich selbst, als er erwachte, »wie sehr habe ich mich getäuscht! dieser Greis, den ich für unsern großen Propheten hielt, ist ein bloßes Erzeugnis meiner aufgeregten Phantasie. Ich hatte den Kopf so voll davon, daß es kein Wunder ist, wenn ich zum zweiten Male so geträumt habe. Am besten, ich gehe nach Baßrah zurück. Wozu soll ich mich hier länger aufhalten? Nur gut, daß ich den Grund meiner Reise niemand als meiner Mutter mitgeteilt habe. Wenn meine Untertanen ihn erführen, sie würden mit Fingern auf mich deuten.«

Er kehrte also nach seinem Königreiche zurück, und als er ankam, fragte ihn die Königin, ob er mit seiner Reise zufrieden sei? Er erzählte ihr alles haarklein und schien über seine allzu große Leichtgläubigkeit so betrübt, daß seine Mutter, statt durch Vorwürfe oder Spöttereien seinen Verdruß zu vermehren, sich Mühe gab, ihn zu trösten. »Beruhige dich, mein Sohn«, sagte sie; »wenn Gott dir Reichtümer bestimmt hat, so wirst du sie ohne Mühe erwerben. Sei deswegen unbekümmert; alles, was ich dir empfehlen kann, ist, tugendhaft zu sein. Entsage den Freuden des Tanzes, der Flöten und des purpurfarbigen Weines. Fliehe diese Lüste, sie waren schon nahe daran, dich an den Rand des Verderbens zu bringen. Bemühe dich, deine Untertanen glücklich zu machen: durch ihr Glück sicherst du das deine.«

Der König Zeyn gelobte, fortan allen Ratschlägen seiner Mutter und den weisen Vezieren zu folgen, welche sie erwählt hatte, um ihm die Last der Regierung tragen zu helfen. Aber gleich in der ersten Nacht, die er wieder in seinem Palaste zubrachte, sah er den Greis zum drittenmal im Traume. »Mutvoller Zeyn«, sprach dieser zu ihm, »endlich ist der Augenblick deines Glücks gekommen. Morgen früh, sobald du aufgestanden bist, nimm eine Haue und durchsuche das Kabinett des seligen Königs, dort wirst du einen großen Schatz finden.«

Sobald der König erwachte, stand er auf, ging sogleich zu seiner Mutter und erzählte ihr mit großer Lebhaftigkeit seinen neuen Traum. »Wahrhaftig, mein Sohn«, sagte die Königin lächelnd, »der Greis ist sehr beharrlich; es ist ihm nicht genug, dich zweimal betrogen zu haben. Bist du vielleicht gesonnen, ihm abermals zu trauen?« – »Nein, meine Mutter«, antwortete Zeyn, »ich glaube ihm keineswegs, doch will ich zum Spaß das Kabinett meines Vaters untersuchen.« – »O ich dachte es wohl!« rief die Königin mit lautem Gelächter; »gehe, mein Sohn, gib dich zufrieden. Mein einziger Trost ist der, daß die Sache nicht so ermüdend ist, wie die Reise nach Ägypten.«

»Nun ja, liebe Mutter«, versetzte der König, »ich will dir nur gestehen, dieser dritte Traum hat mir wieder Vertrauen eingeflößt; er steht in genauem Zusammenhange mit den beiden andern, und wenn wir alle Worte des Greises gehörig erwägen, so hat er mir zuerst aufgegeben, nach Ägypten zu reisen, und dort hat er mir gesagt, er habe mich nur zur Probe auf die Reise geschickt. Kehre nach Baßrah zurück, sagte er hierauf, dort sollst du Schätze finden. Heute Nacht nun hat er mir den Ort, wo sie sind, genau angegeben. Diese drei Träume hängen, scheint mir's, zusammen; es gibt nichts daran zu deuteln, die ganze Sache ist klar. Sie können allerdings chimärisch sein, allein ich will lieber vergebens suchen, als mir mein ganzes Leben lang vorwerfen, daß ich vielleicht große Reichtümer verscherzt habe, indem ich zur Unzeit den Ungläubigen spielte.« So sprechend verließ er das Zimmer der Königin, ließ sich eine Haue geben und ging allein in das Gemach seines seligen Vaters. Dort fing er an zu hauen und hatte bereits mehr als die Hälfte der viereckigen Platten des Fußbodens aufgehoben, ohne die mindeste Spur von einem Schatze zu entdecken. Er ruhte aus und sagte zu sich selbst: »Ich fürchte sehr, meine Mutter hat mich mit Recht verspottet«; gleichwohl ließ er es sich nicht verdrießen und machte sich aufs neue an die Arbeit. Er hatte das nicht zu bereuen; denn auf einmal entdeckte er einen weißen Stein, den er aufhob, und unter demselben fand er eine verschlossene Türe mit einem stählernen Vorlegeschloß. Er zerschlug dasselbe, öffnete die Türe und erblickte eine Treppe von weißem Marmor. Flugs zündete er eine Wachskerze an, stieg diese Treppe hinab und kam in ein mit chinesischem Porzellan gepflastertes Gemach, dessen Wände und Decke von Kristall waren. Was aber seine Aufmerksamkeit am meisten auf sich zog, waren vier Erhöhungen, auf deren jeder zehn Porphyr-Urnen waren. Er dachte, sie werden voller Wein sein, und sprach bei sich: »Auch gut, dieser Wein ist recht alt und ohne Zweifel wird er köstlich munden.« So näherte er sich denn einer der Urnen, nahm den Deckel weg und sah mit ebenso großer Überraschung als Freude, daß sie voll Goldstücke war. Nun untersuchte er alle vierzig Urnen eine nach der andern, und fand sie voll Dinare. Er nahm eine Handvoll davon und lief zu seiner Mutter.

Das Erstaunen der Königin war groß, als sie von ihrem Sohne hörte, was er gesehen hatte. »O mein Sohn«, rief sie, »hüte dich nur, daß du diese Reichtümer nicht auch so töricht verschwendest wie den königlichen Schatz! Du solltest schon deinen Feinden nicht diese Freude gönnen.« – »Nein, meine Mutter«, antwortete Zeyn, »ich werde von nun an so leben, daß du gewiß zufrieden bist.«

Die Königin bat ihren Sohn, sie in das wundervolle Gemach zu führen, das ihr verstorbener Gemahl so heimlich hatte machen lassen, daß sie nie davon hatte reden hören. Zeyn führte sie ins Kabinett, half ihr die Marmortreppe hinabsteigen und zeigte ihr dann das Zimmer, wo die Urnen standen. Sie betrachtete all diese Sachen mit forschenden Blicken und gewahrte in einem Winkel eine kleine Urne aus demselben Stoffe wie die andern, die der König noch nicht bemerkt hatte. Sie nahm dieselbe, öffnete sie und fand darin einen goldenen Schlüssel. »Mein Sohn«, sagte hierauf die Königin, »dieser Schlüssel verschließt ohne Zweifel noch einen andern Schatz. Laß uns überall suchen, ob wir nicht entdecken können, zu welchem Gebrauche er bestimmt ist.«

Sie untersuchten das Gemach mit der höchsten Aufmerksamkeit und fanden endlich mitten in der Wand ein Schloß. Sie dachten, dazu werde der Schlüssel gehören, und der König machte sogleich einen Versuch. Alsbald ging die Türe auf und sie erblickten ein zweites Gemach, in dessen Mitte neun Fußgestelle von gediegenem Golde waren, wovon acht jedes eine Bildsäule aus einem einzigen Diamant trugen, und diese Bildsäulen strahlten solchen Glanz aus, daß das ganze Zimmer davon erleuchtet war.

»Erhabener Gott!« rief Zeyn ganz erstaunt aus, »wo hat mein Vater diese schönen Sachen erhalten?« Beim neunten Fußgestell verwunderte er sich noch mehr, denn auf demselben lag ein Stück weißer Atlas, worauf folgende Worte geschrieben standen: »O mein lieber Sohn! diese acht Bildsäulen haben mich große Mühe gekostet, bis ich sie erworben hatte. Sie sind sehr schön, aber du mußt wissen, daß es noch eine neunte auf der Welt gibt, welche sie übertrifft. Sie allein ist mehr wert, als tausend solche, wie du hier siehst. Willst du dich in ihren Besitz setzen, so mach dich auf und gehe in die Stadt Kahirah in Ägypten, dort wohnt einer meiner alten Sklaven, namens Mobarek; du wirst ihn ohne Mühe ausfindig machen; die erste Person, der du begegnest, wird dir seine Wohnung sagen. Geh, suche ihn auf und sage ihm, was dir begegnet ist. Er wird dich als meinen Sohn erkennen und nach dem Orte führen, wo diese wunderbare Bildsäule ist, deren Besitz dir Heil und Segen bringen wird.«

Als der König diese Worte gelesen hatte, sagte er zu seiner Mutter: »Ich will diese neunte Bildsäule nicht entbehren; es muß ein sehr seltenes Stück sein, wenn sie mehr wert ist, als diese hier alle zusammen. Ich gedenke sogleich nach Kahirah zu reisen; du wirst hoffentlich meinen Entschluß nicht mißbilligen?« – »Nein, mein Sohn«, antwortete die Königin, »ich habe nichts dagegen einzuwenden. Du stehst offenbar unter dem Schutze unseres großen Propheten, und er wird dich auf dieser Reise nicht umkommen lassen. Reise ab, sobald du willst. Ich werde mit Hilfe deiner Veziere die Regierungsgeschäfte besorgen.« Der König ließ sogleich alle Vorbereitungen zur Reise treffen und nahm nur eine kleine Anzahl Sklaven mit.

Es begegnete ihm kein Unfall auf der Reise. Er kam in Kahirah an und erkundigte sich sogleich nach Mobarek. Man sagte ihm, er sei einer der reichsten Bürger in der Stadt, der wie ein großer Herr lebe, und sein Haus stehe vornehmlich für Fremde immer offen. Zeyn ließ sich dahin führen und klopfte an die Türe; ein Sklave öffnete und sprach: »Was wünschest du und wer bist du?« – »Ich bin ein Fremder«, antwortete der König, »ich habe von der Großmut des Herrn Mobarek gehört und komme, um bei ihm zu wohnen.« Der Sklave bat ihn, einen Augenblick zu warten, dann ging er hin und meldete es seinem Herrn, der ihm befahl, den Fremden eintreten zu lassen. Der Sklave kam wieder an die Türe und sagte zum König, er sei willkommen.

Zeyn trat ein, ging durch einen großen Hof und gelangte in ein prächtig geschmücktes Zimmer, wo Mobarek ihn erwartete und sehr höflich empfing. Er dankte ihm für die Ehre, die ihm dadurch widerfahre, daß er bei ihm wohnen wolle. Der König erwiderte diese Höflichkeit und sagte dann zu Mobarek: »Ich bin der Sohn des verstorbenen Königs von Baßrah und heiße Zeyn Alasnam.« – »Dieser König«, sagte Mobarek, »war früher mein Herr, hatte aber, so viel ich weiß, keinen Sohn. Wie alt bist du?« – »Zwanzig Jahre alt«, antwortete der Fürst. »Wie lange ist es, daß du den Hof meines Vaters verlassen hast?« – »Beinahe zweiundzwanzig Jahre«, sagte Mobarek. »Aber wie willst du mich überzeugen, daß du sein Sohn bist?« – »Mein Vater«, versetzte Zeyn, »hatte unter seinem Kabinett ein unterirdisches Gemach, in welchem ich vierzig Porphyrurnen, alle voll Gold gefunden habe.« – »Und was noch mehr?« fragte Mobarek. – »Neun Fußgestelle von gediegenem Golde«, sagte der Fürst; »auf acht davon sind Bildsäulen aus Diamant, auf dem neunten aber liegt ein Stück weißer Atlas, auf welches mein Vater geschrieben hat, was ich zu tun habe, um eine neunte Bildsäule zu erlangen, die noch kostbarer sei, als die übrigen miteinander; du weißt den Ort, wo diese Bildsäule sich befindet, denn auf dem Atlas steht geschrieben, daß du mich dahin führen werdest.«

Er hatte diese Worte noch nicht ausgesprochen, als Mobarek sich zu seinen Füßen warf und ihm zu wiederholten Malen die Hand küßte. »Gott sei gedankt!« rief er aus, »daß er dich hierhergeführt hat. Ich erkenne dich als den Sohn des Königs von Baßrah. Wenn du mit mir an den Ort gehen willst, wo die wunderbare Bildsäule ist, so will ich dich dahin führen. Zuvor aber mußt du einige Tage hier ausruhen. Ich gebe heute den Großen von Kahirah ein Festmahl, und wir waren eben bei Tisch, als man mir deine Ankunft meldete. Würdest du es wohl verschmähen, Herr, hereinzutreten und dich mit uns zu freuen?« – »Gewiß nicht«, antwortete Zeyn; »ich nehme mit dem größten Vergnügen Anteil an deinem Festmahl.« Bei diesen Worten führte ihn Mobarek in einen Kuppelsaal, wo sich die Gesellschaft befand. Er wies ihm einen Platz an der Tafel an und bediente ihn in eigener Person knieend. Die Großen von Kahirah waren darüber sehr verwundert und sprachen leise untereinander: »Ei, wer mag doch wohl der Fremdling sein, den Mobarek mit solcher Ehrfurcht bedient?«

Nachdem sie gegessen, nahm Mobarek das Wort und sprach: »Ihr Großen von Kahirah, wundert euch nicht, daß ich diesen jungen Fremdling auf diese Art bedient habe. Wißt, es ist der Sohn des Königs von Baßrah, meines ehemaligen Herrn. Sein Vater kaufte mich für sein eigenes Geld. Er ist gestorben, ohne mir die Freiheit zu schenken; somit bin ich immer noch Sklave, und folglich gehört all mein Hab und Gut von Rechts wegen diesem jungen Fürsten, seinem einzigen Erben.« Hier unterbrach ihn Zeyn mit den Worten: »O Mobarek, ich erkläre vor all diesen edlen Herren, daß ich dir in diesem Augenblick die Freiheit schenke, und daß ich sowohl dich selbst als alle deine Besitztümer von meinem Eigentum absondere. Überdies sag mir jetzt, womit ich dir einen Dienst erweisen kann.« Mobarek küßte die Erde und bezeigte dem Fürsten großen Dank. Hierauf wurde Wein vorgesetzt: sie tranken den ganzen Tag, und am Abend wurden Geschenke an die Gäste ausgeteilt, ehe sie nach Hause gingen.

Den andern Morgen sprach Zeyn zu Mobarek: »Ich habe jetzt genug ausgeruht, denn ich bin nicht nach Kahirah gekommen, um lustig zu leben, sondern um die neunte Bildsäule zu erhalten. Es ist Zeit, daß wir uns auf den Weg machen, um sie zu erobern.« – »Herr«, antwortete Mobarek, »ich bin bereit, deinem Wunsche zu willfahren, aber du kennst die vielfachen Gefahren nicht, die mit der Eroberung dieser kostbaren Beute verknüpft sind.« – »Ich fürchte keine Gefahr«, antwortete der Fürst, »und bin entschlossen, das Wagstück zu unternehmen. Ich will entweder meinen Zweck erreichen oder umkommen. Alles, was geschieht, kommt von Gott. Begleite mich nur und bleibe ebenso standhaft als ich.«

Als Mobarek ihn entschlossen sah, rief er seiner Dienerschaft und befahl ihr, alle Anstalten zur Abreise zu treffen. Der König und er verrichteten die im Gesetz vorgeschriebene Abwaschung und Gebete. Auf ihrer Reise bemerkten sie zahllose seltene und wunderbare Dinge. Sie ritten mehrere Tage, bis sie auf ein sehr anmutiges Gefilde kamen, wo sie abstiegen. Hier sprach Mobarek zu seinem Gefolge: »Bleibt an diesem Orte und habt genau auf unser Reisezeug acht, bis wir zurückkommen.« Sodann sagte er zu Zeyn: »Komm, mein Herr, und laß uns allein fürbaß gehen. Wir sind nahe an dem schrecklichen Orte, wo die neunte Bildsäule verwahrt ist. Du wirst deines ganzen Mutes bedürfen.«

Bald gelangten sie ans Ufer eines großen Sees; Mobarek setzte sich hier nieder und sprach zu dem Fürsten: »Wir müssen über dieses Meer.« – »Aber wie?« fragte Zeyn; »wir haben ja kein Schiff.« – »Du wirst im Augenblick eins erscheinen sehen«, antwortete Mobarek. »Das Zauberschiff des Königs der Geister wird kommen und uns abholen; vergiß aber ja nicht, was ich dir jetzt sage:

Man muß ein tiefes Stillschweigen beobachten. Sprich kein Wort mit dem Fährmann. Wie seltsam dir auch seine Gestalt vorkommen und was du auch Außerordentliches bemerken magst, sprich keine Silbe: denn ich sage dir, beim ersten Wort, das von deinen Lippen kommt, wenn wir uns einmal eingeschifft haben, versinkt die Barke in die Fluten.« – »Ich werde zu schweigen wissen«, sagte der Fürst. »Du darfst mir nur sagen, was ich zu tun habe; ich werde allem genau nachkommen.«

Während er so sprach, bemerkte er auf einmal im See ein Schiff von rotem Sandelholz. Es hatte einen Mast von feinem Ambra und eine Flagge von blauem Atlas. Darinnen war niemand als der Fährmann, dessen Kopf dem eines Elefanten glich, während sein übriger Leib von einem Tiger war. Als das Fahrzeug sich dem Prinzen und Mobarek genähert hatte, nahm der Fährmann einen um den andern mit seinem Rüssel und stellte sie in sein Schiff. Sodann führte er sie in einem Augenblick nach der andern Seite des Sees. Hier nahm er sie wieder mit seinem Rüssel, setzte sie ans Land und verschwand alsbald samt seiner Barke.

»Jetzt können wir sprechen«, sagte Mobarek. »Wir sind hier auf der Insel des Königs der Geister; es gibt keine ähnliche auf der ganzen Welt. Sieh dich einmal nach allen Seiten um, mein König; kannst du dir einen reizenderen Aufenthalt denken? Gewiß, dies ist ein wahres Abbild jenes wonnevollen Ortes, welchen Gott für die gläubigen Beobachter unseres Gesetzes bestimmt. Du siehst, wie die Gefilde mit Blumen und allen Arten von duftenden Kräutern geschmückt sind; bewundere diese schönen Bäume, deren Zweige sich unter ihren köstlichen Früchten bis zur Erde herabbeugen; erfreue dich der harmonischen Gesänge, womit tausend Vögel von tausend in andern Ländern unbekannten

Gattungen die Luft erfüllen.« Zeyn konnte nicht müde werden, die Schönheit der ihn umgebenden Dinge zu betrachten, und je weiter er auf der Insel fortging, bemerkte er immer neue Reize.

Endlich gelangten sie zu einem Palast von feinen Smaragden, umgeben von einem breiten Graben, auf dessen Rande in abgemessenen Zwischenräumen hohe Bäume standen, die mit ihrem Schatten den ganzen Palast bedeckten. Gegenüber von der Türe, die von gediegenem Golde war, befand sich eine Brücke, die aus einer einzigen Fischschuppe bestand, dabei aber wenigstens sechs Klafter lang und drei Klafter breit war. Vorn an der Brücke sah man eine Schar Geister von ungeheurer Größe, die mit dicken Keulen aus chinesischem Stahl den Eingang in das Schloß verteidigten.

»Wir wollen nicht weiter vorrücken«, sagte Mobarek; »diese Geister würden uns totschlagen, und wenn wir sie verhindern wollen, zu uns zu kommen, so müssen wir eine magische Vorrichtung machen.« Mit diesen Worten zog er aus seinem Beutel, den er unter seinem Rock hatte, vier Streifen gelben Taft hervor. Mit dem einen umwand er seinen Gürtel und den zweiten heftete er auf seinen Rücken; die beiden andern gab er dem König, der denselben Gebrauch davon machte. Danach breitete Mobarek zwei große Tischtücher auf der Erde aus, und auf den Rand derselben legte er einige Edelsteine mit Moschus und Ambra. Sodann setzte er sich auf eins der Tücher und Zeyn auf das andere. Hierauf sprach Mobarek also zu dem König: »Herr, ich werde jetzt den König der Geister beschwören, der diesen Palast hier bewohnt. Gott gebe, daß er ohne Zorn zu uns komme! Ich gestehe, daß mir wegen des Empfanges bange ist. Wenn unsere Ankunft auf seiner Insel ihm mißfällt, so wird er uns in Gestalt eines abscheulichen

Ungeheuers erscheinen; heißt er aber deine Absicht gut, so wird er sich in Gestalt eines freundlichen Mannes zeigen. Sobald er vor uns tritt, mußt du aufstehen und ihn begrüßen, ohne von deinem Tuche hinwegzutreten; denn wenn du es verlässest, bist du ein Kind des Todes. Dann sprich zu ihm: »Gewaltiger Beherrscher der Geister! Mein Vater, der dein Diener war, ist von dem Engel des Todes hinweggeführt worden. Möchtest du mich in deinen Schutz nehmen, wie du meinen Vater immer beschützt hast! Wenn dich dann«, fuhr Mobarek fort, »der Geisterkönig fragt, welche Gnade du von ihm erbittest, so antworte: Herr, ich bitte dich untertänigst, mir die neunte Bildsäule zu schenken.«

Nachdem Mobarek auf diese Weise den König Zeyn unterrichtet hatte, fing er seine Beschwörungen an. Alsbald wurden ihre Augen von einem langen Blitze geblendet, auf den ein Donnerschlag folgte. Die ganze Insel hüllte sich in dichte Finsternis. Es erhob sich ein fürchterlicher Sturm und hierauf hörte man einen entsetzlichen Schrei. Die Erde erzitterte und man verspürte ein Erdbeben, ähnlich dem, das Asrafyl am Tage des Gerichts erregen wird.

Dem König Zeyn war nicht ganz wohl zumute; er hielt dieses Getöse für eine sehr schlimme Vorbedeutung, aber Mobarek, der besser wußte, was davon zu halten war, fing an zu lächeln und sagte zu ihm: »Beruhige dich, mein Fürst, es geht alles gut.« Wirklich erschien in demselben Augenblick der Geisterkönig in Gestalt eines schönen Mannes. Gleichwohl hatte er immerhin etwas Wildes in seinem Wesen.

Sobald der König Zeyn ihn bemerkte, begrüßte er ihn auf die Art, die Mobarek ihm angegeben hatte. Der Geisterkönig antwortete lächelnd: »Mein Sohn, ich liebte deinen Vater, und sooft er kam, mir seine Ehrfurcht

zu bezeigen, schenkte ich ihm eine Bildsäule, die er nach Hause nahm. Auch dir bin ich nicht minder gewogen. Ich nötigte deinen Vater einige Tage vor seinem Tode, das zu schreiben, was du auf dem weißen Atlas gelesen hast. Ich versprach ihm, dich unter meinen Schutz zu nehmen und dir die neunte Bildsäule zu schenken, deren Schönheit die andern bei weitem überstrahlt. Schon habe ich angefangen, mein Versprechen zu erfüllen, denn ich bin es, den du im Traum in Gestalt eines Greises gesehen hast. Ich habe dich die unterirdischen Gemächer mit den Urnen und Bildsäulen entdecken lassen. Ich habe großen Teil an allem, was dir begegnet ist, oder vielmehr, ich bin die Ursache davon. Ich weiß, was dich hierhergeführt hat, und dein Wunsch soll erfüllt werden. Hätte ich auch deinem Vater nicht versprochen, es dir zu schenken, so würde ich es dir selbst gern zu Gefallen tun. Zuvor aber mußt du mir bei allem, was einen Eid unverletzlich macht, schwören, daß du wieder auf diese Insel kommen und mir eine fünfzehnjährige Jungfrau bringen wirst, die noch von keinem Manne weiß und sich auch nicht wünscht, einen zu erkennen. Sie muß überdies ausgezeichnet schön sein, und du mußt so viel Selbstbeherrschung haben, daß du das Verlangen nach ihrem Besitze nicht aufkommen lässest, während du sie hierher führst.«

Zeyn leistete den verwegenen Eid, den man von ihm forderte. »Aber, Herr«, sagte er hierauf, »wenn ich nun auch so glücklich bin, eine solche Jungfrau zu sehen, wie du sie von mir verlangst, woran soll ich erkennen, daß ich sie gefunden habe?« – »Ich gestehe«, antwortete der König der Geister lächelnd, »daß dich der Anschein täuschen könnte. Diese Kenntnis ist den Söhnen Adams nicht gegeben, auch bin ich keineswegs gesonnen, mich hierin ganz dir anzuvertrauen. Ich werde dir einen Spiegel geben, der zuverlässiger ist, als deine Vermutung. Sobald du eine vollkommen schöne fünfzehnjährige Jungfrau siehst, brauchst du nur in diesen Spiegel zu schauen; du wirst darin das Bild dieser Jungfrau sehen, und wenn sie keusch ist, so wird das Glas rein und klar bleiben; wenn dagegen das Glas sich trübt, so ist dies ein sicheres Kennzeichen, daß das Mädchen nicht immer tugendhaft gewesen ist, oder wenigstens schon den Wunsch gehegt hat, es nicht mehr zu bleiben. Vergiß den Eid nicht, den du mir geschworen hast. Halte ihn als Mann von Ehre, sonst nehme ich dir das Leben, so wert du mir auch im übrigen bist.« Der König Zeyn Alasnam beteuerte aufs neue, daß er sein Wort halten werde.

Hierauf gab ihm der Geisterkönig einen Spiegel und sagte: »Mein Sohn, du kannst zu mir kommen, wann es dir beliebt. Hier ist der Spiegel, dessen du dich bedienen mußt.« Zeyn und Mobarek verabschiedeten sich und wandelten dem See zu. Der elefantenköpfige Fährmann kam mit der Barke zu ihnen und führte sie auf dieselbe Art wieder hinüber, wie er sie hergebracht hatte. Sie begaben sich wieder zu ihrem Gefolge und kehrten nach Kahirah zurück.

Der König Zeyn Alasnam ruhte einige Tage bei Mobarek aus; danach sprach er zu ihm: »Laß uns nach Bagdad gehen und für den König der Geister ein Mädchen suchen.« – »Ei, sind wir denn nicht in Groß-Kahirah?« antwortete Mobarek, »sollten nicht auch hier schöne Jungfrauen zu finden sein?« – »Du hast recht«, versetzte der König, »aber wie wollen wir sie auffinden?« – »Laß uns das nicht kümmern«, sagte Mobarek. »Ich kenne eine sehr gewandte alte Frau, an diese will ich mich wenden, sie wird die Sache gut besorgen.«

Wirklich war die Alte geschickt genug, den König eine große Menge sehr schöne fünfzehnjährige Mädchen sehen zu lassen; aber wenn er sie lange genug betrachtet hatte und dann seinen Spiegel befragte, so trübte sich der Probierstein ihrer Tugend, das Glas, bei jeder. Alle fünfzehnjährigen Mädchen bei Hof und in der Stadt mußten eine um die andere die Prüfung bestehen; aber bei keiner blieb das Glas rein und hell.

Als sie nun sahen, daß in Kahirah keine keusche Jungfrau zu finden war, reisten sie nach Bagdad. Dort mieteten sie einen prächtigen Palast in einer der schönsten Gegenden der Stadt. Sie lebten herrlich und in Freuden, hielten offene Tafel, und wenn alle Gäste im Palast genug gegessen hatten, wurde das übrige den Derwischen gebracht, die sich dabei gute Tage machten.

Nun wohnte in diesem Stadtviertel ein Imam, Namens Abubekr Muezin, ein eitler, hochmütiger und neidischer Mann. Er haßte alle reichen Leute, bloß weil er arm war. Sein Elend machte ihn bitter gegen wohlhabendere Nebenmenschen. Dieser hörte auch von Zeyn Alasnam und dem Überflusse sprechen, der bei ihm herrschte. Mehr brauchte es nicht für ihn, um seinen Haß auf diesen Fürsten zu werfen. Er trieb die Sache soweit, daß er einmal in seiner Moschee nach dem Abendgebet zu dem Volke sprach: »Liebe Brüder, ich habe gehört, daß ein Fremder sich in unserm Stadtviertel einquartiert hat, der täglich unermeßliche Summen verschwendet. Wer weiß, ob dieser Unbekannte nicht vielleicht ein Verbrecher ist, der in seinem Lande dies viele Geld zusammengestohlen hat und nun in diese große Stadt kommt, um sich gütlich zu tun. Laßt uns auf der Hut sein, liebe Brüder. Wenn der Kalif erfährt, daß ein solcher Mann in unserem Viertel wohnt, so könnte er uns leicht bestrafen, weil wir ihn nicht davon benachrichtigt haben. Ich für meine Person erkläre euch, daß ich meine Hände in Unschuld wasche, und wenn ein Unglück daraus entsteht, so ist es nicht meine Schuld.« Das Volk, das in der Regel leicht beweglicher Natur ist, rief dem Redner einstimmig zu: »Das ist deine Sache, Imam, zeige es der Behörde an!« Hierauf ging der Imam zufrieden nach Hause und schickte sich an, eine Schrift aufzusetzen, die er am andern Tage dem Kalifen überreichen wollte.

Aber Mobarek, der dem Gebete angewohnt und wie

die andern die Rede des Geistlichen gehört hatte, band fünfhundert Goldstücke in ein Tuch, packte mehrere Seidenstoffe zusammen und ging damit zu Abubekr. Der Imam fragte ihn in barschem Ton, was sein Begehr sei. »Großer Lehrer«, antwortete ihm Mobarek mit freundlichem Tone, indem er ihm das Gold und die Seidenstoffe in die Hand drückte, »ich bin dein Nachbar und Diener. Der König Zeyn, der in diesem Viertel wohnt, schickt mich zu dir. Er hat gehört, was für ein ausgezeichneter Mann du bist, und mich beauftragt, dir zu sagen, daß er deine Bekanntschaft zu machen wünsche. Einstweilen bittet er dich, dies kleine Geschenk anzunehmen.« Abubekr war außer sich vor Freude und antwortete Mobarek: »Ich ersuche dich, lieber Herr, bitte den König um Verzeihung für mich. Ich bin ganz beschämt, ihn noch nicht besucht zu haben, aber ich will meinen Fehler wiedergutmachen und gleich morgen ihm meine Ehrfurcht bezeigen.«

Am andern Tage sagte er nach dem Abendgebete zum Volke: »Ihr wißt, liebe Brüder, kein Mensch ist ohne Feinde. Der Neid tastet vornehmlich diejenigen an, die großes Vermögen haben. Der Fremdling, von dem ich euch gestern Abend sagte, ist kein Bösewicht, wie übelwollende Leute mich bereden wollten, sondern ein junger Fürst, der tausend Tugenden besitzt. Hüten wir uns wohl, dem Kalifen einen nachteiligen Bericht über ihn zu hinterbringen.«

Nachdem Abubekr durch diese Rede die schlechte Meinung wieder vertilgt, die er tags zuvor dem Volke in betreff Zeyns beigebracht hatte, ging er nach Hause, zog seine Feierkleider an und besuchte den jungen König, der ihn sehr huldvoll empfing. Nach mehreren Begrüßungen von beiden Seiten sagte Abubekr zu dem König: »Herr, gedenkst du lange in Bagdad zu bleiben?« – »Ja«, antwortete Zeyn, »so lange, bis ich ein fünfzehnjähriges ausgezeichnet schönes Mädchen gefunden habe, die aber so keusch sein muß, daß sie von keinem Manne weiß und ihr auch nicht gelüstet, solche Bekanntschaft zu machen.« – »Du suchst ein gar seltenes Ding«, versetzte der Imam, »und ich würde sehr fürchten, daß deine Nachforschungen vergeblich sein würden, wenn ich nicht wüßte, wo ein Mädchen von diesen Eigenschaften zu finden ist. Ihr Vater war ehemals Vezier, aber er hat den Hof verlassen und lebt seit langer Zeit in einem abgelegenen Hause, wo er sich gänzlich der Erziehung seiner Tochter widmet. Wenn du willst, Herr, so gehe ich hin und halte für dich um sie an. Ich zweifle nicht, daß er mit Vergnügen einen Schwiegersohn von deinem Rang annehmen wird.« – »Nicht zu rasch«, versetzte der König; »ich will dieses Mädchen nicht heiraten, bevor ich mich überzeugt habe, daß sie für mich paßt. In Beziehung auf Schönheit kann ich mich wohl auf dich verlassen, aber welche Bürgschaft kannst du mir für ihre Tugend geben?« – »Je nun, was für Bürgschaften verlangst du denn?« frage Abubekr. – »Ich muß sie von Angesicht sehen«, antwortete Zeyn; »mehr verlange ich nicht, um mich zu entschließen.« – »Demnach scheinst du dich gut auf Physiognomien zu verstehen?« versetzte der Imam lächelnd. »Nun gut, gehe mit mir zu ihrem Vater, ich will ihn bitten, daß er sie dich in seiner Gegenwart auf einen Augenblick sehen läßt.« Abubekr führte den König zu dem Vezier, der nicht sobald von dem Rang und der Absicht Zeyns gehört hatte, als er seine Tochter kommen ließ und ihr befahl, den Schleier abzunehmen. Der junge König von Baßrah hatte noch nie eine so vollendete und reizende Schönheit gesehen. Er war ganz geblendet, und sobald er die Probe anstellen konnte, ob das Mädchen ebenso keusch als schön sei, zog er seinen Spiegel hervor, und siehe da! das Glas blieb rein und hell.

Als er nun sah, daß er endlich eine Jungfrau gefunden habe, wie er sie wünschte, bat er den Vezier, sie ihm zu geben. Sogleich wurde nach dem Kadhi geschickt; er kam, setzte den Heiratsvertrag auf und verrichtete das gebräuchliche Gebet. Nach dieser Zeremonie führte Zeyn den Vezier in sein Haus, wo er ihn prächtig bewirtete und ihm ansehnliche Geschenke machte. Der Braut schickte er durch Mobarek einen reichen Juwelenschmuck, und dieser führte sie in sein Haus, wo die Hochzeit mit aller dem Range Zeyns angemessenen Pracht gefeiert wurde. Als die Gäste sich entfernt hatten, sagte Mobarek zu seinem Gebieter: »Auf, Herr, laß uns nicht länger in Bagdad verweilen, sondern nach Kahirah zurückkehren. Gedenke des Versprechens, das du dem König der Geister gegeben hast.« – »Allerdings, wir wollen abreisen«, antwortete der König, »ich muß mein Wort getreulich erfüllen. Gleichwohl kann ich nicht leugnen, mein lieber Mobarek, daß es mich sehr schwer ankommt, dem Geisterkönig zu gehorchen. Die Jungfrau, die ich geheiratet habe, ist bezaubernd schön, und ich hätte Lust, sie nach Baßrah zu führen und auf den Thron zu setzen.« – »Ach, Herr«, antwortete Mobarek, »hüte dich wohl, deinem Gelüste Gehör zu geben. Beherrsche deine Leidenschaften und halte dem König der Geister Wort, was es dich auch kosten mag.« – »Nun gut, Mobarek,« sagte der König, »so sorge nur, daß du das liebenswürdige Mädchen vor mir verbirgst und sie mir nicht unter die Augen kommt. Ich habe sie vielleicht nur zu viel schon gesehen.«

Mobarek ließ Anstalten zur Abreise machen; sie gingen nach Kahirah zurück und nahmen von dort den Weg nach der Insel des Geisterkönigs. Als sie dort waren, sprach die Jungfrau, welche die ganze Reise in der Sänfte gemacht und den König seit dem Hochzeitstage nicht wieder gesehen hatte, zu Mobarek: »Wo sind wir? werden wir nicht bald in den Staaten meines königlichen Gemahls anlangen?« – »Herrin«, antwortete Mobarek, »es ist Zeit, daß ich dir die Augen öffne. Der König Zeyn hat dich nur geheiratet, um dich aus dem Hause deines Vaters zu bekommen. Nicht um dich zur Beherrscherin von Baßrah zu machen, hat er dir seine Hand gegeben, sondern um dich dem König der Geister zu überliefern, der ein Mädchen deiner Art von ihm verlangt hat.« Bei diesen Worten fing sie an bitterlich zu weinen, so daß der König und Mobarek über die Maßen gerührt wurden. »Habt Mitleid mit mir«, sagte sie zu ihnen, »ich bin eine Fremde, ihr werdet eure Verräterei an mir vor Gott verantworten müssen.«

Vergeblich waren ihre Tränen und Klagen. Sie wurde dem König der Geister vorgestellt, der sie mit forschenden Blicken betrachtete und dann also zu Zeyn sprach: »Ich bin mit dir zufrieden Fürst. Die Jungfrau, die du mir gebracht hast, ist reizend und keusch, und es gefällt mir sehr, daß du so viel Selbstüberwindung gezeigt hast, um mir Wort zu halten. Kehre jetzt in deine Staaten zurück, und wenn du das unterirdische Gemach mit den acht Bildsäulen betrittst, so wirst du darin die neunte finden, die ich dir versprochen habe. Ich werde sie durch meine Geister dahin bringen lassen.« Zeyn dankte dem König und reiste mit Mobarek nach Kahirah zurück, hielt sich aber nicht lange in dieser Stadt auf, denn er brannte vor Ungeduld, die neunte Bildsäule zu sehen. Dabei konnte er nicht umhin, fleißig an die Jungfrau zu denken, die er geheiratet hatte; er machte sich Vorwürfe, daß er sie betrogen, und betrachtete sich als die Ursache und das Werkzeug ihres Unglücks. »Ach«, sprach er bei sich selbst, »ich habe sie aus den Armen ihres zärtlichen Vaters gerissen, um sie einem Geiste zu opfern. O Schönheit sondergleichen, du hattest ein besseres Schicksal verdient!«

Unter solchen Gedanken kam der König Zeyn endlich nach Baßrah, wo seine Untertanen die Rückkehr ihres Fürsten mit großen Freudenfesten feierten. Er ging sogleich zur Königin, seiner Mutter, um ihr von seiner Reise Bericht abzustatten, und sie war sehr erfreut, zu vernehmen, daß er die neunte Bildsäule erhalten habe. »Komm, mein Sohn«, sprach sie, »daß wir sie sehen, denn sie ist ohne Zweifel jetzt in dem unterirdischen Gemach, da der König der Geister dir gesagt hat, du werdest sie dort treffen.« Der junge König und seine Mutter stiegen, voll Ungeduld, diese Säule zu sehen, in das unterirdische Gemach hinab und traten in das Zimmer, wo die Säulen standen; aber groß war ihr Erstaunen, als sie statt der diamantenen Säule auf dem neunten Fußgestell ein Mädchen von ausgezeichneter Schönheit erblickten, die der Prinz sogleich als diejenige erkannte, welche er auf die Geisterinsel geführt hatte! »Mein König«, sprach die Jungfrau zu ihm, »du erwartetest etwas Kostbareres zu sehen, als mich, und bereust jetzt ohne Zweifel, daß du dir so viele Mühe gegeben hast. Du hattest eine schönere Belohnung gehofft!« – »Nein, meine Geliebteste«, antwortete Zeyn, »Gott ist mein Zeuge, daß ich mehr als einmal im Begriff war, dem Geisterkönig mein Wort zu brechen und dich mir zu erhalten. Wie kostbar auch eine diamantene Säule sein mag, so ist sie doch nichts gegen die Wonne, dich zu besitzen. Ich liebe dich mehr als alle Diamanten und alle Reichtümer von der Welt.«

Während er so sprach, hörte man einen Donner, von dem das unterirdische Gemach erbebte. Zeyns Mutter erschrak, aber nun erschien der Geisterkönig und beruhigte sie. »Herrin«, sprach er zu ihr, »dein Sohn steht in meinem Schutze, ich liebe ihn. Ich habe sehen wollen, ob er in seiner Jugend fähig ist, seine Leidenschaften zu bezähmen. Es ist mir nicht entgangen, daß die Reize dieser Jungfrau gewaltigen Eindruck auf ihn gemacht haben, und daß er sein Versprechen, ihren Besitz nicht einmal zu wünschen, nicht aufs Gewissenhafteste gehalten hat; aber ich kenne die Schwachheit der menschlichen Natur zu gut, um ihm darob zu zürnen, und seine Zurückhaltung erfreut mich. Hier ist die neunte Bildsäule, die ich ihm bestimmt habe; sie ist seltener und kostbarer als alle die andern.« Dann wandte er sich zu dem König und sagte: »Lebe glücklich mit dieser jungen Frau, sie ist deine Gemahlin, und willst du, daß sie dir treu und beständig sei, so liebe sie immerdar, aber liebe nur sie allein. Gib ihr keine Nebenbuhlerinnen, und ich bürge dir für ihre Treue.« Mit diesen Worten verschwand der Geisterkönig, und Zeyn, entzückt über seine Braut, vollzog noch am selben Tage seine Ehe und ließ sie als Königin von Baßrah ausrufen; die beiden Gatten blieben sich treu und verlebten glücklich und zufrieden miteinander eine lange Reihe von Jahren.

Geschichte der zwei neidischen Schwestern

Herr, es war einmal ein König in Persien, mit Namen Chosru Schah, der vom Anfang an seit seinem Eintritt in die Welt großes Gefallen an nächtlichen Abenteuern fand. Oft verkleidete er sich mit einem seiner vertrauten Diener, der ebenso verkleidet war, durchstrich die Straßen der Stadt, und es stießen ihm allerlei gar seltsame Abenteuer auf, von denen ich jedoch heute meinen Herrn nicht unterhalten werde; dagegen hoffe ich, daß du mit Vergnügen dasjenige anhören wirst, welches ihm gleich bei seinem ersten Ausgang einige Tage nach seiner Thronbesteigung aufstieß, als sein Vater in hohem Alter gestorben war und ihm das Königreich Persien als Erbe hinterlassen hatte.

Nach den gewöhnlichen Feierlichkeiten bei seiner Krönung und dem Leichenbegängnisse des Sultans, seines Vaters, ging der neue Sultan Chosru Schah sowohl aus Neigung, als weil er es für seine Pflicht hielt, von allem, was da vorging, mit eigenen Augen Einsicht zu nehmen, eines Abends, etwa zwei Stunden nach Sonnenuntergang, mit seinem ebenso wie er verkleideten Großvezier aus seinem Palaste. Als er nun in das Stadtviertel kam, wo nur niedriges Volk wohnte, hörte er in einer Straße, die er durchstrich, ziemlich laut sprechen. Er näherte sich dem Hause, von welchem die Töne herkamen, blickte durch eine Spalte der Türe hinein und sah um ein Licht drei Schwestern, die auf einem Sofa saßen und sich nach dem Abendessen miteinander

unterhielten. Aus der Rede der Ältesten erkannte er bald, daß Wünsche den Gegenstand ihres Gespräches bildeten. »Da wir nun einmal am Wünschen sind«, sagte sie, »so wünschte ich mir den Bäcker des Sultans zum Manne, dann könnte ich mich doch satt essen an dem köstlichen Brote, welches man nur Sultansbrot nennt. Laßt hören, ob ihr auch einen so guten Geschmack habt, wie ich.« – »Und ich«, versetzte die zweite Schwester, »wünsche mir, die Frau des Oberkochs vom Sultan zu werden: da würde ich gar leckere Gerichte essen, und da ich überzeugt bin, daß das Sultansbrot im ganzen Palaste gegessen wird, so würde es mir auch daran nicht fehlen. Du siehst, Schwesterchen«, setzte sie gegen die ältere hinzu, »daß mein Geschmack so gut ist als der deinige.«

Die jüngste Schwester, die ausnehmend schön war und weit mehr Anmut und Geist besaß als die beiden ältern, sprach hierauf, als die Reihe an sie kam, also:

»Was mich betrifft, Schwestern, so beschränkt sich mein Verlangen nicht auf solche Kleinigkeiten, sondern ich nehme einen höhern Flug, und da es sich einmal ums Wünschen handelt, so wünsche ich mir, die Gemahlin des Sultans zu werden. Ich würde ihm einen Prinzen schenken, dessen Locken auf der einen Seite von Gold und auf der andern von Silber wären, dessen Tränen, wenn er weinte, als Perlen aus seinen Augen fielen, und dessen rote Lippen, so oft er lachte, einer sich erschließenden Rosenknospe glichen.« Die Wünsche der drei Schwestern, und besonders der jüngsten, erschienen dem Sultan Chosru Schah so merkwürdig, daß er sie zu erfüllen beschloß. Ohne dem Großvezier etwas von seinem Plane mitzuteilen, befahl er ihm, sich das Haus wohl zu merken und am folgenden Morgen alle drei Schwestern abzuholen und vor ihn zu führen.

Der Großvezier führte am andern Morgen den Befehl des Sultans so schnell aus, daß er den drei Schwestern kaum Zeit ließ, sich schleunigst anzukleiden, um vor ihm zu erscheinen. Er sagte ihnen indes bloß, der Sultan wolle sie sehen. Als er sie nun in den Palast geführt und dem Sultan vorgestellt hatte, fragte dieser die drei Schwestern: »Saget mir, erinnert Ihr euch noch der Wünsche, die ihr gestern abend tatet, als ihr so guter Dinge waret? Verhehlt mir nichts, ich will sie wissen.« Bei dieser unerwarteten Anrede gerieten die drei Schwestern in große Verlegenheit. Sie schlugen die Augen nieder, der jüngsten aber stieg holde Schamröte ins Gesicht, was ihr einen solchen Reiz gab, daß sie das Herz des Sultans vollends gewann. Da sie aus Scham und aus Furcht, den Sultan durch ihre Reden beleidigt zu haben, alle drei stillschwiegen, so suchte sie der Sultan, der dies bemerkte, zu beruhigen, indem er zu ihnen sagte: »Fürchtet nichts, ich habe euch nicht kommen lassen, um euch etwas zuleide zu tun; da ich sehe, daß meine Frage euch gegen meine Absicht beunruhigt, und da ich ohnehin eure Wünsche schon weiß, so verlange ich nicht, daß ihr sie mir beantwortet. Du«, fuhr er fort, »die du mich zum Gemahle wünschest, sollst heute noch befriedigt, und ihr«, sagte er zur ersten und zweiten Schwester, »sollt mit meinem Mundbäcker und meinem Oberkoch verheiratet werden.« Sobald der Sultan diesen seinen Willen erklärt hatte, warf sich die jüngste Schwester, den beiden ältern mit gutem Beispiel vorangehend, ihm zu Füßen, um ihren Dank zu bezeigen. »Herr«, sprach sie, »meinen Wunsch, der dir bekannt worden ist, habe ich nur gesprächsweise und zur Unterhaltung geäußert; ich bin der Ehre, die du mir antust, nicht würdig und bitte dich um Verzeihung für meine Kühnheit.« Die beiden ältern Schwestern wollten sich ebenfalls entschuldigen, allein der Sultan unterbrach sie mit den Worten: »Nein, nein, es bleibt dabei, der Wunsch von jeder soll erfüllt werden.«

Die drei Hochzeiten wurden, wie der Sultan Chosru Schah beschlossen hatte, noch an demselben Tage gefeiert, aber auf eine sehr verschiedene Weise. Die der jüngsten Schwester war mit aller Pracht und den glänzendsten Freudenfesten begleitet, wie es sich bei der Vermählung eines Sultans und einer Sultanin von Persien geziemt; die Hochzeiten der beiden andern Schwestern dagegen wurden mit keinen größeren Feierlichkeiten begangen, als dem Range ihrer Gatten, nämlich des Mundbäckers und des Oberkochs, angemessen war.

Die beiden ältern Schwestern fühlten den unermeßlichen Abstand zwischen ihrer Heirat und der ihrer jüngsten Schwester tief im Herzen. Deswegen begnügten sie sich auch nicht mit ihrem Glücke, das ihnen doch ganz nach Wunsch und ohne daß sie es hoffen konnten, gewährt worden war; sie gaben sich vielmehr dem heftigsten Neide hin, der nicht nur ihre Freude trübte, sondern auch ihrer jüngsten Schwester, der Sultanin, großes Unglück und die kränkendsten Demütigungen und Leiden bereitete. Sie hatten noch nicht Zeit gehabt, einander ihre Gedanken über diese ihrer Meinung nach ungerechte Zurücksetzung von Seiten des Sultans mitzuteilen, weil sie sich sogleich auf die Hochzeitfeier vorbereiten mußten. Einige Tage nachher aber, als sie sich verabredetermaßen in einem öffentlichen Bade wieder sahen, sagte die älteste Schwester zu der zweiten: »Nun, was sagst du denn von unserer jüngsten Schwester? Nicht wahr, ein sauberes Stück von einer Sultanin.« – »Ich muß gestehen«, sagte die andere Schwester, »daß ich die ganze Sache nicht begreifen kann; ich kann mir nicht denken, welche Reize der Sultan an ihr gefunden haben mag, daß er sich dermaßen die Augen verblenden ließ. Sie ist ja ein wahres Murmeltier, und du weißt wohl, in welchem Zustande wir beide sie gesehen haben. Konnte das bißchen Jugend, das sie vor uns voraus hat, wohl ein Grund für den Sultan sein, daß er seine Augen nicht auf dich richtete? Du wärest seiner Wahl würdig gewesen; er hätte so gerecht sein sollen, dir den Vorzug zu geben.« – »Liebe Schwester«, erwiderte die Älteste, »sprechen wir nicht von mir: ich hätte durchaus nichts einzuwenden, wenn der Sultan dich gewählt hätte; aber daß er ein so garstiges Ding vorgezogen hat, das kränkt mich tief. Ich will mich aber auch rächen, so gut ich kann, und dir muß die Sache ebenso angelegen sein wie mir. Ich bitte dich daher, verbinde dich mit mir, laß uns einander in die Hände arbeiten bei einer Sache, die uns beide auf gleiche Weise betrifft, und teile mir die Mittel, sie zu kränken, mit, welche dir einfallen, so wie ich dir hiermit von allem Rechenschaft zu geben verspreche, was der heiße Wunsch, sie zu demütigen, mir eingeben mag.«

Nach diesem boshaften Bündnisse besuchten die beiden Schwestern einander oft und sprachen jedesmal nur von den Mitteln und Wegen, wie sie das Glück ihrer jüngsten Schwester, der Sultanin, trüben oder gar vernichten könnten. Sie brachten mehrere Pläne in Vorschlag; wenn sie aber die Ausführung derselben besprachen, so fanden sie immer so große Schwierigkeiten, daß sie es nicht wagen konnten, Versuche damit zu machen. Indes besuchten sie von Zeit zu Zeit ihre Schwester, und mit verruchter Verstellung gaben sie ihr alle möglichen Beweise von Freundschaft, um sie zu überzeugen, wie sehr sie über diese hohe Erhebung einer Schwester erfreut seien. Die Sultanin ihrerseits empfing sie immer mit allen Beweisen der Achtung und Freundschaft, welche sie von einer Schwester erwarten konnten, die sich auf ihre Würde nichts einbildete und sie nach wie vor mit gleicher Herzlichkeit liebte.

Einige Monate nach ihrer Vermählung fühlte die Sultanin sich schwanger. Der Sultan äußerte große Freude darüber, die sich bald überall in dem Palaste mitteilte und von da weiter durch die ganze Hauptstadt von Persien verbreitete. Die beiden Schwestern kamen, um ihr Glück zu wünschen; sie sprachen sogleich davon, daß sie nun einer Hebamme zu ihrer Entbindung bedürfe, und baten sie, keine andere dazu zu wählen, als sie beide. Die Sultanin antwortete ihnen freundlich: »Liebe Schwestern, ihr könnt euch wohl denken, daß dies für mich höchst angenehm sein müßte, wenn die Macht von mir allein abhinge. Ich bin euch für euern guten Willen unendlich verbunden, muß mich aber hierin notwendig dem Willen des Sultans unterwerfen. Sprecht indes mit euern Männern, daß sie den Sultan durch ihre Freunde um diese Gnade bitten lassen, und wenn der Sultan mit mir darüber spricht, so seid überzeugt, daß ich ihm sagen werde, er könne mir keinen größeren Gefallen tun, als wenn er euch hierzu erwähle.«

Die beiden Ehemänner wandten sich an die Höflinge, deren Gunst sie genossen, und baten sie um Verwendung bei dem Sultan, daß ihren Frauen die Ehre, nach welcher sie strebten, zuteil werden möchte; und die Höflinge betrieben die Sache so nachdrücklich und wirksam, daß der Sultan versprach, er wolle daran denken. Er hielt auch Wort und bei einer Unterredung mit der Sultanin sagte er zu ihr: ihre beiden Schwestern scheinen ihm weit mehr geeignet, ihr bei der Niederkunft beizustehen, als jede andere fremde Hebamme; indes wolle er sie nicht dazu ernennen, außer wenn es ihr lieb und angenehm sei. Die Sultanin empfand die Achtung, wovon ihr der Sultan einen so verbindlichen Beweis gab, tief in ihrem Herzen und sagte zu ihm: »Herr, ich war gesonnen, in dieser Sache nur zu tun, was du mir befehlen würdest, da du indes die Güte hattest, deine Augen auf meine Schwestern zu werfen, so danke ich dir für die Rücksicht, die du auf mich nimmst und will es nicht verhehlen, daß sie mir weit lieber sein werden als jede Fremde.«

Der Sultan Chosru Schah bestimmte also die beiden Schwestern der Sultanin dazu, Hebammendienst bei ihr zu verrichten, und seitdem durften diese im Palaste aus- und eingehen und waren äußerst erfreut, endlich eine über alle Erwartung gute Gelegenheit gefunden zu haben, um die abscheuliche Bosheit auszuführen, die sie gegen die Sultanin, ihre Schwester, ausgesonnen hatten.

Die Zeit der Niederkunft kam heran und die Sultanin wurde glücklich von einem Prinzen entbunden, schön wie der Tag. Doch weder seine Schönheit noch sein hilfloser Zustand vermochten das Herz der erbarmungslosen Schwestern zu rühren noch zu erweichen. Sie wikkelten ihn nachlässig in Windeln, legten ihn in einen kleinen Korb und überließen diesen Korb dem Strom eines Kanals, der unter den Zimmern der Sultanin vorbeifloß. Statt des Knaben aber brachten sie einen jungen toten Hund zum Vorschein und verkündigten laut, die Sultanin habe ihn geboren. Diese ärgerliche Nachricht wurde dem Sultan verkündigt, der darüber in gewaltigen Zorn ausbrach, welcher der Sultanin leicht hätte verderblich werden können; allein der Großvezier stellte ihm vor, es wäre eine Ungerechtigkeit, sie für die launenhaften Spiele der Natur verantwortlich machen zu wollen. Indes schwamm der Korb, in welchem der kleine Prinz ausgesetzt war, auf dem Kanale bis zur Ringmauer hinaus, welche den Gesichtskreis der Wohnung der Sultanin nach dieser Seite hin begrenzte, und kam gerade so durch den Garten des Palastes. Der Zufall wollte, daß der Aufseher der königlichen Gärten, einer der vornehmsten und angesehensten Beamten des Reichs, oben am Kanal hin im Garten spazieren ging. Da er den schwimmenden Korb bemerkte, rief er einem in der Nähe stehenden Gärtner und sagte zu ihm, indem er darauf hindeutete: »Gehe hin und hole mir diesen Korb da, damit ich sehe, was darin ist.« Der Gärtner ging und zog mit einer Hacke, die er in der Hand hatte, vom Ufer des Kanals aus, den Korb geschickt heran, nahm ihn heraus und überbrachte ihn. Der Aufseher der Gärten verwunderte sich über die Maßen, als er in dem Korbe ein Kind eingewickelt fand, und zwar ein Kind, welches, obgleich man ihm ansah, daß es eben erst geboren war, bereits Spuren von großer Schönheit an sich trug. Der Aufseher war schon geraume Zeit verheiratet, aber so sehnlich er auch Nachkommenschaft wünschte, so hatte der Himmel bisher immer noch nicht seine Gebete erhört. Er stellte nun seinen Spaziergang ein, befahl dem Gärtner, ihm mit dem Korb und dem Kinde zu folgen, ging in seine Wohnung, deren Eingang im Garten des Palastes war, und begab sich sogleich in die Zimmer seiner Frau. »Frau«, sagte er zu ihr, »wir haben bisher keine Kinder gehabt, hier beschert uns Gott eins. Ich empfehle es dir; sorge schleunigst für eine Amme und verpflege es, wie wenn es unser eigener Sohn wäre; denn dafür erkenne ich es von heute an.« Die Frau nahm das Kind mit Freuden auf und es war ihr ein großes Vergnügen, es zu verpflegen. Der Aufseher der Gärten wollte nicht ergründen, woher das Kind komme. »Ich sehe wohl«, sprach er bei sich selbst, »daß es von den Zimmern der Sultanin herkommt, aber es steht mir nicht zu, nach dem zu fragen, was dort vorgeht, oder an einem Orte, wo der Friede so notwendig ist, Störung zu verursachen.«

Im folgenden Jahre kam die Sultanin wieder mit einem Prinzen nieder, und die unnatürlichen Schwestern hatten ebenso wenig Mitleid mit ihm, als mit seinem ältern Bruder. Sie setzten ihn auch in einem Korbe auf dem Kanal aus und behaupteten, die Sultanin habe eine Katze zur Welt gebracht. Zum Glück für das Kind war der Aufseher der Gärten wieder am Kanal; er ließ es herausholen, seiner Frau bringen und empfahl ihr, für dieses Kind ebenso große Sorgfalt zu tragen, wie für das erste. Seine Frau tat dies auch ebenso wohl aus eigener Neigung, als um die gute Absicht ihres Mannes zu befördern. Der Sultan von Persien war über diese neue Geburt noch weit zorniger als das erste Mal, und würde seinem Grimme Luft gemacht haben, wenn nicht die Gegenvorstellungen des Großveziers eindringlich genug gewesen wären, ihn zu beruhigen.

Endlich kam die Sultanin zum dritten Male nieder, nicht mit einem Prinzen, sondern mit einer Prinzessin. Die Unschuldige hatte dasselbe Schicksal, wie die Prinzen, ihre Brüder: die beiden Schwestern, fest entschlossen, ihren fluchwürdigen Anschlägen nicht eher ein Ziel zu setzen, als bis sie ihre jüngste Schwester, die Sultanin, zum mindesten verstoßen, verjagt und gedemütigt sehen würden, setzten auch die Prinzessin auf dem Kanal aus. Aber auch sie wurde durch das Mitleid und die Menschenliebe des Aufsehers der Gärten gerettet, dem sichern Tode entrissen und mit den beiden Prinzen, ihren Brüdern, gesäugt und erzogen. Die beiden Schwestern fügten zu ihrer Unmenschlichkeit wiederum Lüge und Verleumdung hinzu. Sie wiesen ein Stück Holz vor und behaupteten dreist, die Sultanin sei davon entbunden worden. Der Sultan Chosru Schah aber konnte, als er von dieser neuen Mißgeburt vernahm, seinen Zorn nicht mehr bezähmen. »Hah!« rief er aus, »diese unwürdige Frau würde meinen Palast mit Ungeheuern anfüllen, wenn ich sie länger leben ließe. Nein, das soll nicht geschehen«, setzte er hinzu, »sie ist selbst ein Ungeheuer, von dem ich die Welt reinigen will.« So sprach er denn ihr Todesurteil aus und befahl seinem Großvezier, es vollziehen zu lassen. Der Großvezier und die Höflinge, die zugegen waren, warfen sich dem Sultan zu Füßen und flehten ihn an, den Urteilsspruch zu widerrufen. Der Großvezier nahm das Wort und sprach: »Herr, es möge deinem Knecht erlaubt sein, dir vorzustellen, daß die Gesetze, welche zum Tode verurteilen, nur zur Bestrafung von Verbrechen eingeführt sind. Die drei so unerwarteten Geburten der Sultanin aber sind keine Verbrechen. Denn wie könnte man sagen, daß sie selbst daran schuld sei? Unzähligen anderen Frauen ist dasselbe Schicksal begegnet und es kommt tagtäglich vor; sie sind zu beklagen, aber nicht strafwürdig. Mein Herr möge sie von seinem Angesichte verstoßen, aber leben lassen. Der Gram, in dem sie nach dem Verluste deiner Gunst den Rest ihrer Tage zubringen muß, wird ihr Strafe genug sein.« Der Sultan von Indien ging in sich, und da er die Ungerechtigkeit einsah, die Sultanin wegen Fehlgeburten, selbst wenn sie, wie er fälschlich glaubte, wirklich vorgekommen wären, zum Tode zu verurteilen, so sagte er: »So mag sie denn meinetwegen leben! Ich schenke ihr das Leben, jedoch nur unter einer Bedingung, die ihr täglich mehr als einmal den Tod wünschenswert machen soll. Man zimmere ihr ein Gemach an der Türe der Hauptmoschee mit einem fortwährend offenen Fenster; dort sperre man sie, in das gröbste Gewand gekleidet, ein, und jeder Muselmann, der zum Gebet in die Moschee geht, speie ihr im Vorübergehen ins Gesicht. Wer es unterläßt, soll in dieselbe Strafe verfallen, und damit mein Gebot befolgt werde, befehle ich dir, Vezier, Wächter dabei aufzustellen.« Der Ton, womit der Sultan diesen Ausspruch tat, schloß dem Großvezier den Mund. Der Befehl wurde zum großen Vergnügen der beiden neidischen Schwestern vollzogen. Man baute ein Gemach, und sobald es vollendet und die Sultanin von ihrem Wochenbette aufgestanden war, sperrte man diese wahrhaft bedauernswürdige Frau ganz so, wie der Sultan es befohlen hatte, darin ein, so daß sie auf schmähliche Weise dem Spott und Hohn des ganzen Volkes bloßgestellt war. Sie ertrug indes diese unverdiente Mißhandlung mit einer Standhaftigkeit, welche ihr die Bewunderung und zugleich das Mitleiden aller derjenigen erwarb, die ein richtigeres Urteil über diese Sache hatten, als der Pöbel.

Die beiden Prinzen und die Prinzessin wurden indes von dem Aufseher der Gärten und seiner Frau mit der

Zärtlichkeit eines Vaters und einer Mutter verpflegt und aufgezogen, und diese Zärtlichkeit wuchs immer mehr, je älter die Kinder wurden; denn sowohl bei der Prinzessin als bei den Prinzen wurde eine gewisse Hoheit bemerkbar, der niemand widerstehen konnte, und namentlich entwickelte sich die ausnehmende Schönheit der Prinzessin von Tag zu Tag mehr; ferner waren alle drei sehr gelehrig und ihre Neigung nicht wie bei andern Kindern auf Spielereien gerichtet; endlich aber hatten sie ein gewisses Etwas, das nur Prinzen und Prinzessinnen zukommen kann. Um die beiden Prinzen nach ihrem Alter zu unterscheiden, nannten sie den ältern Bahman* und den jüngern Perwis*: Namen, welche alte Könige von Persien geführt hatten. Der Prinzessin gaben sie den Namen Parisade*, den gleichfalls mehrere Königinnen und Prinzessinnen des Reichs gehabt hatten. Sobald die beiden Prinzen alt genug waren, gab der Aufseher der Gärten ihnen einen Lehrmeister im Lesen und Schreiben, und die Prinzessin, ihre Schwester, die bei dem Unterrichte zugegen war, äußerte, obgleich jünger als sie, so großes Verlangen, ebenfalls lesen und schreiben zu lernen, daß ihr Pflegvater voll Freude darüber ihr denselben Lehrer gab. Durch ihre Lebhaftigkeit zum Wetteifer gereizt, wurde sie vermöge ihrer ausgezeichneten Anlagen in kurzer Zeit ebenso geschickt, wie die Prinzen, ihre Brüder. Seitdem hatten die Brüder und die Schwester in allem dieselben Lehrer: in der Erdbeschreibung, der Dichtkunst, der Geschichte und in andern, sogar den geheimen Wissenschaften, und da ihnen nichts zu schwer war, so machten sie bald so bewundernswürdige Fortschritte, daß die Lehrer darob erstaunten und unverhohlen bekannten, die Kinder würden es in diesen Wissenschaften, wenn sie so fortfahren, noch weiter bringen als sie selbst. In den Erholungsstunden lernte die Prinzessin auch Musik, nämlich Singen und verschiedene Instrumente. Als die Prinzen reiten lernten, wollte sie auch hierin nicht zurückstehen und nahm Teil an ihren Übungen, so daß sie mit derselben Geschicklichkeit reiten, Bogen schießen und Speere werfen konnte. Im Wettlaufe übertraf sie ihre Brüder manchmal sogar.

Der Aufseher der Gärten konnte seine Freude kaum fassen, als er seine Pfleglinge in allen Übungen des Geistes und des Körpers so vortrefflich ausgebildet und den Aufwand für ihre Erziehung weit über seine Hoffnungen hinaus belohnt sah, und er beschloß, ihnen zulieb noch viel mehr Geld auszugeben, als bisher. Er hatte sich unterdessen mit der Wohnung im Palaste des Gartens begnügt und kein eigenes Landhaus gehabt. Jetzt kaufte er eines in der Nähe der Stadt mit großem Zugehör von Feldern, Wiesen und Waldungen, und da ihm das Wohnhaus nicht schön und bequem genug schien, so ließ er es niederreißen und scheute keine Kosten, um das neue, das er baute, zum prachtvollsten in der ganzen Umgegend zu erheben. Er ging selbst täglich auf den Bauplatz, um die große Menge von Arbeitern, die hier beschäftigt waren, anzutreiben, und sobald ein passendes Zimmer im Hause für ihn fertig war, bezog er es und blieb oft mehrere Tage hintereinander dort, wenn seine Geschäfte und seine Amtspflichten es ihm erlaubten. So war das Haus bald erbaut, und während es ebenso schnell mit den reichsten Gerätschaften, wie sie zur Pracht des Gebäudes paßten, versehen wurde, ließ er nach einer von ihm selbst entworfenen Zeichnung an dem Garten arbeiten und ihn ebenso einrichten, wie die andern großen Herren von Persien. Er fügte auch noch einen sehr großen Park hinzu, den er mit einer guten Mauer einschließen und mit allen Arten von Wild besetzen ließ, damit die Prinzen und die Prinzessin sich darin nach Gefallen mit der Jagd belustigen könnten. Als das Landhaus ganz vollendet und im wohnlichen Stande war, ging der Aufseher der Gärten zum Sultan, warf sich ihm zu Füßen, und nachdem der ihm seine lange Dienstzeit, sowie die Gebrechlichkeit seines Alters vorgestellt hatte, bat er ihn um die Gnade, sein Amt in die Hände seines Herrn niederzulegen und sich von den Geschäften zurückziehen zu dürfen. Der Sultan bewilligte ihm sein Gesuch um so lieber, als er mit seinen langjährigen Diensten, sowohl unter der Regierung seines Vaters, wie auch seit seiner eigenen Thronbesteigung, sehr wohl zufrieden war; zugleich fragte er ihn, was er sonst noch zu seiner Belohnung tun könne. »Herr«, antwortete der Aufseher der Gärten, »du selbst und der Sultan, dein Vater, seligen Andenkens, habt mich dermaßen mit Wohltaten überhäuft, daß mir nichts mehr zu wünschen übrig bleibt, als bis ans Ende meiner Tage im Besitz deiner Gnade zu bleiben, die mich so hoch ehrt.« Er nahm hierauf Abschied vom Sultan Chosru Schah, und bezog mit den beiden Prinzen Bahman und Perwis und der Prinzessin Parisade sein neuerbautes Landhaus. Seine Frau war schon vor einigen Jahren gestorben. Er selbst wurde, nachdem er kaum fünf bis sechs Monate mit den Kindern in seinem neuen Hause gelebt hatte, so schnell vom Tode überrascht, daß ihm keine Zeit übrig blieb, ihnen über ihre wahre Herkunft ein Wort zu sagen. Er hatte es sich indes vorgenommen, dies zu tun, damit sie dadurch veranlaßt werden möchten, wie bisher, so auch fortwährend, ihrem Range und Stande, sowie der Erziehung, die er ihnen gegeben hatte, gemäß zu leben, wozu indes ihre eigene Neigung sie von selbst antrieb. Die Prinzen Bahman und Perwis und die Prinzessin Parisade, die von keinem andern Vater wußten, als dem Aufseher der Gärten, betrauerten ihn als solchen und erwiesen ihm auch im Tode alle Ehre, wozu kindliche Liebe und Dankbarkeit sie verpflichteten. Zufrieden mit den großen Gütern, die er ihnen hinterlassen hatte, lebten sie nach wie vor in derselben Eintracht beisammen, und die Prinzen ließen sich nicht vom Ehrgeize verleiten, sich am Hofe zu zeigen, um dort nach den höchsten Ämtern und Würden zu trachten, deren Erlangung ihnen etwas leichtes gewesen wäre.

Eines Tages, als die beiden Prinzen auf der Jagd, die Prinzessin Parisade aber zu Hause geblieben war, erschien eine sehr alte fromme Muselmännin vor dem Haustor und bat um Erlaubnis, ins Haus zu treten, um ihr Gebet zu verrichten, wozu die Stunde gekommen war. Man meldete ihren Wunsch der Prinzessin, und diese befahl, sie hereinzulassen und ihr das Betzimmer zu zeigen, womit der Aufseher der königlichen Gärten wohlbedächtig sein Haus versehen hatte, weil keine Moschee in der Nähe war. Zugleich befahl sie, wenn die fromme Frau ihre Andacht verrichtet haben würde, so solle man ihr das Haus und den Garten zeigen und sie darauf zu ihr zu führen. Die fromme Frau trat ein, verrichtete ihr Gebet in dem Betzimmer, wohin man sie gewiesen, und als sie damit fertig war, luden zwei Frauen der Prinzessin, die vor der Türe gewartet hatten, sie ein, das Haus und den Garten zu sehen. Da sie sich geneigt zeigte, ihnen zu folgen, so wurde sie von ihnen in allen Zimmern nacheinander herumgeführt, und sie betrachtete alle Sachen wie eine Frau, die sich auf Hausgerätschaften und schöne Anordnung der einzelnen Stücke sehr gut verstand. Auch in den Garten wurde sie geführt, dessen Anlage sie so neu und wohlersonnen fand, daß sie voll Bewunderung erklärte: Derjenige, der den Plan dazu entworfen, müsse ein vortrefflicher Meister in seiner Kunst sein. Endlich kam sie auch zur Prinzessin, welche sie in einem großen Saale erwartete, dessen Schönheit, Anmut und Reichtum alles übertraf, was sie in den andern Zimmern bewundert hatte. Sobald die Prinzessin die fromme Frau eintreten sah, sagte sie zu ihr: »Komm heran, gute Mutter, und setze dich zu mir. Ich bin sehr erfreut, daß der Zufall mir das Glück darbot, mich einige Augenblicke an dem guten Beispiele und der frommen Unterhaltung einer Frau, wie du bist, zu erbauen, die das bessere Teil erwählt und sich ganz Gott gewidmet hat, und in deren Fußstapfen alle Welt treten sollte, wenn sie ihren wahren Vorteil verstehen würde. Die fromme Frau wollte sich nicht auf das Sofa, sondern nur auf den Rand desselben setzen, allein die Prinzessin gab es nicht zu; sie erhob sich von ihrem Sitze, ging auf sie zu, faßte sie bei der Hand und nötigte sie, sich neben ihr auf dem Ehrenplatze niederzulassen. Die fromme Frau wußte diese Höflichkeit wohl zu schätzen und sagte zu ihr: »Edles Fräulein, eine solch ehrenvolle Behandlung gebührt mir nicht, und ich gehorche dir bloß, weil du es befiehlst und Herrin in deinem Hause bist.« Als sie sich gesetzt hatte, stellte, ehe die Unterhaltung begann, eine von den Frauen der Prinzessin einen kleinen, niedrigen, mit Perlmutter und Ebenholz ausgelegten Tisch vor sie hin, und auf den Tisch eine Porzellanplatte mit Kuchen, mehrere andere Platten mit Obst, wie es gerade die Jahreszeit mit sich brachte, und verschiedene andere eingemachte Früchte. Die Prinzessin nahm einen von den Kuchen und überreichte ihn der frommen Frau mit den Worten: »Nimm und iß, gute Mutter, und wähle von diesen Früchten, was dir beliebt; du bedarfst einiger Speise nach dem langen Wege, den du hierher gemacht hast.« – »Edles Fräulein«, antwortete die fromme Frau, »ich bin nicht gewohnt, so leckere Sachen zu essen; wenn ich es aber tue, so geschieht es nur, weil ich nicht verschmähen will, was mir Gott durch eine so freigebige Hand, wie die deinige, zusendet.« Während die fromme Frau aß, richtete die Prinzessin, die ebenfalls etwas zu sich nahm, um sie durch ihr Beispiel zu ermuntern, allerlei Fragen über ihre Andachtsübungen und Lebensweise an sie, worauf die Alte mit großer Bescheidenheit antwortete. Unter anderem fragte die Prinzessin im Laufe des Gesprächs, was sie von dem Hause halte, das sie gesehen, und ob es ihr gefalle. »Edles Fräulein«, erwiderte die fromme Frau, »ich müßte einen sehr schlechten Geschmack haben, wenn ich etwas daran auszusetzen fände. Es ist schön, freundlich, prächtig eingerichtet, jedoch ohne Überladung, trefflich eingeteilt und die Zierraten könnten nicht schicklicher angebracht sein. Dabei liegt es in einer anmutigen Landschaft, und man kann sich keinen Garten denken, der einen lieblichern Anblick gewährte, als derjenige ist, welcher zum Hause gehört. Wenn du mir übrigens erlaubst, meine ganze Meinung auszusprechen, so will ich mir die Freiheit nehmen, dir zu sagen, daß das Haus ganz unvergleichlich sein würde, wenn noch drei Sachen dabei wären, die nach meiner Meinung fehlen.« – »Gute Mutter«, antwortete die Prinzessin Parisade, »was sind das für drei Sachen? Ich beschwöre dich im Namen Gottes, nenne mir dieselben: ich werde alles aufbieten, sie zu erwerben, wenn es nur irgend möglich ist.« – »Edles Fräulein«, sagte hierauf die fromme Frau, »die erste von den drei Sachen ist der sprechende Vogel; dies ist ein seltsamer Vogel, Bülbülhesar* genannt, welcher die Eigenschaft hat, alle Singvögel aus der ganzen Umgegend an sich zu ziehen, so daß sie herbeikommen, um mit ihm zu singen. Die zweite ist der singende Baum, dessen Blätter ebensoviel Zungen und Kehlen sind, deren mannigfaltige Stimmen unaufhörlich einen höchst anmutigen Gesang bilden. Die dritte endlich ist das goldgelbe Wasser, von dem man nur einen einzigen Tropfen in ein ausdrücklich dazu an irgend einem Orte des Gartens bereitetes Becken ausgießen darf, so schwillt er alsbald dermaßen an, daß das Becken davon voll wird und aus der Mitte eine Garbe von Wasserstrahlen hervorspringt, die unaufhörlich auf- und niedersteigt, ohne daß jedoch das Becken überläuft.« – »Ach! meine gute Mutter«, rief die Prinzessin, »wie sehr danke ich dir, daß du mir von diesen Dingen Kunde gegeben hast! Sie sind sehr wunderbar und ich habe noch nie gehört, daß es etwas so seltsames und merkwürdiges auf der Welt gebe; da ich indes überzeugt bin, daß du den Ort kennst, wo sie sich befinden, so erwarte ich von dir die Gefälligkeit, ihn mir anzuzeigen.« Darauf antwortete die fromme Frau, um den Wunsch

der Prinzessin zu erfüllen: »Edles Fräulein, ich würde mich der Gastfreundschaft, die du mir soeben mit so vieler Güte erwiesen hast, unwürdig machen, wenn ich mich weigerte, deine Frage zu beantworten und deine Neugierde zu befriedigen. Ich habe also die Ehre, dir zu sagen, daß die drei Dinge, von denen ich eben sprach, sich an einem und demselben Orte, auf der Grenze dieses Königsreichs nach Indien zu, befinden. Der Weg dahin führt an deinem Hause vorbei. Derjenige, welchen du danach aussenden willst, darf ihn nur zwanzig Tagereisen verfolgen und am zwanzigsten Tage fragen, wo der sprechende Vogel, der singende Baum und das gelbe Wasser seien. Der Erste, an den er sich wendet, wird es ihm sagen.« Mit diesen Worten stand sie auf, nahm Abschied und ging ihres Weges weiter.

Die Prinzessin Parisade war so ganz damit beschäftigt, die Nachweisung der frommen Frau über den sprechenden Vogel, den singenden Baum und das gelbe Wasser ihrem Geiste einzuprägen, daß sie ihre Entfernung erst bemerkte, als sie noch einige Fragen wegen näherer Auskunft über diese Sache tun wollte. Das, was sie aus ihrem Munde vernommen hatte, schien ihr nicht genug, um mit einiger Aussicht auf Erfolg die Reise unternehmen zu können. Gleichwohl wollte sie der frommen Frau niemand nachschicken, um sie zurückzuholen, sondern sie strengte ihr Gedächtnis an und bemühte sich, alles, was sie gehört hatte, in ihren Geist zurückzurufen. Da sie nun glaubte, daß ihr nichts entgangen sei, so dachte sie mit großem Wohlgefallen daran, wie groß ihre Freude sein würde, wenn sie zum Besitze so wunderbarer Dinge gelangen könnte. Zugleich aber geriet sie in große Unruhe wegen der Schwierigkeiten, die sie dabei erkannte, und weil sie fürchtete, es möchte ihr nicht gelingen. Sie war ganz in diese Gedanken vertieft, als die Prinzen, ihre Brüder, von der Jagd zurückkamen. Sie traten in den Saal und wunderten sich sehr, ihre Schwester nicht wie gewöhnlich mit heiterem Gesicht und in froher Laune, sondern vielmehr in sich gekehrt und beinahe betrübt anzutreffen, denn sie erhob nicht einmal den Kopf, um wenigstens zu erkennen zu geben, daß sie ihre Ankunft bemerkte. Der Prinz Bahman nahm das Wort und sagte zu ihr: »Liebe Schwester, wo ist denn der Frohsinn und die Heiterkeit, die bisher unzertrennlich von dir gewesen? Bist du unwohl? Ist dir vielleicht irgend ein Unfall zugestoßen? Hat dir jemand Anlaß zum Verdruß gegeben? Sage es uns, damit wir den geziemenden Anteil daran nehmen und die nötigen Maßregeln ergreifen, um dich zufrieden zu stellen oder dich zu rächen, wenn jemand sich erfrecht haben sollte, ein Fräulein, wie dich, der alle Ehrfurcht gebührt, zu beleidigen.« Die Prinzessin Parisade blieb noch einige Augenblicke in derselben Stellung, ohne zu antworten. Endlich hob sie die Augen auf, sah die Prinzen, ihre Brüder, an, lenkte aber ihren Blick schnell wieder zur Erde, nachdem sie ihnen geantwortet hatte, die Sache habe nichts zu bedeuten. »Liebe Schwester«, fuhr der Prinz Bahman fort, »du verhehlst uns die Wahrheit und es muß sich wohl etwas Wichtiges zugetragen haben. In der kurzen Zeit, da wir abwesend waren, kann unmöglich um nichts und wieder nichts eine so große und unerwartete Veränderung mit dir vorgegangen sein. Du wirst erlauben, daß wir dich mit dieser ungenügenden Antwort nicht davon kommen lassen. Verbirg uns also nicht, was es ist, denn wir müßten sonst glauben, daß du die Freundschaft und die innige Eintracht, die von unserer zartesten Jugend an bis auf diese Stunde zwischen uns bestanden, nicht länger fortsetzen wollest.« Die Prinzessin, die ganz und gar nicht im Sinne hatte, mit ihren Brüdern zu brechen, wollte sie nicht in diesem Wahne lassen und antwortete ihnen also: »Als ich euch sagte, es sei nichts Wichtiges, was mich so beschäftigte, so meinte ich dies in Beziehung auf euch und nicht auf mich, denn ich finde, daß die Sache doch von einiger Erheblichkeit ist. Da ihr nun vermöge des Rechtes unserer Freundschaft und Eintracht, welche mir so teuer sind, in mich dringet, so will ich euch alles sagen. Ihr glaubtet bisher, und ich glaubte es ebenfalls, das Haus, welches unser seliger Vater uns erbauen ließ, sei in jeder Beziehung vollkommen und es fehle durchaus nicht das mindeste daran. Heute aber habe ich erfahren, daß ihm noch drei Sachen fehlen, welche es weit über alle Landhäuser auf der ganzen Welt erheben würde. Diese drei Sachen sind: der sprechende Vogel, der singende Baum und das goldgelbe Wasser.« Nachdem sie ihnen sofort auseinandergesetzt hatte, worin die Vortrefflichkeit derselben bestehe, fuhr sie also fort: »Eine fromme Frau hat mich darauf aufmerksam gemacht und mir zugleich den Ort, wo sie sind, sowie den Weg dazu angezeigt. Ihr werdet vielleicht finden, daß diese Sache für die Vollkommenheit unseres Hauses durchaus keine Bedeutung haben und daß es auch ohne dieselben immerhin für sehr schön gelten könne, weshalb wir ihrer durchaus nicht benötigt seien. Ihr mögt übrigens davon denken, wie ihr wollt, ich für meine Person kann nicht umhin, euch zu erklären, daß ich sie durchaus für notwendig zu unserm Hause erachte und mich nicht eher zufrieden geben werde, als bis ich mich in ihrem Besitze befinde. Ob nun die Sachen in euren Augen gleichgültig sind oder nicht, so ersuche ich euch jedenfalls, mir mit euerm Rate beizustehen und zu sagen, wen ich wohl zur Erlangung derselben aussenden kann.« – »Liebe Schwester«, versetzte darauf der Prinz Bahman, »nichts kann dir am

Herzen liegen, was uns nicht ebenso wichtig wäre. Da du nun die Erlangung der oben erwähnten Gegenstände so sehr wünschest, so halten wir es für unsere Pflicht, sie dir zu verschaffen. Übrigens fühlen wir uns auch, abgesehen von deinem Wunsche, aus freien Stücken und zu unserer eigenen Befriedigung dazu angetrieben; ich bin fest überzeugt, daß mein Bruder ebenso denkt, wie ich, und wir müssen alles daran setzen, um diese Eroberung zu machen. Die Sache ist von solchem Belang und so merkwürdig, daß ich wohl diesen Ausdruck brauchen darf. Ich übernehme die Ausführung; sage mir nur den Weg, den ich einschlagen muß, und den Ort, so will ich gleich morgen die Reise antreten.«

»Geliebter Bruder«, wandte der Prinz Perwis ein, »ich halte es nicht für ratsam, wenn du, das Haupt und die Stütze des Hauses, dich so lange entfernen willst; ich bitte daher unsere Schwester, daß sie sich mit mir vereinige, um dich von diesem Vorsatze abzubringen. Gestatte, daß ich die Reise mache; ich werde die Sache so gut ausführen als du, und jedenfalls wäre dies mehr in der Ordnung.« – »Bruder«, erwiderte der Prinz Bahman, »ich bin von deinem guten Willen überzeugt und zweifle keineswegs, daß du das Abenteuer so gut bestehen wirst als ich. Im übrigen ist es eine abgemachte Sache und du mußt es mir überlassen. Du bleibst bei unserer Schwester, die ich dir nicht erst zu empfehlen brauche.« Nun brachte er den übrigen Teil des Tages mit Vorbereitungen zur Reise zu und ließ sich von seiner Schwester genau die Nachweisungen der frommen Frau wiederholen, um nicht zu verirren. Am andern Morgen in aller Frühe stieg der Prinz Bahman zu Pferde; der Prinz Perwis und die Prinzessin Parisade, die ihn abreisen sehen wollten, umarmten ihn und wünschten ihm glückliche Reise. Während des Abschieds aber fiel der

Prinzessin ein Gedanke aufs Herz, der ihr bisher nicht gekommen war. »Aber, mein Bruder«, sagte sie, »ich habe gar nicht an die Unfälle gedacht, mit denen eine solche Reise verbunden ist. Wer weiß, ob ich dich jemals wiedersehe! Ich beschwöre dich, steige wieder ab und unterlaß diese Reise. Lieber will ich den Anblick und den Besitz des sprechenden Vogels, des singenden Baumes und des goldgelben Wassers entbehren, als Gefahr laufen, dich auf immer zu verlieren.« – »Schwesterchen«, antwortete der Prinz Bahman, lächelnd ob der plötzlichen Ängstlichkeit der Prinzessin Parisade, »mein Entschluß steht fest, im andern Fall würde ich ihn jetzt noch fassen, und du wirst erlauben, daß ich ihn ausführe. Solche Unfälle, von denen du sprichst, widerfahren nur den Unglücklichen. Es ist wahr, ich kann auch zu diesen gehören, aber vielleicht gehöre ich auch unter die Zahl der Glücklichen, die viel größer ist, als die der Unglücklichen. Da indes der Erfolg ungewiß und es wohl möglich ist, daß ich bei meiner Unternehmung umkomme, so kann ich weiter nichts tun, als dir dies Messer hier lassen.« Mit diesen Worten zog der Prinz Bahman ein Messer hervor, überreichte es der Prinzessin in der Scheide und sagte zu ihr: »Da nimm und mach dir von Zeit zu Zeit die Mühe, dies Messer aus seiner Scheide zu ziehen; so lang du es blank siehst, wie es hier ist, so ist dies ein Zeichen, daß ich noch lebe; wenn du aber Blut herabträufeln siehst, so kannst du mit Gewißheit annehmen, daß ich nicht mehr bin, und dann bete für mich.« Die Prinzessin Parisade konnte den Prinzen Bahman zu keinem andern Entschluß vermögen. Er sagte ihr und dem Prinzen Perwis zum letzten Mal Lebewohl und ritt dann auf einem stattlichen Rosse, wohlbewaffnet und ausgerüstet, dahin. Er begab sich auf den ihm bezeichneten Weg, und ohne weder rechts noch links abzuweichen, ritt er quer durch Persien hin auf demselben fort, bis er am zwanzigsten Tage seiner Reise seitwärts am Wege einen Greis von abscheulichem Ansehen erblickte, der in einiger Entfernung von einer Hütte, die ihm bei schlimmem Wetter zum Obdach diente, unter einem Baume saß. Seine Augenbrauen, die, wie auch die Haare, der Schnauzbart und der Backenbart, schneeweiß waren, reichten ihm bis auf die Nasenspitze herab; der Schnauzbart bedeckte ihm den Mund, der Backenbart und die Kopfhaare aber fielen ihm fast bis auf die Füße hernieder. An Händen und Füßen hatte er Nägel von übermäßiger Länge, und seinen Kopf bedeckte eine Art flacher, sehr breiter Hut in Form eines Sonnenschirms. Seine ganze Kleidung bestand in einer Binsenmatte, in welche er sich gewickelt hatte. Dieser gute Greis war ein Derwisch, der sich schon vor langen Jahren von der Welt zurückgezogen und seinen Körper vernachlässigt hatte, um sich einzig und allein Gott zu widmen, so daß er am Ende das Aussehen bekam, das ich geschildert habe.

Der Prinz Bahman, der schon den ganzen Morgen genau achtgegeben hatte, ob er nicht vielleicht jemand anträfe, bei dem er sich über das Ziel seiner Reise erkundigen könnte, hielt an, als er in die Nähe des Derwisches kam. Dies war nämlich der erste Mensch, der ihm begegnete, und er stieg daher ab, um allem pünktlich nachzukommen, was die fromme Frau zu der Prinzessin Parisade gesagt hatte. Indem er nun sein Roß am Zügel führte, näherte er sich dem Derwisch und begrüßte ihn mit den Worten: »Guter Vater, Gott verlängere deine Tage und gewähre dir die Erfüllung aller deiner Wünsche!« Der Derwisch erwiderte den Gruß des Prinzen, aber so undeutlich, daß dieser kein Wort davon verstand. Da nun der Prinz Bahman sah, daß der Schnauzbart, der den Mund des Derwisches bedeckte, das Hindernis war, und da er nicht weiter reiten wollte, ohne die nötige Erkundigung eingezogen zu haben, so nahm er eine Schere, die er bei sich führte, und nachdem er sein Pferd an einen Baumast gebunden, sagte er zu ihm: »Guter Derwisch, ich habe mit dir zu reden, aber dein Schnauzbart hindert mich, dich zu verstehen. Darum bitte ich dich, erlaube mir, ihn zu stutzen und ebenso auch deine Augenbrauen, die dich entstellen und dir mehr das Ansehen eines Bären als eines Menschen geben.« Der Derwisch hatte hiegegen nichts einzuwenden. Er ließ den Prinzen gewähren, und da dieser nach Vollendung seiner Arbeit bemerkte, daß der Derwisch eine frische Gesichtsfarbe hatte und weit jünger aussah, als er wirklich war, so sagte er zu ihm: »Guter Derwisch, wenn ich einen Spiegel hätte, so würde ich dir zeigen, wie sehr du verjüngt bist. Jetzt bist du ein Mensch, vorher aber konnte niemand erkennen, was du warst.« Bei diesen Schmeicheleien des Prinzen Bahman lächelte der Derwisch und erwiderte höflich: »Herr, wer du auch sein magst, ich bin dir unendlich verpflichtet für diese Gefälligkeit, die du mir erwiesen hast; zugleich erkläre ich mich bereit, dir mit allem, was in meinen Kräften steht, meine Erkenntlichkeit zu beweisen. Du bist nicht abgestiegen, ohne daß irgend ein Anliegen dich dazu genötigt hätte; sage mir nun, was es ist, ich will deinen Wunsch zu befriedigen suchen, wenn es mir möglich ist.« – »Guter Derwisch«, erwiderte der Prinz Bahman, »ich komme aus weiter Ferne und suche den sprechenden Vogel, den singenden Baum und das goldgelbe Wasser. Ich weiß, daß diese drei Sachen irgendwo in dieser Gegend sich befinden, aber den Ort, wo sie sind, weiß ich nicht. Wenn er dir bekannt ist, so beschwöre ich dich, zeige mir den Weg dazu, damit ich nicht auf einen falschen gerate und die Frucht der langen Reise, die ich unternommen, verliere.« Der Prinz bemerkte, daß der Derwisch bei seiner Rede nach und nach das Gesicht veränderte, die Augen niederschlug und ein äußerst ernstes Wesen annahm, ja sogar, statt zu antworten, längere Zeit auf seinem Schweigen beharrte. Dies veranlaßte ihn, nochmals das Wort zu nehmen und also fortzufahren: »Guter Vater, ich glaube, daß du mich verstanden hast; sag mir nun, ob du das weißt, was ich durch dich zu erfahren wünsche, oder ob du es nicht weißt, auf daß ich keine Zeit verliere, sondern mich anderwärts erkundige.« Der Derwisch brach endlich sein Stillschweigen und sagte zu dem Prinzen Bahman: »Herr, der Weg, nach dem du fragst, ist mir bekannt, allein ich habe dich gleich auf den ersten Anblick so liebgewonnen, und die Gefälligkeit, die du mir erwiesen, hat diese Freundschaft so sehr gesteigert, daß ich unentschlossen bin, ob ich dir die erwünschte Auskunft erteilen soll oder nicht.« – »Was mag dich davon abhalten?« fragte der Prinz, »und welche Bedenklichkeiten kannst du haben, mir auf meine Frage zu antworten?« – »Das will ich dir sagen«, antwortete der Derwisch; »die Gefahr, der du dich aussetzest, ist weit größer, als du glauben kannst. Schon viele andere Herren, die nicht weniger Kühnheit und Mut hatten, als du besitzen magst, sind hier vorbeigekommen und haben dieselbe Frage getan wie du. Ich habe nichts unterlassen, um sie von ihrem Vorhaben abzubringen, allein sie wollten mir nicht glauben, und so ließ ich mich denn, obwohl mit großem Widerwillen, durch ihre dringenden Bitten bestimmen, ihnen den Weg zu zeigen; ich kann dir übrigens versichern, daß sie alle verunglückt sind und ich keinen einzigen habe zurückkommen sehen. Wenn dir dein Leben nur im mindesten lieb ist und du meinen Rat befolgen willst, so gehe nicht weiter, sondern kehre sogleich wieder heim.«

Der Prinz Bahman aber beharrte auf seinem Entschluß und erwiderte dem Derwisch: »Ich will gerne glauben, daß dein Rat gut gemeint ist, auch bin ich dir für diesen Beweis von Freundschaft sehr verpflichtet. Indes mag die Gefahr, von der du sprichst, so groß sein als sie will, ich werde mich durch nichts von meinem Vorhaben abbringen lassen. Wenn ich angegriffen werde, so habe ich gute Waffen, und ich glaube nicht, daß mein Gegner tapferer oder beherzter sein wird als ich.« – »Wenn aber«, wandte der Derwisch ein, »diejenigen, die dich angreifen (denn es sind ihrer mehrere), sich gar nicht sehen lassen, wie willst du dich dann gegen unsichtbare Feinde verteidigen?« – »Gleichviel«, erwiderte der Prinz, »du wirst mich nie überreden, gegen meine Pflicht zu handeln. Da du den Weg weißt, nach welchem ich dich frage, so beschwöre ich dich noch einmal, zeige ihn mir und schlage mir diese Gefälligkeit nicht ab.« Da der Derwisch sah, daß er den Prinzen Bahman nicht auf andere Gedanken bringen konnte, sondern daß derselbe, ungeachtet der wohlmeinenden Warnung, die er ihm gab, hartnäckig auf dem Entschlusse beharrte, seine Fahrt fortzusetzen, so griff er in einen Sack, den er neben sich hatte, zog eine Kugel heraus und überreichte sie ihm mit den Worten: »Da ich es nicht über dich gewinnen kann, daß du auf meine Stimme hörest und meinen Rat befolgst, so nimm diese Kugel, und wenn du wieder zu Pferde sitzest, wirf sie vor dich hin und folge ihr bis an den Fuß eines Berges, wo sie stehenbleiben wird. Sobald sie stille steht, steig ab und wirf deinem Pferde den Zügel um den Hals; es wird auf derselben Stelle bleiben, bis du zurückkommst. Wenn du nun den Berg hinaufsteigst, wirst du rechts und links eine große Menge dicker schwarzer Steine erblicken und von allen Seiten ein verworrenes Getöse von Stimmen hören, die dir tausend Schimpfworte zurufen werden, um dich zu entmutigen und zu verhindern, daß du die Höhe nicht erreichest. Nimm dich indes wohl in acht, darob zu erschrecken, und vor allen Dingen drehe den Kopf nicht, um zurückzusehen; du würdest im Augenblick in einen schwarzen Stein verwandelt werden, ähnlich denen, die du dort sehen wirst. Denn auch diese sind nichts anderes, als solche Herren wie du, welchen ihr Unternehmen mißlungen ist, wie ich dir schon gesagt habe. Wenn du nun der Gefahr, die ich dir bloß andeute, damit du ihrer gedenken sollst, entrinnst und wirklich den Gipfel des Berges erreichst, so wirst du dort einen Käfig finden und in dem Käfig den Vogel, den du suchst. Da er sprechen kann, so frage ihn, wo der singende Baum und das goldgelbe Wasser ist, und er wird es dir anzeigen. Mehr habe ich dir nicht zu sagen: du weißt jetzt alles, was du zu tun und zu lassen hast; laß dich indes belehren, folge meinem Rat und setze dich nicht der Gefahr aus, dein Leben zu verlieren. Noch einmal, so lang du noch Zeit hast zu überlegen, bedenke wohl, daß dieser unwiederbringliche Verlust an eine Bedingung geknüpft ist, die man, wie du gewiß einsehen wirst, leicht, selbst durch bloße Achtlosigkeit, übertreten kann.«

Darauf erwiderte der Prinz Bahman, nachdem er die Kugel empfangen hatte: »So sehr ich dir auch für deinen Rat verbunden bin, den du soeben wiederholt hast, so kann ich ihn doch nicht befolgen, werde mir indes Mühe geben, deine Warnung, daß ich beim Hinaufsteigen auf den Berg nicht hinter mich sehen soll, zu benützen; auch hoffe ich, daß du mich bald mit der gewünschten Beute zurückkommen sehen wirst, um dir noch umständlicher zu danken.« Auf diese Worte, nach welchen der Derwisch nichts mehr erwiderte, als daß er sich freuen würde, ihn wieder zu sehen, und wünsche, daß es so gehen möchte, stieg der Prinz wieder zu Pferd, verabschiedete sich von dem Derwisch mit einer tiefen Verneigung des Kopfes und warf die Kugel vor sich hin.

Die Kugel rollte mit derselben Schnelligkeit, die der Prinz Bahman ihr durch den Wurf gegeben hatte, fort und fort, so daß er den Lauf seines Pferds beschleunigen mußte, um ihr zu folgen und sie nicht aus dem Gesichte zu verlieren. Am Fuße des Berges hielt sie, wie der Derwisch gesagt hatte, stille, der Prinz stieg ab, legte dem Pferde die Zügel um den Hals und es rührte sich nicht mehr vom Flecke. Nachdem er nun den Berg gehörig besehen und die schwarzen Steine darauf bemerkt hatte, fing er an, ihn zu ersteigen, aber kaum hatte er vier Schritte getan, so ließen sich schon die Stimmen vernehmen, von denen der Derwisch ihm gesagt hatte, ohne daß er jemand erblickte. Einige sprachen: »Wohin will dieser Tollkopf? was will er? Laßt ihn nicht vorbei!« Andere: »Haltet ihn an, greift, tötet ihn!« Wieder andere schrien mit einer Donnerstimme: »Ein Dieb, ein Mörder, ein Taugenichts!« Noch andere riefen in spöttischem Tone: »Nein, tut ihm nichts zuleide, laßt das hübsche Büblein ziehen; wahrhaftig nur für ihn hat man den Käfig und den Vogel aufbewahrt.« Ungeachtet dieser ärgerlichen Stimmen klomm der Prinz Bahman eine Zeitlang standhaft und fest den Berg hinan, indem er sich selbst Mut einsprach; nun aber wurden die Stimmen immer lauter, sie machten ein so schreckliches Getöse und kamen ihm sowohl von hinten, als von vorne so nahe, daß Angst und Entsetzen sich seiner bemächtigte. Seine Füße und Knie fingen an zu zittern, er wankte und bald darauf, als er spürte, daß ihm die Kräfte versagten, vergaß er die Warnung des Derwisches und drehte sich um, um schnell den Berg wieder hinabzusteigen; allein in demselben Augenblicke wurde er in einen schwarzen Stein verwandelt, wie es schon vielen anderen vor ihm ergangen war, welche dieselbe Unternehmung versucht hatten. Seinem Roß widerfuhr das nämliche.

Seit der Abreise des Prinzen Bahman hatte die Prinzessin Parisade, welche das Messer mit der Scheide, das er ihr zum Kennzeichen seines Todes oder Lebens zurückgelassen, stets an ihrem Gürtel trug, es nicht versäumt, dasselbe häufig, ja sogar mehrere Male des Tages hervorzuziehen und zu befragen. Auf diese Weise hatte sie den Trost gehabt, zu wissen, daß er vollkommen gesund sei, und sich oft über ihn mit dem Prinzen Perwis unterhalten, der manchmal zuerst davon anfing und sie um Nachrichten fragte. So auch an dem unglückseligen Tage, wo der Prinz Bahman in einen Stein verwandelt wurde. Der Prinz Perwis und die Prinzessin unterhielten sich abends nach ihrer Gewohnheit von ihm, und der Prinz sagte zu seiner Schwester: »Liebe Schwester, ich bitte dich, zieh das Messer hervor, auf daß wir erfahren, wie es ihm ergeht.« Die Prinzessin zog es heraus, und als sie es betrachteten, sahen sie von der Spitze Blut herabträufeln. Von Schmerz und Entsetzen ergriffen, warf Parisade das Messer weg und rief: »Ach, mein geliebter Bruder, so habe ich dich also verloren, durch meine eigene Schuld verloren, und werde dich nie wiedersehen! Wehe mir, o ich Unglückliche! Warum mußte ich dir auch von dem sprechenden Vogel, dem singenden Baum und dem goldgelben Wasser sagen, oder vielmehr, was konnte es mich kümmern, ob die alte Betschwester unser Haus schön oder häßlich, vollkommen oder unvollkommen fand. Wollte Gott, es wäre ihr nie eingefallen, hier einzusprechen! Heuchlerin, Betrügerin!« fügte sie hinzu, »mußtest du den freundlichen Empfang, den ich dir werden ließ, so vergelten! Warum hast du mir von einem Vogel, einem Baum und einem Wasser erzählt, welche gewiß nur in der Einbildung der Toren vorhanden sind, wie ich an dem unglücklichen Ende meines geliebten Bruders erkenne, aber dennoch durch deine Verzauberung fortwährend mein Gemüt beunruhigen!« Der Prinz Perwis war über den Tod seines Bruders Bahman nicht minder betrübt als die Prinzessin Parisade; da er aber aus den Wehklagen seiner Schwester erkannt hatte, daß ihr Herz noch immer mit aller Macht nach dem Besitze des sprechenden Vogels, des singenden Baumes und des goldgelben Wassers verlangte, so beschloß er die Zeit nicht mit fruchtlosen Klagen zu verlieren. »Liebe Schwester«, sagte er zu ihr, »vergeblich betrauern wir unsern Bruder Bahman: unsere Klagen und unser Schmerz werden ihm das Leben nicht wiedergeben. Dies ist nun einmal Gottes Wille, wir müssen uns ihm unterwerfen und seine Ratschlüsse verehren, wenn wir sie auch nicht verstehen können. Warum willst du jetzt auf einmal die Worte der frommen Frau bezweifeln, nachdem du sie mit so festem Glauben für wahr und zuverlässig gehalten hast! Meinst du, sie würde dir von diesen drei Sachen erzählt haben, wenn sie nicht wirklich vorhanden wären, und sie habe dieselben bloß erfunden, um dich zu betrügen, während du ihr doch durchaus nie und nimmermehr Anlaß dazu gegeben, sondern sie vielmehr so ehrenvoll und gütig aufgenommen und bewirtet hast? Lieber wollen wir glauben, daß der Tod unseres Bruders durch irgend ein Versehen von ihm oder durch einen Unfall herbeigeführt worden ist, den wir uns freilich nicht denken können. Darum, liebe Schwester, wollen wir uns durch seinen Tod nicht abhalten lassen, unser Ziel zu verfolgen; ich hatte mich gleich anfangs erboten, statt seiner die Reise zu machen, und bin noch jetzt dazu bereit. Sein Beispiel vermag mich nicht von meinem Vorhaben abzubringen, und ich will mich gleich morgen auf den Weg machen.« Die Prinzessin tat alles mögliche, um es dem Prinzen Perwis auszureden; sie beschwor ihn mit den rührendsten Ausdrücken, er möchte sie doch nicht der Gefahr aussetzen, statt eines Bruders beide zu verlieren, allein er blieb taub gegen alle ihre Vorstellungen. Vor seiner Abreise gab er ihr, damit sie beständig den Erfolg seiner Reise wissen möchte, wie sie von dem Schicksale des Prinzen Bahman durch das zurückgelassene Messer unterrichtet worden war, einen Rosenkranz von hundert Perlen zu demselben Behufe, und indem er ihr denselben überreichte, sprach er zu ihr: »Sprich diesen Rosenkranz für mich während meiner Abwesenheit. Wenn du ihn abbetest und die Perlen wie angeleimt feststehen, so daß du sie nicht mehr bewegen und nacheinander fallen lassen kannst, so ist das ein Zeichen, daß ich dasselbe Schicksal erlitten habe wie unser Bruder. Hoffen wir indes, daß dies nicht geschehen wird, sondern daß ich vielmehr das Glück habe, dich nach Erreichung unseres Zweckes wieder zu sehen.«

Der Prinz Perwis ritt also fort, und am zwanzigsten Tage seiner Reise traf er denselben Derwisch an derselben Stelle, wo der Prinz Bahman ihn gesehen hatte. Er ritt auf ihn zu, und nachdem er ihn begrüßt hatte, bat er ihn, wenn er es wüßte, ihm den Ort anzuzeigen, wo der sprechende Vogel, der singende Baum und das goldgelbe Wasser zu finden seien. Der Derwisch machte ihm dieselben Schwierigkeiten und Vorstellungen, wie dem Prinzen Bahman, und setzte noch hinzu, erst vor ganz kurzer Zeit habe ein junger Herr, mit dem er viele Ähnlichkeit besitze, ihn um denselben Weg gefragt; durch seine dringenden und ungestümen Bitten bewogen, habe er ihm denselben gezeigt, eine Art Wegweiser mitgegeben und genau vorgeschrieben, was er zu beobachten habe, wenn der Erfolg glücklich sein solle. Indes habe er ihn nicht zurückkommen sehen und könne daher nicht zweifeln, daß ihm dasselbe Schicksal geworden sei wie seinen Vorgängern. »Gut Derwisch«, antwortete der Prinz Perwis, »ich weiß, wer derjenige ist, von welchem du sprichst: es war mein älterer Bruder, und ich weiß zuverlässig, daß er tot ist; auf welche Art er aber gestorben, kann ich mir nicht denken.« – »Das will ich dir sagen«, versetzte der Derwisch; »er ist wie alle seine Vorgänger in einen schwarzen Stein verwandelt worden, und auch du hast dieselbe Verwandlung zu erwarten, wenn du die guten Ratschläge, die ich ihm ebenfalls erteilt hatte, nicht besser befolgst, oder nicht lieber deinen Plan ganz aufgeben willst, wozu ich dich noch einmal recht dringend ermahne.« – »Derwisch«, antwortete der Prinz Perwis, »ich kann dir meinen Dank für den Anteil, den du an der Erhaltung meines Lebens nimmst, obgleich ich dir ganz fremd bin und nichts getan habe, um dein Wohlwollen zu verdienen, nicht genugsam ausdrücken. Auch das muß ich dir bemerken, daß ich die Sache reiflich überlegt habe, ehe ich meinen Entschluß faßte, und jetzt nicht mehr davon abgehen kann. Darum bitte ich dich, erweise mir dieselbe Gnade wie meinem Bruder: vielleicht wird es mir besser als ihm gelingen, denselben Anweisungen, die ich von dir erwarte, nachzukommen.« – »Da es mir also«, sagte der Derwisch, »nicht gelingen will, dich von deinem Entschlusse abzubringen, so sei es denn; wenn mein hohes Alter mich nicht daran verhinderte und ich mich aufrecht auf meinen Beinen halten könnte, so würde ich aufstehen, um dir die Kugel zu geben, die ich hier habe und die dir zum Wegweiser dienen muß.« Der Prinz Perwis ließ den Derwisch nicht mehr sagen, sondern stieg sogleich vom Pferde und trat auf den Alten zu. Der Derwisch hatte soeben die Kugel aus seinem Sacke hervorgeholt, worin er noch einen großen Vorrat davon hatte; er gab sie ihm und setzte ihm auseinander, welchen Gebrauch er davon zu machen hätte. Nachdem er ihn nun, wie früher den Prinzen Bahman, aufs dringendste gewarnt hatte, vor den unsichtbaren Stimmen, so bedrohlich sie auch sein mögen, nicht zu erschrecken und nicht abzulassen, bis er den Berg erstiegen und den Käfig mit dem Vogel gefunden hätte, ließ er ihn weiter ziehen. Der Prinz Perwis dankte dem Derwisch, und als er wieder aufgestiegen war, warf er die Kugel vor sich hin, gab seinem Pferde beide Sporen und folgte ihr. Endlich gelangte er an den Fuß des Berges, und als er sah, daß die Kugel stehen blieb, so stieg er ab. Ehe er den ersten Schritt den Berg hinan tat, blieb er noch einen Augenblick stehen, um sich die Anweisungen, die der Derwisch ihm gegeben hatte, recht lebhaft ins Gedächtnis zurückzurufen. Endlich faßte er sich Mut und stieg hinan, fest entschlossen, den Gipfel des Berges zu erklimmen; kaum aber war er fünf bis sechs Schritte vorwärts gegangen, so hörte er hinter sich eine Stimme, die ihm sehr nahe zu sein schien, als wenn jemand ihn mit Schimpfworten zurückriefe und ihm zuschrie: »Halt ein, Verwegener! ich werde dich für deine Frechheit züchtigen.« Bei dieser Beleidigung vergaß der Prinz alle Warnungen des Derwisches, legte die Hand an seinen Säbel, zückte ihn und drehte sich um, um Rache zu nehmen; kaum aber konnte er noch sehen, daß niemand ihm folgte, als er schon in einen schwarzen Stein verwandelt war, desgleichen auch sein Roß.

Indes hatte die Prinzessin Parisade seit der Abreise

ihres Bruders Perwis es keinen Tag versäumt, den im Augenblicke des Abschieds von ihm empfangenen Rosenkranz an der Hand zu tragen, und wenn sie gerade nichts anderes zu tun hatte, ihn abzubeten, indem sie die Perlen eine nach der andern durch die Finger laufen ließ. Sie hatte ihn diese ganze Zeit hindurch sogar nachts nicht von sich gelassen; jeden Abend, wenn sie zu Bette ging, hatte sie ihn um ihren Hals gelegt und morgens gleich beim Erwachen mit der Hand danach gegriffen, um zu untersuchen, ob die Perlen noch immer sich bewegen ließen. Endlich an dem Tage und in dem Augenblicke, da dem Prinzen Perwis dasselbe Schicksal wie seinem Bruder Bahman widerfuhr, in einen schwarzen Stein verwandelt zu werden, hielt sie wie gewöhnlich den Rosenkranz in der Hand und betete ihn. Da fühlte sie auf einmal, daß die Perlen sich nicht mehr bewegen ließen, wenn sie ihnen mit dem Finger einen Druck gab, und zweifelte nicht daran, daß dies ein sicheres Zeichen vom Tode ihres Bruders sei. Da sie nun für diesen Fall bereits ihren Entschluß gefaßt hatte, so verlor sie keine Zeit damit, ihren Schmerz durch äußere Zeichen zu verraten. Sie tat sich Gewalt an, ihn ganz in ihr eigen Herz zurückzudrängen; am folgenden Morgen aber kleidete, bewaffnete und rüstete sie sich wie ein Mann, sagte ihren Leuten, sie werde in wenigen Tagen zurückkommen, stieg zu Rosse und ritt auf derselben Straße dahin, welche die beiden Prinzen, ihre Brüder, gezogen waren. Die Prinzessin Parisade, die von ihren Jagdbelustigungen des Reitens gewohnt war, ertrug die Strapazen der Reise leichter, als andere Frauen vermocht hätten. Sie machte dieselben Tagereisen wie die Prinzen, ihre Brüder, und traf ebenfalls am zwanzigsten Tage den Derwisch. Als sie in seine Nähe kam, stieg sie ab, führte ihr Roß am Zügel und setzte sich neben ihm nieder. Nachdem sie ihn hierauf gegrüßt hatte, sprach sie also zu ihm: »Guter Derwisch, wirst du mir wohl erlauben, daß ich einige Augenblicke bei dir ausruhe, und hättest du wohl die Güte, mir zu sagen, ob du nie gehört hast, daß irgendwo in dieser Gegend ein Ort ist, wo man den sprechenden Vogel, den singenden Baum und das goldgelbe Wasser finden kann?« Der Derwisch antwortete: »Edles Fräulein – denn trotz deiner Verkleidung erkenne ich dein Geschlecht an deiner Stimme und muß dich also so nennen – ich danke dir für deinen Gruß und nehme die Ehre, die du mir erweisest, mit großem Vergnügen an. Ich kenne allerdings den Ort, wo die genannten Dinge sich finden, aber in welcher Absicht fragst du mich darum?« – »Guter Derwisch«, erwiderte die Prinzessin Parisade, »man hat mir so viel Schönes von diesen Sachen erzählt, daß ich vor Verlangen brenne, sie zu besitzen.« – »Edles Fräulein«, versetzte der Derwisch, »man hat dir die Wahrheit gesagt; diese Dinge sind sogar noch weit erstaunlicher und wunderbarer, als man sie dir geschildert hat; aber von den Schwierigkeiten scheint man dir nichts gesagt zu haben, die du überwinden müßtest, um zu ihrem Genusse zu gelangen. Hätte man dich gebührend davon unterrichtet, so hättest du dich gewiß nicht auf eine so mühsame und gefährliche Unternehmung eingelassen. Laß dir einen guten Rat geben: reite nicht weiter, sondern kehre wieder um und mute mir nicht zu, daß ich zu deinem Verderben beitragen soll.«

»Guter Vater«, sagte hierauf die Prinzessin, »ich komme aus weiter Ferne, und es wäre mir höchst unangenehm, wenn ich heimkehren müßte, ohne meinen Plan ausgeführt zu haben. Du sprichst von Schwierigkeiten und Lebensgefahr, sagst mir aber nicht, was dies für Schwierigkeiten sind und worin diese Gefahren bestehen. Ich wünschte indes sehr, es zu erfahren, damit ich mich darüber besinnen und sehen kann, ob ich auf meine Entschlossenheit, meinen Mut und meine Kräfte Vertrauen fassen darf oder nicht.« Hierauf wiederholte der Derwisch der Prinzessin Parisade dieselbe Rede, die er an die Prinzen Perwis und Bahman gehalten hatte, ja er übertrieb sogar die Schwierigkeiten, die mit der Übersteigung des Berges verbunden seien, auf welchem der Vogel sich in seinem Käfig befinde. Des Vogels, sagte er, müsse sie sich zuerst bemächtigen, dieser werde ihr dann über den Baum und das goldgelbe Wasser Auskunft geben. Sodann schilderte er ihr das Getöse und den Wirrwarr der drohenden und erschrecklichen Stimmen, die sich von allen Seiten hören lassen, ohne daß man jemand sehe, und endlich erzählte er von den vielen schwarzen Steinen, die allein schon sowohl sie, als jeden anderen abschrecken sollten, indem diese Steine tapfere Ritter seien und diese Verwandlung deswegen erlitten haben, weil sie die Hauptbedingungen zur glücklichen Ausführung des Unternehmens, nämlich sich vor Erreichung des Käfigs nicht umzudrehen und zurückzuschauen, nicht gehörig beobachtet.

Als der Derwisch seinen Vortrag geendet hatte, sagte die Prinzessin zu ihm: »Soviel ich aus deiner Rede ersehe, so bestehen die Hauptschwierigkeiten bei dieser Unternehmung darin, daß man bis zum Käfig hinanklimmen muß, ohne sich durch das Getöse der unsichtbaren Stimmen erschrecken zu lassen, und zweitens, daß man nicht rückwärts schauen darf. Was nun die letzte Bedingung betrifft, so hoffe ich, Herrschaft genug über mich zu besitzen, um sie pünktlich einzuhalten; in Beziehung auf die erste gestehe ich, daß solche Stimmen, wie du sie mir schilderst, wohl imstande sein können, auch die Beherztesten zu erschrecken. Da es indes bei keiner sehr wichtigen und gefährlichen Unternehmung verboten ist, List zu gebrauchen, so frage ich dich, ob mir bei diesem für mich so hochwichtigen Abenteuer nicht welche erlaubt ist.« – »Und welcher List würdest du dich wohl bedienen?« fragte der Derwisch. – »Mich dünkt«, antwortete die Prinzessin, »wenn ich mir die Ohren mit Baumwolle verstopfte, so würden jene Stimmen, wie stark und erschrecklich sie auch sein mögen, weit geringeren Eindruck auf mich machen und weniger auf meine Einbildungskraft wirken können; mein Geist würde also seine Freiheit behalten und nicht so sehr in Verwirrung geraten, daß er die Besinnung verlöre.« – »Edles Fräulein«, erwiderte der Derwisch, »ich weiß nicht, ob von allen denen, die sich bisher an mich gewandt und nach eben diesem Wege gefragt haben, sich irgend einer dieser List bedient hat, welche du hier erwähnst. Nur das weiß ich, daß keiner derselben gegen mich gedacht hat, und daß sie alle umgekommen sind. Wenn du indes auf deinem Beschlusse beharrest, so magst du wohl eine Probe damit machen und darfst von Glück sagen, wenn es dir gelingt; übrigens rate ich dir noch einmal, setze dich dieser Gefahr nicht aus.« – »Guter Vater«, versetzte die Prinzessin, »nichts kann mich abhalten, meinen Vorsatz auszuführen; mein Herz sagt mir, daß diese List gelingen wird, und ich bin entschlossen, mich ihrer zu bedienen. Ich brauche jetzt bloß noch von dir zu erfahren, welchen Weg ich nehmen muß, und ich beschwöre dich, versage mir diese Gefälligkeit nicht.« Der Derwisch ermahnte sie zum letzten Male, die Sache wohl zu überlegen; da er aber sah, daß sie unerschütterlich war, so zog er eine Kugel aus seinem Sacke heraus und überreichte sie ihr mit den Worten: »Nimm diese Kugel, steige wieder zu Pferde, und wenn du sie vor dich hingeworfen hast, so folge ihr auf allen

Umwegen, in denen sie rollen wird, bis an den Berg, auf welchem dasjenige ist, was du suchst. Am Fuße desselben wird sie stehen bleiben, dann halte du ebenfalls an, steige ab und erklimme den Berg. Das übrige weißt du; vergiß ja nicht, es zu beobachten und ziehe hin.« Die Prinzessin Parisade dankte dem Derwisch, verabschiedete sich von ihm und stieg wieder zu Pferde; sie warf die Kugel vor sich hin und ritt ihr auf dem Wege, welchen sie rollte, nach, bis sie endlich am Fuße des Berges stille stand.

Hier stieg die Prinzessin ab, verstopfte sich die Ohren mit Baumwolle, und nachdem sie den Weg nach dem Gipfel des Berges genau ins Auge gefaßt, fing sie an, festen Schrittes und unerschrockenen Mutes hinanzusteigen. Sie hörte wohl die Stimmen, merkte aber sogleich, daß die Baumwolle ihr von großem Nutzen war. Je weiter sie hinaufkam, um so stärker und vielfacher wurden die Stimmen, doch nicht so, daß sie darüber in Verwirrung geraten wäre. Sie hörte zwar allerlei Schmähworte und beißende Spottreden in Beziehung auf ihr Geschlecht, allein sie verachtete dieselben und lachte ihrer. »Ich ärgere mich nicht über eure Beleidigungen und Spöttereien«, sprach sie bei sich selbst, »ihr dürft noch Schlimmeres sagen, ich spotte eurer, und ihr sollt mich nicht hindern, meinen Weg fortzusetzen.« Endlich kam sie so weit hinauf, daß sie den Käfig und den Vogel zu bemerken anfing, welcher letztere im Bunde mit den unsichtbaren Stimmen sich ebenfalls bemühte, sie einzuschüchtern, indem er ihr, so klein er auch war, mit donnernder Stimme zurief: »Zurück, tritt nicht näher!« Die Prinzessin aber, durch diesen Anblick ermutigt, verdoppelte ihre Schritte, als sie sich dem Ziele ihrer Laufbahn so nahe sah. Sie erreichte auch glücklich den Gipfel des Berges, wo der Boden eben war, lief gerade auf den Käfig zu, ergriff ihn mit der Hand und sagte zu dem Vogel: »Vogel, du bist jetzt trotz deines Sträubens in meiner Gewalt und sollst mir nicht entschlüpfen.«

Indem nun Parisade die Baumwolle wieder aus ihren Ohren zog, sagte der Vogel zu ihr: »Tapferes Fräulein, grolle mir nicht, daß ich mich mit denjenigen vereinigt habe, die sich für die Behauptung meiner Freiheit bemühten. Obgleich in einen Käfig gesperrt, war ich dennoch mit meinem Schicksal zufrieden; da ich nun aber einmal zur Sklaverei bestimmt bin, so will ich lieber dich zur Herrin haben, die du mich auf eine so mutvolle und würdige Art erworben hast als irgend einen andern Menschen auf der Welt; auch schwöre ich dir von diesem Augenblicke an unverbrüchliche Treue und gänzliche Unterwerfung unter alle deine Befehle. Ich weiß, wer du bist, und will dir auch sagen, daß du dich selbst nicht als das erkennst, was du bist; aber es wird ein Tag kommen, da ich dir einen Dienst zu erweisen hoffe, den du mir gewiß sehr danken wirst. Um dir sogleich Beweise meiner Aufrichtigkeit zu geben, so sage mir jetzt, was du wünschest; ich bin bereit, zu gehorchen.«

Die Freude der Prinzessin war unbeschreiblich, um so mehr, da die Eroberung, welche sie soeben gemacht hatte, mit dem Tode zweier aufs zärtlichste geliebten Brüder erkauft und für sie selbst mit so vielen Anstrengungen und Gefahren verbunden war; denn jetzt, nachdem sie die Gefahren überstanden, erkannte sie die Größe derselben viel besser, als damals, da sie sich trotz der Abmahnungen des Derwisches hineinbegab. Sie antwortete nun dem Vogel also: »Vogel, es war meine Absicht, dir zu sagen, daß ich mehrere Dinge wünsche, die für mich von äußerster Wichtigkeit sind; es freut mich nun ungemein, daß du mir zuvorgekommen bist und deine Willfährigkeit zugesagt hast. Fürs erste habe ich gehört, es gebe hier ein goldgelbes Wasser, das ganz wunderbare Eigenschaften habe; ich bitte dich nun, mir vor allen Dingen den Ort zu sagen, wo es zu finden ist.« Der Vogel sagte ihr den Ort, der nicht weit entfernt war; sie ging hin und füllte ein silbernes Fläschchen, das sie mitgebracht hatte, mit dem Wasser an; dann kam sie zum Vogel zurück und sagte zu ihm: »Vogel, ich bin noch nicht zufrieden, ich suche auch den singenden Baum; sage mir, wo er ist.« Der Vogel antwortete: »Drehe dich um und du wirst hinter dir einen Wald erblikken, worin dieser Baum sich befindet.« Der Wald war ganz in der Nähe; die Prinzessin ging hin und erkannte an dem wohllautenden Zusammenklang von Stimmen unter mehreren andern Bäumen bald denjenigen, den sie suchte. Da er aber sehr dick und sehr hoch war, so ging sie zum Vogel zurück und sagte zu ihm: »Vogel, ich habe den singenden Baum zwar gefunden, kann ihn aber weder aus der Erde heben, noch mitnehmen.« – »Dies ist auch nicht nötig«, antwortete der Vogel, »du brauchst bloß den kleinsten Zweig abzubrechen, mit nach Hause zu nehmen und in deinem Garten zu pflanzen; er wird alsbald Wurzeln schlagen und in kurzer Zeit wirst du ihn zu einem ebenso schönen Baum erwachsen sehen wie dieser ist.« Als nun die Prinzessin Parisade sich im Besitz der drei Dinge sah, nach welchen die fromme Frau ein so heißes Verlangen in ihr erregt hatte, sprach sie also weiter zu dem Vogel: »Vogel, soviel du auch schon für mich getan hast, so ist es immer noch nicht genug. Du bist schuld an dem Tode meiner beiden Brüder, die unter den schwarzen Steinen sein müssen, welche ich beim Heraufsteigen gesehen habe; ich möchte sie gerne nach Hause nehmen.«

Es schien, als ob der Vogel dieses Gebotes gern überhoben gewesen wäre, denn er machte Schwierigkeiten.

Die Prinzessin bestand indes darauf und fuhr fort: »Erinnere dich, Vogel, daß du eben gesagt hast, du seiest mein Sklave; du bist es wirklich und dein Leben steht in meiner Gewalt.« – »Ich kann«, antwortete der Vogel, »diese Wahrheit allerdings nicht bestreiten, und obgleich deine jetzige Forderung mit größeren Schwierigkeiten verbunden ist, als die andern, so will ich sie dennoch ebenfalls erfüllen. Sieh dich überall hier um, ob du nicht einen Krug erblickst.« – »Allerdings«, sagte die Prinzessin, »da steht einer.« – »So nimm ihn«, fuhr der Vogel fort, »und beim Hinabsteigen vom Berge gieße auf jeden der schwarzen Steine ein wenig von dem Wasser, womit er angefüllt ist: auf diese Art wirst du deine Brüder wieder finden.« Die Prinzessin Parisade ergriff den Krug, nahm ihn samt dem Vogel im Käfig, dem Fläschchen und dem Zweige mit sich, und beim Hinabsteigen sprengte sie auf die schwarzen Steine alle nacheinander Wasser aus dem Krug, und siehe da, jeder verwandelte sich in einen Mann. Da sie keinen einzigen überging, so kamen auch sämtliche Pferde, sowohl die der Prinzen, ihrer Brüder, als auch der übrigen Herren, wieder zum Vorschein. Auf diese Art erkannte sie den Prinzen Bahman und Perwis wieder, und diese erkannten sie ebenfalls und umarmten sie. Sie erwiderte ihre Umarmung mit großer Herzlichkeit, und noch voll Erstaunen fragte sie: »Liebe Brüder, was macht ihr denn hier?« Als sie nun beide geantwortet hatten, sie haben soeben geschlafen, so fuhr sie fort: »Jawohl, aber ohne mich würde euer Schlaf noch fortdauern und hätte vielleicht bis zum Tage des Gerichts gewährt. Erinnert ihr euch nicht, daß ihr ausgezogen seid, den sprechenden Vogel, den singenden Baum und das goldgelbe Wasser zu suchen, und daß ihr hier auf dem Wege die schwarzen Steine erblickt habt, womit dieser Ort besäet war? Schaut euch um und sehet, ob noch ein einziger davon übrig ist. Diese Herren hier und ihr waret selbst diese Steine, desgleichen auch eure Pferde, die, wie ihr sehen könnet, euch erwarten. Wenn ihr nun«, fuhr sie fort, indem sie auf den Krug zeigte, dessen sie jetzt nicht mehr bedurfte, und den sie bereits am Fuße des Berges hingestellt hatte, »wenn ihr nun zu erfahren wünschet, wie dieses Wunder geschehen ist, so wisset, es geschah durch die Kraft des Wassers, womit dieser Krug angefüllt war und womit ich die Steine alle besprengt habe. Als ich den sprechenden Vogel, den ihr hier im Käfig sehet, zu meinem Sklaven gemacht und durch seine Hilfe den singenden Baum, wovon hier ein Zweig, sowic das goldgelbe Wasser, womit das Fläschchen hier angefüllt ist, gefunden hatte, so wollte ich nicht nach Hause kehren, ohne euch mitzunehmen; ich habe daher den Vogel durch die Macht, die ich über ihn erworben, gezwungen, mir das Mittel dazu anzugeben, und er hat mir diesen Krug, sowie den Gebrauch desselben, angezeigt.«

Die Prinzen Bahman und Perwis erkannten aus dieser Rede, wie sehr sie der Prinzessin, ihrer Schwester, verpflichtet waren, und die fremden Herren, die sich alle um sie versammelt und diese Rede ebenfalls gehört hatten, taten desgleichen. Sie erklärten ihr, daß sie weit entfernt seien, ihr diese Eroberung, nach welcher sie ebenfalls gestrebt hatten, zu mißgönnen, sondern daß sie vielmehr ihren Dank für das Leben, das sie ihnen wieder geschenkt, nicht besser an den Tag legen zu können glauben, als indem sie sich für ihre Sklaven erklären, bereit, alles zu tun, was sie ihnen gebiete. »Edle Herren«, antwortete die Prinzessin, »wenn ihr auf meine Rede achtgegeben habet, so kann es euch nicht entgangen sein, daß ich bei dem, was ich tat, keine andere Absicht hatte, als meine Brüder wieder zu finden; wenn es nun auch euch zugute gekommen ist, so seid ihr mir dafür keinen Dank schuldig. Ich sehe euer Anerbieten nur als einen Beweis von Höflichkeit gegen mich an, und danke euch dafür, wie sich's gebührt. Im übrigen betrachte ich euch, einen wie den andern, als ebenso freie Leute, wie ihr vor euerm Unglück waret, und freue mich mit euch über das Glück, das euch durch meine Vermittlung geworden ist. Laßt uns indes nicht länger an einem Orte bleiben, wo uns weiter nichts mehr aufhalten kann: steigen wir jetzt zu Pferde und kehren nach den Ländern zurück, woher wir gekommen sind.«

Die Prinzessin Parisade ging mit ihrem Beispiele voran, indem sie ihr Pferd holte, welches sie auf derselben Stelle wiederfand, wo sie es gelassen hatte. Bevor sie aufstieg, bat sie der Prinz Bahman, sie möchte ihn zu ihrer Erleichterung den Käfig tragen lassen. »Lieber Bruder«, antwortete die Prinzessin, »der Vogel ist mein Sklave und ich will ihn selbst tragen; wenn du indes den Zweig des singenden Baumes übernehmen willst, so ist es mir lieb. Halte auch den Käfig, bis ich aufgestiegen bin, und gib ihn mir dann zurück.« Als sie nun wieder zu Pferde saß und der Prinz Bahman ihr den Käfig mit dem Vogel zurückgegeben hatte, wandte sie sich zu ihrem zweiten Bruder Perwis und sagte zu ihm: »Und du, Bruder Perwis, nimm die Flasche mit dem goldgelben Wasser in Verwahrung, wenn es dir nicht beschwerlich ist.« Der Prinz Perwis tat es mit großem Vergnügen. Als nun die Prinzen Bahman und Perwis, sowie die andern Herrn alle, zu Pferde saßen, wartete die Prinzessin Parisade, bis einer von ihnen sich an die Spitze stellen und den Zug beginnen würde. Die beiden Prinzen wollten aus Höflichkeit den fremden Herren den Vorzug lassen, und diese wiederum der Prinzessin. Da nun die Prinzessin sah, daß keiner von den Herren sich die Ehre zueignen, sondern alle dieselbe ihr überlassen wollten, so sagte sie zu ihnen: »Ihr Herren, ich warte darauf, daß ihr euch in Bewegung setzet.« – »Edles Fräulein«, antwortete einer der Nächststehenden im Namen aller, »wenn wir auch nicht wüßten, welche Ehre deinem Geschlechte gebührt, so gibt es doch nach dem, was du für uns getan hast, keine Ehre, die wir nicht dir zu erweisen bereit wären, obschon deine Bescheidenheit sich dawider setzt. Wir bitten dich nun, daß du uns nicht länger des Glücks berauben mögest, dir zu folgen.« – »Ihr Herren«, sagte darauf die Prinzessin, »ich verdiene die Ehre, die ihr mir erweiset, nicht, und nehme sie nur an, weil ihr es so wünschet.« Mit diesen Worten stellte sie sich an die Spitze des Zugs und die beiden Prinzen

folgten ihr, unter die übrigen Herren gemischt, ohne Rangordnung. Diese Gesellschaft wollte im Vorbeireiten den Derwisch begrüßen und ihm für einen guten Empfang und seine wohlmeinenden Ratschläge, deren Wahrheit sie empfunden hatten, danken; allein er war gestorben, und man hatte nicht ermitteln können, ob aus Altersschwäche, oder weil man seiner nicht mehr bedurfte, um den Weg nach den drei Wunderdingen zu zeigen, welche die Prinzessin Parisade jetzt erobert hatte. So ritt denn die Gesellschaft ihres Weges fort, verminderte sich aber mit jedem Tage. Die Herren, die, wie schon oben erzählt, aus verschiedenen Ländern gekommen waren, verabschiedeten sich, nachdem sie der Prinzessin ihren tiefgefühlten Dank wiederholt hatten, einer nach dem andern von ihr und den Prinzen, ihren Brüdern, sowie jeder auf die Straße kam, die er hergeritten war. Die Prinzessin und die Prinzen Bahman und Perwis aber ritten auf demselben Wege weiter, bis sie nach Hause kamen.

Hier stellte die Prinzessin vor allem den Käfig in den mehrfach erwähnten Garten, an welchen der Saal stieß, und sobald der Vogel seine Stimme hören ließ, flogen die Nachtigallen, die Finken, die Lerchen, die Grasmükken, die Stieglitze und eine zahllose Menge anderer Vögel des Landes herbei, um in seinen Gesang mit einzustimmen. Den Zweig ließ sie in ihrer Gegenwart auf einem Rasenplatze in der Nähe des Hauses einsenken. Er faßte Wurzel und ward in kurzer Zeit zum starken Baume, dessen Blätter bald dieselbe liebliche Musik und denselben vielstimmigen Gesang hören ließen wie der Baum, von dem sie ihn abgebrochen hatte. Was endlich das Fläschchen mit dem goldgelben Wasser betrifft, so ließ sie mitten im Garten ein großes schönes Marmorbecken machen und goß das gelbe Wasser, das sie in dem

Fläschchen hatte, bis auf den letzten Tropfen hinein. Sogleich fing es an aufzuschwellen, und als es beinahe den Rand des Beckens erreicht hatte, sprang es aus der Mitte in einer dicken Strahlengarbe fünfzig Schuh hoch empor, fiel dann nieder und fuhr so fort, ohne daß das Becken überlief.

Die Nachricht von diesen Wunderdingen verbreitete sich in der Nachbarschaft, und da weder die Türe des Gartens noch des Hauses jemandem verschlossen war, so strömte bald aus der Umgegend eine große Volksmasse herbei, um sie zu bewundern.

Die Prinzen Bahman und Perwis fingen einige Tage nach ihrer Heimkehr, als sie sich von den Beschwerden ihrer Reise völlig erholt hatten, ihre alte Lebensweise wieder an, und da die Jagd ihre gewöhnliche Belustigung war, so stiegen sie zu Pferde und ritten zum erstenmale seit ihrer Rückkehr nicht in den eigenen Park, sondern zwei bis drei Meilen weit von ihrem Hause weg. Während sie hier jagten, kam der Sultan von Persien, ebenfalls auf der Jagd begriffen, an denselben Ort. Sobald sie an der Menge von Reitern, die von allen Seiten zum Vorschein kamen, seine nahe Ankunft erkannten, wollten sie aufhören und sich zurückziehen, um seine Begegnung zu vermeiden; allein gerade auf dem Wege, den sie zu diesem Behufe einschlugen, begegneten sie ihm an einer so engen Stelle, daß sie weder ausweichen, noch umkehren konnten, ohne gesehen zu werden. In ihrer Überraschung hatten sie nur noch Zeit, abzusteigen und sich vor dem Sultan niederzuwerfen. So blieben sie mit der Stirne am Boden liegen, ohne ihn anzublikken; der Sultan aber, der sie so wohlberitten und anständig gekleidet sah, wie wenn sie zu seinem Hofstaate gehörten, war neugierig, ihr Gesicht zu sehen; er hielt an und befahl ihnen, aufzustehen. Die Prinzen richteten sich auf und standen mit edlem Anstand und in bescheidener, ehrfurchtsvoller Stellung vor ihrem Sultan. Der Sultan betrachtete sie einige Zeit von Kopf bis zu Fuß, ohne ein Wort zu sprechen, und nachdem er ihr gutes Aussehen und ihre edle Bildung bewundert hatte, fragte er sie, wer sie seien und wo sie wohnen. Der Prinz Bahman nahm das Wort und sprach: »Herr, wir sind Söhne des verstorbenen Aufsehers deiner Gärten und wohnen in einem Hause, das er kurz vor seinem Tode bauen ließ, damit wir darin bleiben sollen, bis wir das Alter erreicht hätten, unserm Herrn zu dienen, wenn sich Gelegenheit dazu finden würde.« – »Wie ich sehe«, fragte der Sultan weiter, »liebt ihr die Jagd?« – »Herr«, erwiderte der Prinz Bahman, »dies ist unsere gewöhnlichste Übung, und keiner von den Untertanen meines Herrn, der sich dazu bestimmt, dereinst die Waffen in seinen Heeren zu führen, vernachlässigt sie.« Der Sultan war hoch erfreut über diese kluge Antwort und sagte zu ihnen: »Da dem so ist, so möchte ich euch wohl jagen sehen. Kommt und wählt euch eine Jagd, wie sie euch beliebt.« Die Prinzen stiegen wieder zu Pferde, folgten dem Sultan und waren noch nicht weit geritten, als sie mehrere Tiere zugleich hervorkommen sahen. Der Prinz Bahman erwählte sich einen Löwen und der Prinz Perwis einen Bären. Sie ritten beide zu gleicher Zeit mit einer Unerschrockenheit auf dieselben los, welche den Sultan überraschte; auch erreichten sie ihre Tiere fast zu gleicher Zeit und warfen ihre Speere mit solcher Geschicklichkeit, daß der Prinz Bahman den Löwen und der Prinz Perwis den Bären durchbohrte, und der Sultan beide Tiere bald nacheinander fallen sah. Ohne sich länger aufzuhalten, verfolgte der Prinz Bahman einen andern Bären und der Prinz Perwis einen andern Löwen, und in wenigen Augenblicken durchbohrten sie auch diese, so daß sie tot niederstürzten. Sie wollten noch weiter jagen, aber der Sultan gab es nicht zu; er ließ sie zurückrufen, und als sie wieder in seine Nähe gekommen waren, sagte er zu ihnen: »Wenn ich euch schalten und walten ließe, so würdet ihr bald meine ganze Jagd verwüstet haben. Indes will ich nicht sowohl meine Jagd schonen, als euch selbst, denn euer Leben soll mir fortan sehr teuer sein, da ich die Überzeugung hege, daß eure Tapferkeit mir dereinst noch nützlicher sein wird, als sie mir soeben ergötzlich war.« Kurz, der Sultan Chosra Schah fühlte für die beiden Prinzen eine so starke Zuneigung, daß er sie einlud, sogleich bei ihm zu bleiben und ihm zu folgen. »Herr«, erwiderte der Prinz Bahman, »du erweisest uns eine Ehre, die wir nicht verdienen, und wir bitten unsern Herrn, daß er uns dies erlassen wolle.«

Der Sultan, der nicht begriff, welche Gründe die Prinzen wohl haben konnten, diesen Beweis seiner Achtung abzulehnen, fragte sie darum und verlangte dringend, es zu erfahren. »Herr«, sagte der Prinz Bahman, »wir haben eine Schwester, die jünger ist als wir beide, und mit der wir in so inniger Eintracht leben, daß wir niemals etwas unternehmen oder tun, ohne ihren Rat eingeholt zu haben, so wie auch sie ihrerseits nichts tut, ohne uns zu befragen.« – »Diese eure geschwisterliche Eintracht gefällt mir sehr wohl«, versetzte der Sultan; »so befraget denn eure Schwester und kommt dann morgen wieder zu mir auf die Jagd, dann will ich ihren Bescheid hören.« Die Prinzen ritten nach Hause, dachten aber beide nicht mehr daran, daß der Sultan ihnen begegnet war, und daß sie die Ehre gehabt hatten, mit ihm zu jagen, und somit erzählten sie der Prinzessin auch nichts davon, daß er ihnen die Ehre erwiesen hatte, sie mit sich nehmen zu wollen. Als sie sich nun am andern Morgen wieder beim Sultan zur Jagd eingestellt hatten, fragte sie dieser: »Nun, habt ihr mit eurer Schwester gesprochen? Will sie mir das Vergnügen gönnen, das ich erwarte, euch näher um mich zu sehen?« Die Prinzen blickten einander an, und die Röte stieg ihnen ins Gesicht. »Herr«, antwortete der Prinz Bahman, »wir bitten demütiglich um Entschuldigung; weder mein Bruder noch ich haben daran gedacht.« – »So denket heute daran«, fuhr der Sultan fort, »und vergeßt nicht, mir morgen Bescheid zu bringen.« Die Prinzen vergaßen die Sache abermals, und der Sultan ärgerte sich nicht über ihre Gleichgültigkeit, sondern zog vielmehr drei kleine goldene Kugeln aus seiner Börse, steckte sie dem Prinzen Bahman in den Busen und sprach dabei lächelnd: »Diese Kugeln werden verhindern, daß ihr heute zum dritten Male das vergesset, was ihr mir zuliebe tun sollt; sie werden heute Abend, wenn du deinen Gürtel ablegst, ein solches Geräusch machen, daß du dich der Sache erinnern wirst, im Fall du nicht schon vorher daran gedacht hast.« Es erging, wie der Sultan vorausgesehen hatte. Ohne die drei goldenen Kugeln hätten die Prinzen abermals vergessen, mit der Prinzessin Parisade, ihrer Schwester, zu sprechen. Sie entfielen dem Busen des Prinzen Bahman, als er seinen Gürtel abgenommen hatte und sich anschickte, zu Bette zu gehen. Er eilte nun sogleich zu dem Prinzen Perwis, und beide gingen zusammen durch die Zimmer der Prinzessin, die sich noch nicht niedergelegt hatte. Sie baten um Verzeihung, daß sie so zur ungebührlichen Stunde stören und setzten ihr dann die Sache samt allen Umständen ihres Zusammentreffens mit dem Sultan auseinander. Die Prinzessin Parisade war durch diese Nachricht beunruhigt und sagte: »Euer Zusammentreffen mit dem Sultan ist glücklich und ehrenvoll für euch und kann es in der Folge noch mehr werden; für mich aber ist es verdrießlich und sehr traurig. Ich sehe wohl, daß ihr aus Rücksicht auf mich den Wunsch des Sultans abgelehnt habt, und bin euch unendlich dafür verbunden; denn ich erkenne daraus, daß eure Freundschaft für mich vollkommen der meinigen zu euch entspricht. Ihr habt sozusagen lieber eine Unhöflichkeit gegen den Sultan begehen wollen, indem ihr seinen Wunsch eurer Meinung nach auf eine anständige Art ablehntet, als der geschwisterlichen Vereinigung, die wir uns geschworen haben, Eintrag zu tun; und ihr habt wohl bedacht, daß ihr, sobald ihr ihn einmal besucht habt, allmählich genötigt sein werdet, mich zu verlassen, um euch ihm ganz zu widmen. Haltet ihr es indes für so leicht, dem Sultan eine Sache gänzlich abzuschlagen, die er so angelegentlich zu wünschen scheint? Der Wunsch der Sultane ist ein Wille, dem zu widerstehen Gefahr bringt. Wenn ich euch also auch meiner Neigung zufolge abreden wollte, ihm die Gefälligkeit zu erzeigen, die er von euch fordert, so würde ich euch nur seinem Zorn aussetzen und mit mir unglücklich machen. Dies ist meine Ansicht hierüber; ehe wir jedoch einen Entschluß fassen, laßt uns den sprechenden Vogel befragen und hören, was er uns rät. Er ist verständig und voraussehend, und er hat uns für schwierige Fälle seine Hilfe versprochen.« Die Prinzessin Parisade ließ den Käfig bringen, und nachdem sie dem Vogel in Gegenwart der beiden Prinzen diese verwickelte Sache vorgetragen hatte, fragte sie ihn, wozu er ihnen unter solchen Umständen rate. Der Vogel antwortete: »Die Prinzen, deine Brüder, müssen dem Willen des Sultans entsprechen und sogar ihrerseits ihn einladen, euch hier zu besuchen.« – »Aber Vogel«, wandte die Prinzessin ein, »meine Brüder und ich, wir lieben uns ohnegleichen, und wird dieser Liebe durch einen solchen Schritt kein

Eintrag geschehen?« – »Nichts weniger«, antwortete der Vogel, »sie wird dadurch nur um so stärker werden.« – »Auf diese Art«, versetzte die Prinzessin, »wird der Sultan auch mich sehen.« Der Vogel antwortete ihr, es sei notwendig, daß er sie sehe, und alles werde dann um so besser gehen.

Am folgenden Morgen stellten die Prinzen Bahman und Perwis sich wieder zur Jagd ein, und der Sultan fragte sie schon aus der Ferne, so weit er nur gehört werden konnte, ob sie diesmal daran gedacht haben, mit ihrer Schwester zu sprechen. Der Prinz Bahman nahte sich ihm und sprach: »Herr, gebiete über uns nach deinem Wohlgefallen, wir sind bereit, dir zu gehorchen; wir haben nicht nur keine Mühe gehabt, die Einwilligung unserer Schwester zu erlangen, sondern sie hat es sogar mißbilligt, daß wir in einer Sache, welche unsere Pflicht gegen unsern Herrn mit sich bringe, diese Rücksicht auf sie genommen haben. Aber, Herr, sie hat sich derselben auch so würdig gemacht, daß wir hoffen, du werdest uns verzeihen, wenn wir gefehlt haben.« – »Laßt euch das nicht bekümmern«, erwiderte der Sultan, »ich nehme das, was ihr getan habt, nicht nur nicht übel, sondern billige es sogar so sehr, daß ich hoffe, ihr werdet auch mich mit derselben Ergebenheit und Anhänglichkeit an meine Person erfreuen, sofern ich nur ein wenig Anteil an eurer Freundschaft habe.« Die Prinzen gerieten bei dieser überschwenglichen Güte des Sultans in Verwirrung und antworteten nur durch eine tiefe Verbeugung, um die hohe Ehrfurcht zu bezeugen, womit sie dieselbe empfingen.

Der Sultan jagte wider seine Gewohnheit an diesem Tage nicht lange. Da er erkannte, daß die Prinzen ebenso viel Geist besaßen, als Tapferkeit und Kühnheit, so beschleunigte er seine Rückkehr, um sich recht bald und bequem mit ihnen unterhalten zu können. Sie mußten unterwegs an seiner Seite sein, eine Ehre, die, um von den vornehmen Hofleuten seines Gefolges zu schweigen, selbst die Eifersucht des Großveziers erregte, den es tief kränkte, sie vor sich reiten zu sehen.

Als der Sultan in seine Hauptstadt einritt, heftete das Volk, das die beiden Seiten der Straßen besetzt hielt, seine Augen nur auf die beiden Prinzen Bahman und Perwis und forschte, wer sie wohl sein möchten, Fremdlinge oder Eingeborne. »Wer sie auch seien«, sagten die meisten, »wollte Gott, daß der Sultan uns zwei so wohlgebildete und stattliche Prinzen geschenkt hätte! Er könnte sie fast von demselben Alter haben, wenn die Geburten der Sultanin, die schon so lange dafür leidet, glücklicher gewesen wären.«

Das erste, was der Sultan nach der Rückkehr in seinen Palast tat, war, daß er die Prinzen in den vorzüglichsten Zimmern umherführte, deren Schönheit, Reichtümer, Gerätschaften, Zierraten und Einteilung sie ohne Übertreibung lobten, wie Leute, die sich darauf verstanden. Man trug endlich ein herrliches Mahl auf, und der Sultan hieß sie neben sich zu Tische sitzen. Sie wollten es anfangs ablehnen, gehorchten aber, als der Sultan sagte, daß dies sein Wille sei.

Der Sultan, der ungemein viel Verstand besaß und große Fortschritte in den Wissenschaften, namentlich in der Geschichte, gemacht, hatte wohl vorausgesehen, daß die Prinzen aus Bescheidenheit und Ehrfurcht es nicht wagen würden, die Unterhaltung anzufangen. Um ihnen nun Anlaß zum Sprechen zu geben, brachte er selbst etwas auf die Bahn und tat dies während der ganzen Mahlzeit; aber auf was er auch zu sprechen kommen mochte: sie zeigten in allem so viele Kenntnisse, Verstand, Scharfsinn und Urteil, daß er darüber in Verwunderung geriet. »Wenn es meine eigenen Kinder wären«, sprach er bei sich selbst, »und wenn ich sie ihren Geistesgaben gemäß hätte erziehen lassen, so könnten sie nicht besser unterrichtet, gewandter und gebildeter sein.« Kurz, er fand so großes Wohlgefallen an ihrer Unterhaltung, daß er, nachdem er länger als gewöhnlich bei Tische geblieben war, aus dem Speisesaale mit ihnen in sein Zimmer ging und sich dort noch sehr lange mit ihnen besprach. Endlich sagte der Sultan zu ihnen: »Ich hätte nie geglaubt, daß es auf dem Lande unter meinen Untertanen so wohlerzogene, so verständige und so gewandte junge Herren gäbe; in meinem Leben habe ich keine Unterhaltung gehabt, die mir mehr Vergnügen gemacht hätte als die eurige. Für heute ist es indes genug und Zeit, daß ihr euch durch irgend eine Ergötzlichkeit an meinem Hofe unterhaltet, und da nichts die Wolken besser zerstreuen kann als Musik, so sollt ihr ein Konzert von Gesang und Saitenspiel hören, das euch nicht unangenehm sein wird.

Als der Sultan so gesprochen hatte, traten die dazu bestellten Spielleute und Sänger herein und entsprachen ganz der Erwartung, die man von ihrer Geschicklichkeit gehabt hatte. Vortreffliche Lustigmacher ließen sich danach hören, und Tänzer und Tänzerinnen beschlossen die Ergötzlichkeit.

Als die beiden Prinzen das Ende des Tages herannahen sahen, warfen sie sich dem Sultan zu Füßen, und nachdem sie ihm für die Ehre und Güte, womit er sie überhäuft, gedankt hatten, baten sie ihn um die Erlaubnis, heimzukehren, worauf der Sultan sie mit den Worten verabschiedete: »Ich entlasse euch jetzt; aber bedenkt wohl, daß ich euch nur den Weg nach meinem Palaste zeigen wollte, damit ihr künftig von selbst kommen sollt; ihr werdet willkommen sein, und je öfter ihr mich besuchet, um so größere Freude werdet ihr mir machen.«

Ehe sie sich aus dem Angesicht des Sultans entfernten, sagte der Prinz Bahman zu ihm: »Herr, dürften wir uns wohl die Freiheit nehmen, dich zu bitten, daß du uns und unserer Schwester die Gnade erweisen mögest, das nächstemal, wenn die Jagdlust dich in unsere Gegend führt, auch unsrem Hause zu nahen und einige Augenblicke darin auszuruhen; es ist zwar deiner Gegenwart nicht würdig, allein die Könige verschmähen es zuweilen nicht, in niedriger Hütte einzukehren.« Darauf antwortete der Sultan: »Das Haus von Herren, wie ihr, kann nicht anders als schön und eurer würdig sein. Ich werde es mit großem Vergnügen besuchen und noch mit größerem eurer und eurer Schwester Gast sein, die mir, ohne daß ich sie gesehen habe, schon durch die bloße Erzählung von ihren schönen Eigenschaften teuer geworden ist; auch will ich mir dies Vergnügen nicht länger vorenthalten als bis übermorgen. Ich werde mich in aller Frühe an demselben Orte einfinden, wo ich mich wohl erinnere, euch das erstemal getroffen zu haben: kommt auch dahin, auf daß ihr mir zu Führern dienet.«

Die Prinzen Bahman und Perwis ritten noch am selbigen Tag nach Hause und erzählten der Prinzessin Parisade sogleich, wie ehrenvoll der Sultan sie aufgenommen habe. Zugleich sagten sie ihr, sie haben nicht vergessen, ihn einzuladen, daß er im Vorbeireiten ihr Haus mit einem Besuche beehren möchte, und er habe es auch auf übermorgen zugesagt.

»Wenn dem so ist«, sagte die Prinzessin, »so müssen wir von Stund an darauf denken, dem Sultan ein würdiges Mahl zu bereiten, und es wird gut sein, wenn wir zu diesem Behuf den sprechenden Vogel befragen: dieser sagt uns vielleicht ein Gericht, das mehr nach dem Geschmacke des Sultans ist als andere.« Da die Prinzen ihrer Schwester alles überließen, was sie für gut hielte, so befragte sie, als jene sich entfernt hatten, allein den Vogel. »Vogel«, sagte sie zu ihm, »der Sultan wird uns die Ehre erzeigen, in unser Haus zu kommen, und wir müssen ihn bewirten; sage uns, wie wir es am besten anstellen können, daß er zufrieden ist.« »Meine liebe Herrin«, antwortete der Vogel, »du hast vortreffliche Köche, laß diese ihr bestes tun; hauptsächlich aber sollen sie eine Schüssel Gurken mit einer Fülle von Perlen zurichten, und diese laß vor dem Sultan gleich beim ersten Gang vor allen andern Gerichten aufstellen.« – »Gurken mit einer Fülle von Perlen!« rief die Prinzessin Parisade verwundert. »Du bist nicht bei Sinnen, Vogel, das ist ein unerhörtes Gericht. Der Sultan könnte es zwar als eine große Pracht bewundern, aber er ist doch bei Tische, um zu essen, und nicht, um Perlen zu bewundern. Überdies würden alle Perlen, die ich besitze, nicht zu dieser Fülle ausreichen.« – »Herrin«, versetzte der Vogel, »tue, was ich sage, und kümmere dich nicht um das, was daraus entsteht, denn dies kann nur etwas Gutes sein. Was indes die Perlen betrifft, so gehe morgen in aller Frühe an den ersten Baum rechts in deinem Garten und laß dort nachgraben: du wirst mehr Perlen finden, als du nötig hast.«

Die Prinzessin Parisade ließ noch am selbigen Abend einem Gärtner andeuten, daß er sich zu einer bestimmten Stunde bereit halten solle; am andern Morgen in aller Frühe ging sie mit ihm zu dem Baume, welchen der Vogel ihr bezeichnet hatte und befahl ihm, am Fuße desselben zu graben. Als der Gärtner bis auf eine gewisse Tiefe gegraben hatte, fühlte er Widerstand, und bald entdeckte er ein goldenes Kästchen, ungefähr einen Schuh groß ins Gevierte, und zeigte es der Prinzessin.

»Eben darum habe ich dich hierhergeführt«, sagte sie zu ihm, »fahre fort und gib wohl acht, daß du es mit dem Spaten nicht verletzest.«

Der Gärtner zog das Kästchen endlich hervor und übergab es der Prinzessin. Da es nur durch kleine, sehr zierliche Häkchen geschlossen war, so öffnete es die Prinzessin auf der Stelle und sah, daß es voll Perlen war, zwar von mittelmäßiger Größe, aber alle gleich und zu dem beabsichtigten Gebrauche passend. Sehr vergnügt über den Fund dieses kleinen Schatzes, verschloß sie das Kästchen wieder, nahm es unter den Arm und ging nach dem Hause zurück, indes der Gärtner die Erde am Fuße des Baumes wieder zusammenscharrte und alles in den vorigen Stand setzte.

Die Prinzen Bahman und Perwis, die, während sie sich ankleideten, von ihren Zimmern aus die Prinzessin, ihre Schwester, früher als gewöhnlich im Garten gesehen hatten, gingen ihr, sobald sie fertig waren, entgegen und trafen sie mitten im Garten; da sie nun schon von ferne bemerkt hatten, daß sie etwas unter dem Arme trug, und jetzt in der Nähe sahen, daß es ein goldenes Kästchen war, so verwunderten sie sich sehr darüber. »Liebe Schwester«, sagte der Prinz Bahman zu ihr, indem er auf sie zutrat, »als wir dich mit dem Gärtner hierhergehen sahen, trugst du nichts und jetzt kommst du mit einem goldenen Kästchen zurück. Ist dies vielleicht ein Schatz, den der Gärtner gefunden und dir angekündigt hat?« – »Meine Brüder«, antwortete die Prinzessin, »die Sache verhält sich gerade umgekehrt; ich habe den Gärtner an den Ort geführt, wo das Kästchen verborgen war und es ausgraben lassen. Ihr werdet über meinen Fund noch mehr erstaunen, wenn ihr sehet, was es enthält.«

Die Prinzessin öffnete das Kästchen, und die Prinzen

erstaunten höchlich, als sie es mit Perlen angefüllt sahen, die zwar, jede einzeln betrachtet, sich nicht durch Größe auszeichneten, aber durch ihre Vollkommenheit und Menge sehr bedeutenden Wert hatten. Sie fragten die Prinzessin, durch welchen Zufall sie von diesem Schatze Kunde erhalten habe. »Liebe Brüder«, antwortete sie, »wenn euch nicht ein dringenderes Geschäft anderswohin ruft, so kommt mit mir, ich will es euch sagen.« Der Prinz Perwis versetzte darauf: »Wie könnten wir ein dringenderes Geschäft haben, als Kunde von dieser Sache zu erhalten, die für uns so hochwichtig ist? Ohnehin wollten wir weiter nichts, als dir entgegengehen.«

Hierauf ging die Prinzessin Parisade mitten unter den beiden Prinzen nach dem Hause zurück und erzählte ihnen unterwegs, wie sie, der Übereinkunft mit ihnen gemäß, den Vogel befragt, was er ihr geantwortet, was sie ihm in Beziehung auf das Gericht Gurken mit Perlen gefüllt entgegengehalten, und wie er ihr den Ort, wo sie soeben das Kästchen gefunden, angezeigt habe, um daselbst die nötige Anzahl Perlen zu holen. Die Prinzen und die Prinzessin gerieten auf allerlei Vermutungen, in welcher Absicht der Vogel wohl ein solches Gericht für den Sultan bereitet wissen wolle und sogar die Mittel angezeigt habe. Endlich aber, nachdem sie lange hin und wieder über diese Sache gesprochen hatten, mußten sie sich gestehen, daß sie den Zweck nicht einsehen, den Rat des Vogels jedoch Punkt für Punkt unfehlbar befolgen müssen. Als sie wieder ins Haus kamen, ließ die Prinzessin den Küchenmeister zu sich auf ihr Zimmer rufen und gab ihm ihre Anweisungen, wie er das Mahl für den Sultan zu bereiten habe. Dann fügte sie hinzu: »Außer dem, was ich dir soeben gesagt habe, mußt du noch ein besonderes Gericht für den Sultan machen, und zwar darf niemand außer dir Hand dabei anlegen.

Dieses Gericht ist eine Schüssel mit gefüllten Gurken, und die Fülle hast du aus diesen Perlen hier zu machen.« Mit diesen Worten öffnete sie das Kästchen und zeigte ihm die Perlen. Der Küchenmeister, der nie von einer ähnlichen Fülle gehört hatte, trat zwei Schritte zurück, und auf seinem Gesicht stand deutlich geschrieben, was er von der Sache denke. Die Prinzessin erriet seine Gedanken und sagte: »Ich sehe wohl, du hältst mich für aberwitzig, daß ich von dir ein Gericht verlange, wovon du niemals sprechen gehört hast und von dem man mit Gewißheit behaupten kann, daß es noch nie bereitet worden ist. Es ist wahr und ich weiß es so gut als du; aber ich bin nicht aberwitzig, sondern befehle dir mit vollem Verstande, es zu bereiten. Gehe, sinne darauf und tue dein bestes; nimm das Kästchen mit und bringe es mir dann mit den übrigen Perlen zurück, wenn du nämlich nicht alle brauchst.« Der Küchenmeister wußte hierauf nichts zu erwidern, er empfing das Kästchen und nahm es mit. An demselben Tage erteilte die Prinzessin Parisade noch ihre Befehle, daß alles sowohl im Hause als auch im Garten recht hübsch in Ordnung gestellt wurde, um den Sultan würdig zu empfangen. Am andern Morgen waren die beiden Prinzen bereits an dem verabredeten Orte, als der Sultan von Persien ankam. Der Sultan begann die Jagd und setzte sie fort, bis die brennende Hitze der Sonne, welche sich der Mittagshöhe nahte, ihn nötigte, aufzuhören. Während nun der Prinz Bahman beim Sultan blieb, um ihn zu begleiten, stellte sich der Prinz Perwis als Wegweiser an die Spitze des Zuges, und als er im Angesichte des Hauses war, gab er seinem Roß die Sporen, um der Prinzessin Parisade die Ankunft des Sultans zu verkündigen; indes war die Prinzessin schon von ihren eigenen Leuten, welche sie nach verschiedenen Seiten ausgeschickt hatte, davon benachrichtigt, und fand der Prinz sie zu seinem Empfange bereit.

Als endlich der Sultan ankam und an der Vorhalle abgestiegen war, trat die Prinzessin Parisade hervor und warf sich zu seinen Füßen; die Prinzen Bahman und Perwis aber, die zugegen waren, sagten dem Sultan, dies sei ihre Schwester, und baten ihn, die Beweise ihrer Ehrfurcht gegen ihn zu genehmigen. Der Sultan bückte sich, um der Prinzessin aufstehen zu helfen, und nachdem er sie betrachtet und einige Zeit den blendenden Glanz ihrer Schönheit, ihre Holdseligkeit, ihren edlen Anstand und ein gewisses Etwas, das nicht zu ihrem ländlichen Wohnorte stimmte, bewundert hatte, so sagte er: »Die Brüder sind der Schwester würdig und die Schwester der Brüder; vom Äußeren auf das Innere zu schließen, wundere ich mich nicht mehr, daß die Brüder nichts ohne Einwilligung der Schwester tun wollen; aber ich hoffe sie von dieser Seite noch besser kennen zu lernen, als es auf den ersten Anblick möglich ist, wenn ich zuvor das Haus gesehen habe.« Hierauf nahm die Prinzessin das Wort und sprach: »Herr, es ist nur ein Landhaus, wie es Leuten unserer Art, die von der großen Welt zurückgezogen leben, zukommt, und darf durchaus nicht mit den Häusern der großen Städte, noch weniger mit den prachtvollen Palästen verglichen werden, welche nur Sultanen angehören.« – »Ich kann mich hierin nicht ganz auf dein Urteil verlassen«, sagte der Sultan sehr höflich; »das, was ich jetzt sehe, macht mir deine Worte etwas verdächtig. Ich behalte mir übrigens mein Urteil vor, bis du mich das Haus hast sehen lassen; geh also voraus und zeige mir den Weg.« Die Prinzessin führte nun den Sultan mit Ausnahme des Saales in alle Zimmer, und nachdem er jedes einzelne aufmerksam betrachtet und die Mannigfaltigkeit derselben bewundert hatte, sprach er zu der Prinzessin Parisade: »Wie, mein schönes Kind, das nennst du ein Landhaus? Die schönsten und größten Städte würden bald verlassen sein, wenn alle Landhäuser dem deinigen glichen. Jetzt wundere ich mich nicht mehr, daß du dir so gut darin gefällst und die Stadt verschmähst. Laß mich auch den Garten sehen, gewiß entspricht er dem Hause.« Die Prinzessin öffnete eine Türe, die nach dem Garten führte, und das erste, was dem Sultan in die Augen fiel, war der Strahl des goldgelben Wassers. Überrascht durch dieses für ihn so neue Schauspiel, stand er lange still bewundernd da und sagte dann: »Woher kommt dieses wunderbare Wasser, das einen so lieblichen Anblick gewährt? Wo ist seine Quelle, und durch welche Kunst hat man einen so außerordentlichen Springbrunnen gemacht, desgleichen es, glaube ich, keinen mehr auf der Welt gibt? Ich will dieses Wunder noch genauer beschauen.« Mit diesen Worten ging er darauf zu, und die Prinzessin führte ihn über den Ort, wo der singende Baum stand.

Als der Sultan sich ihm nahte, hörte er ein Konzert, wie er noch nie eines gehört hatte. Er blieb stehen und sah sich überall um, wo die Musikanten wohl sein möchten; da er aber niemand weder in der Nähe noch in der Ferne erblickte, die Musik jedoch ganz deutlich hörte, so daß er davon bezaubert war, so wandte er sich an die Prinzessin Parisade und sagte zu ihr: »Aber meine Holde, wo sind denn die Musikanten, die ich höre? Sind sie unter der Erde, oder sind sie unsichtbar in der Luft? Mit so vortrefflichen und bezaubernden Stimmen dürfen sie sich guten Mutes sehen lassen, denn sie könnten überall nur Vergnügen bereiten.« – »Herr«, antwortete die Prinzessin lächelnd, »das Konzert, das du hörst, wird nicht von Musikanten gemacht, sondern von dem Baume, den mein Herr hier vor sich sieht; wenn du dir die Mühe nehmen willst, noch vier Schritte näher herzu zu kommen, so wirst du nicht mehr daran zweifeln können und die Stimmen noch deutlicher hören.«

Der Sultan trat näher und war von dem süßen Wohlklang des Konzerts so bezaubert, daß er nicht müde werden konnte, es zu hören. Endlich erinnerte er sich, daß er auch noch das goldgelbe Wasser in der Nähe zu besehen hatte; er brach daher sein Stillschweigen und sagte zur Prinzessin: »Ich bitte dich, meine Schöne, sage mir, befindet sich dieser wunderbare Baum zufällig in deinem Garten? Hat man ihn dir zum Geschenk gemacht, oder hast du ihn aus fernem Lande kommen lassen? Er muß wohl sehr weit herkommen, denn sonst hätte ich, als großer Freund von Seltenheiten der Natur, gewiß schon davon reden gehört. Welchen Namen gibst du ihm?« – »Herr«, antwortete die Prinzessin, »dieser Baum hat keinen andern Namen als: der singende Baum, und er wächst nicht hierzulande; es wäre indessen zu lang, wenn ich dir erzählen wollte, durch welchen Zufall er sich hier befindet. Diese Geschichte hängt mit dem goldgelben Wasser und dem sprechenden Vogel zusammen, welchen wir zugleich bekommen haben, und den du auch sehen kannst, wenn du das goldgelbe Wasser nach Gefallen in der Nähe beschaut hast. Ist es meinem Herrn genehm, so werde ich die Ehre haben, dir alles zu erzählen, sobald du ausgeruht und dich von den Anstrengungen der Jagd erholt hast, die du durch diesen mühsamen Gang in der Sonnenhitze noch vermehrst.« – »Mein schönes Kind«, antwortete der Sultan, »ich weiß durchaus nichts von dieser Mühe, sie wird mir ja so schön durch die wunderbaren Dinge belohnt, die du mich sehen lässest; sage vielmehr, daß ich nicht an die Mühe denke, die ich dir verursache. Deshalb laß uns eilen und das goldgelbe Wasser betrachten; ich brenne schon vor Verlangen, hernach den sprechenden Vogel zu sehen und zu bewundern.« Als nun der Sultan an den Springbrunnen des goldgelben Wassers gekommen war, so blieben seine Augen lange auf die Wassergarbe geheftet, die unaufhörlich in die Luft emporstieg und dann wieder in das Becken sank, was eine wunderbare Wirkung hervorbrachte. »Nach deiner Rede, mein schönes Kind«, sagte er hierauf zur Prinzessin, »hat dieses Wasser keine Quelle und kommt auch nicht durch unterirdische Röhren aus irgend einem Orte der Umgegend; ich begreife also nur so viel, daß es ebenso, wie der singende Baum, von fremden Landen herstammt.« – »Herr«, erwiderte die Prinzessin, »die Sache verhält sich ganz, wie du gesagt hast, und zum Beweis, daß das Wasser nicht anders woher, weder von der Seite, noch von unten kommen kann, versichere ich dich, daß das Marmorbecken aus einem einzigen Stücke besteht. Was dieses Wasser aber in deinen Augen noch wunderbarer erscheinen lassen muß, ist der Umstand, daß ich nur ein einziges Fläschchen davon in das Becken gegossen habe, und es dann durch seine ihm innewohnende besondere Eigenschaft so angeschwollen ist.« Der Sultan verließ endlich das Becken mit den Worten: »Es ist jetzt genug für das erste Mal, denn ich denke noch öfter wiederzukommen; führe mich nun zu dem sprechenden Vogel.« Indem er sich nun dem Saale näherte, bemerkte der Sultan auf den Bäumen umher eine erstaunliche Menge Vögel, die mit ihrem Gesang und Gezwitscher die Luft erfüllten. Er fragte, warum dieselben gerade hier und nicht auf den anderen Bäumen des Gartens versammelt seien, wo er keinen gesehen oder singen gehört habe. »Herr«, antwortete die Prinzessin, »dies kommt daher, weil alle Vögel aus der Gegend zusammenfliegen, um den Gesang des sprechenden Vogels zu begleiten. Mein Herr kann denselben in dem Käfige sehen, der in einem der Fenster des Saales steht, welchen du jetzt betreten wirst; wenn du darauf acht gibst, wirst du bemerken, daß sein Gesang den aller übrigen Vögel bei weitem übertrifft, sogar den Gesang der Nachtigall, die ihn kaum von ferne erreicht.« Der Sultan trat in den Saal, und da der Vogel fortfuhr zu singen, sprach die Prinzessin mit erhabener Stimme zu ihm: »Höre, Sklave, hier ist der Sultan, bezeige ihm deine Ehrfurcht.« Der Vogel hörte im Augenblick auf zu singen, und ebenso auch alle anderen Vögel mit ihm. Dann sagte er: »Sehr willkommen sei der Sultan, der Himmel überhäufe ihn mit Segen und verlängere die Zahl seiner Tage!« Da das Gastmahl vor dem Sofa in der Nähe des Fensters, wo der Käfig stand, bereitet war, so sprach der Sultan, indem er sich zu Tische begab: »Vogel, ich danke dir für deinen Gruß und bin sehr erfreut, in dir den Sultan und König der Vögel zu erblicken.« Als der Sultan die Schüssel mit Gurken bemerkte, die er auf gewöhnliche Art gefüllt glaubte, so griff er darnach und war außerordentlich erstaunt, sie mit Perlen gefüllt zu finden. »Welche Sonderbarkeit!« sagte er, »was soll eine Fülle von Perlen? Man kann doch die Perlen nicht essen.« Dabei blickte er die beiden Prinzen und die Prinzessin mit fragenden Augen an, was dies zu bedeuten habe; aber der Vogel nahm nun das Wort und sagte: »Herr, wie magst du dich über eine Fülle von Perlen, die du mit eigenen Augen siehst, so sehr verwundern, da du doch so leicht glauben konntest, daß die Sultanin, deine Gemahlin, einen Hund, eine Katze und ein Stück Holz zur Welt gebracht habe?« – »Ich habe es geglaubt«, versetzte der Sultan, »weil die Hebammen so versicherten.« – »Diese Hebammen, Herr«, erwiderte der Vogel, »waren die Schwestern der Sultanin, aber neidisch und eifersüchtig auf das Glück, womit du sie vor ihnen beehrt hattest, und um ihre Wut zu befriedigen, haben sie die Leichtgläubigkeit meines Herrn mißbraucht; sie werden ihr Verbrechen gestehen, sobald du sie verhören lässest. Die beiden Brüder und ihre Schwester, die du hier siehst, sind deine eigenen Kinder, die von diesen Hebammen ausgesetzt wurden; der Aufseher deiner Gärten hat sie aufgenommen, gepflegt und großgezogen.«

Die Rede des Vogels klärte dem Sultan in einem Augenblick alles auf. »Vogel!« rief er aus, »es wird mir nicht schwer, dem Glauben beizumessen, was du mir entdeckst und verkündigst. Die Neigung, die mich zu ihnen hinzog und die Zärtlichkeit, die ich von Anfang an gleich für sie fühlte, sagten mir nur zu deutlich, daß ich ihr Vater sei. So kommt denn, meine Kinder, komm, liebe Tochter, laßt euch umarmen und empfanget von mir die ersten Beweise meiner väterlichen Liebe und Zärtlichkeit.« Dabei stand er auf, und nachdem er die beiden Prinzen und die Prinzessin nacheinander umarmt und seine Tränen mit den ihrigen vermischt hatte, sagte er: »Das ist noch nicht genug, liebe Kinder, ihr müßt euch jetzt ebenfalls umarmen, nicht als die Kinder des Aufsehers meiner Gärten, dem ich zu ewigem Danke verpflichtet sein werde, daß er euch das Leben gerettet hat, sondern als meine Kinder, als Sprößlinge der Könige von Persien, deren Ruhm ihr, wie ich überzeugt bin, glänzend aufrecht erhalten werdet.«

Nachdem sich nun die beiden Prinzen und die Prinzessin mit freudigen Gefühlen ganz neuer Art, wie der Sultan es wünschte, gegenseitig umarmt hatten, so setzte sich dieser wiederum mit ihnen zu Tische; er aß eilig, und als er fertig war, sagte er: »Liebe Kinder, ihr erkennet nun in mir euern Vater, morgen werde ich auch eure Mutter, die Sultanin, zu euch führen; bereitet euch vor, sie zu empfangen.«

Der Sultan stieg zu Pferde und ritt in aller Eile zu seiner Hauptstadt zurück. Sobald er abgestiegen und in seinen Palast gekommen war, befahl er vor allem seinem Großvezier, den beiden Schwestern der Sultanin aufs schleunigste den Prozeß machen zu lassen. Die beiden Schwestern wurden aus ihren Wohnungen geholt, einzeln gefragt, einander gegenüber gestellt, durch die Folter zum Geständnis gebracht, zur Strafe des Vierteilens verurteilt und hingerichtet; und dies alles geschah in weniger als einer Stunde.

Indes ging der Sultan Chosru Schah, begleitet von allen Herren an seinem Hofe, die gerade zugegen waren, zu Fuß bis an die Türe der großen Moschee, und nachdem er selbst die Sultanin aus dem engen Gefängnis geführt hatte, in welchem sie seit so vielen Jahren schmachtete und litt, sprach er zu ihr, indem er sie mit Tränen in den Augen in ihrem jammervollen Zustande umarmte: »Teure Frau, ich komme, um dich wegen der Ungerechtigkeit, die ich dir angetan habe, um Verzeihung zu bitten und dir die schuldige Genugtuung zu geben. Ich habe dieselbe bereits mit der Bestrafung derjenigen begonnen, die mich durch einen fluchwürdigen Betrug verleitet haben; und ich hoffe, daß du diese Genugtuung für vollständig halten wirst, da ich dir zwei ausgezeichnete Prinzen und eine liebenswürdige, von Schönheit strahlende Prinzessin schenke, die deine und meine Kinder sind. Komm und nimm deinen Rang wieder ein samt allen Ehren, welche dir gebühren.«

Diese Genugtuung geschah im Angesicht einer großen Volksmenge, die von allen Seiten herbeigeströmt war, denn die Nachricht von dieser frohen Begebenheit hatte sich in wenigen Augenblicken in der ganzen Stadt verbreitet.

Am andern Morgen in aller Frühe begaben sich der Sultan und die Sultanin, die nun ihr bisheriges Kleid der Erniedrigung und Trauer wieder mit einem prachtvollen königlichen Gewande vertauscht hatte, nebst dem ganzen dazu entbotenen Hofstaate nach dem Landhause der beiden Prinzen und der Prinzessin. Als sie dort angekommen und abgestiegen waren, stellte der Sultan die Prinzen Bahman und Perwis und die Prinzessin Parisade der Sultanin vor mit den Worten: »Teures Weib, hier sind die beiden Prinzen, deine Söhne, und hier ist die Prinzessin, deine Tochter; umarme sie mit derselben Zärtlichkeit, wie ich sie bereits umarmt habe: sie sind mein und dein würdig.« Da flossen nun eine unzählige Menge Tränen bei diesen rührenden Umarmungen, besonders von seiten der Sultanin, die jetzt den Trost und die Freude erlebte, zwei Prinzen als ihre Söhne und eine Prinzessin als ihre Tochter zu umarmen, nachdem sie ihretwegen so schwer und so lange gelitten hatte.

Die beiden Prinzen und die Prinzessin hatten für den Sultan, die Sultanin und den ganzen Hofstaat ein prächtiges Mahl bereiten lassen. Man setzte sich zu Tisch, und nach der Mahlzeit führte der Sultan die Sultanin in den Garten, wo er ihr den singenden Baum und das schöne Spiel des goldgelben Wassers zeigte. Den Vogel hatte sie schon in seinem Käfige gesehen, und der Sultan hatte ihn während der Mahlzeit gerühmt.

Als nun der Sultan keinen Grund mehr hatte, länger hier zu bleiben, stieg er wieder zu Pferde, und der Prinz Bahman ritt zu seiner Rechten, der Prinz Perwis zu seiner Linken, ihnen folgte die Sultanin mit der Prinzessin zu ihrer Linken. Voraus und hinter ihnen ritten die Hofbeamten je nach ihrem Range, und in diesem Aufzuge kehrten sie nach der Hauptstadt zurück. Als sie sich nahten, strömte ihnen das Volk haufenweise bis weit vor die Tore heraus entgegen, und alle hefteten ihre Blicke nicht weniger auf die Sultanin, mit herzlicher Teilnahme an ihrer Freude nach so langer Betrübnis, als auf die beiden Prinzen und die Prinzessin, die sie mit lautem Freudengeschrei empfingen. Auch der Vogel in seinem Käfig, den die Prinzessin Parisade vor sich her trug, zog ihre Aufmerksamkeit auf sich, und sie bewunderten seinen Gesang, der alle andern Vögel so anlockte, daß sie ihm auf dem Felde von Baum zu Baum, und in den Straßen der Stadt von Dach zu Dach nachfolgten.

In diesem feierlichen Aufzuge wurden die Prinzen Bahman und Perwis und die Prinzessin Parisade in den Palast geführt, und am Abend folgte große Beleuchtung und allgemeine Freudenfeste im Palast und in der Stadt, und die Lustbarkeiten dauerten mehrere Tage hintereinander fort.

Geschichte des edlen Gebers

Man erzählt ferner: Einst verlor ein sehr reicher Juwelier sein ganzes Vermögen, so daß ihm gar nichts mehr übrig blieb. Da sagte ihm seine Frau: »Geh zu einem deiner Freunde und suche Hilfe bei ihm.« Er ging zu einem Freunde und klagte ihm seine Not. Der Freund lieh ihm fünfhundert Dinare, mit denen er wieder sein Geschäft betreiben sollte. Der Juwelier öffnete hierauf wieder seinen Laden und kaufte und verkaufte. Als er einst in seinem Laden saß, kamen drei Männer und fragten nach seinem Vater; der Juwelier sagte ihnen: er sei schon längst tot. Da fragten sie: ob er keine Nachkommen hinterlassen. »Ich bin dessen Sohn!« – »Kannst du dies beweisen?« – »Alle Kaufleute des Bazars können mir es bezeugen!« – »Bringe einige her, um uns zu überzeugen, daß der Mann, nach welchem wir dich fragten, dein Vater war.« Der Juwelier rief einige Kaufleute zu sich, und nachdem sie bezeugt hatten, daß der Mann, nach dem die drei Fremden sich erkundigt hatten, sein Vater war, zogen diese einen Sack heraus, in welchem etwa dreißigtausend Dinare Gold und Edelsteine waren, und sagten: »Das hat dein Vater uns aufzubewahren gegeben«, und gingen wieder ihres Weges. Bald darauf kam eine Frau und entlieh einen Edelstein, welcher fünfhundert Dinare wert war, und bald darauf kaufte sie ihn für dreitausend Dinare. Der Juwelier ging nun zu seinem Freunde und wollte ihm die fünfhundert entlehnten Dinare zurückgeben; dieser nahm sie aber

nicht und sagte: »Ich habe sie nach Gottes Willen hergegeben, behalte sie nur, nimm auch dieses Briefchen, öffne es aber nicht, bis du zu Hause bist und beherzige dessen Inhalt.« Der Juwelier nahm das Briefchen, ging nach Hause und fand folgende Zeilen darin: »Die Männer, welche bei dir waren, sind mein Vater und meine beiden Oheime; die Frau, welche bei dir einkaufte, war meine Mutter, und alles Geld und alle Edelsteine kamen von mir. Ich hatte dabei nicht die Absicht, dich zu beleidigen, sondern dir ein Erröten zu ersparen.«

Wunderbare Erfüllung eines Traumes

Man erzählt ferner: Ein sehr begüterter Mann aus Bagdad verlor sein ganzes Vermögen und hatte viele Mühe, sich sein tägliches Brot zu erwerben. Eines Nachts, als er sich in trauriger Stimmung niederlegte, erschien ihm im Traume jemand, der ihm sagte: »Du wirst deinen Lebensunterhalt in Kahirah finden, reise dahin.« Der Mann machte sich des Morgens auf und trat seine Reise nach Kahirah an. Da er des Abends daselbst ankam, ging er in eine Moschee und schlief darin. In derselben Nacht drangen Diebe von der Moschee aus in ein daran stoßendes Haus, um es zu bestehlen. Aber die Bewohner dieses Hauses erwachten und machten Lärm. Die Polizei kam herbei, und die Diebe entflohen wieder durch die Moschee. Als der Polizeioberste in die Moschee kam und den Mann aus Bagdad fand, den er für einen der Diebe hielt, ergriff er ihn, ließ ihn fast tot prügeln und ins Gefängnis werfen.

Nach drei Tagen ward er vor den Polizeiobersten geführt, der ihn fragte, woher er wäre und was er in Kahirah täte? Er antwortete: »Ich bewohne Bagdad und bin hierher gekommen, weil mir jemand im Traume gesagt, ich werde hier meinen Lebensunterhalt finden; nun fand ich aber nichts als die Prügel, die du mir erteilen ließest.« Der Polizeioberste lachte so herzlich, daß er alle seine Zähne zeigte, und sagte: »Du dreifach unverständiger Mensch, mir ist jemand im Traume erschienen, der mir sagte: In dem Stadtviertel N. N. in

Bagdad ist ein Haus, das so und so aussieht, in dessen Hof ist ein Gärtchen mit einem Pistazienbaume; dort ist Geld begraben, das von einem Verbrechen herrührt, geh' hin und nimm es! Und doch bin ich hier geblieben, und du törichter Mensch machst eine solche Reise wegen eines eitlen Traumes.« Er gab ihm dann einige Drachmen und sagte ihm: »Suche damit deine Rückkehr anzutreten.« Der Mann nahm das Geld und kehrte damit nach Bagdad zurück, ging in sein Haus, welches kein anderes war, als das vom Polizeiobersten von Kahirah beschriebene, ließ unter dem Baume aufgraben, und fand so viel Geld darunter, daß er wieder reicher war als zuvor.

Sonderbares Gebet eines Pilgers

Man erzählt ferner: Zur Zeit der Pilgerfahrt rief einst ein Mann, an den Vorhängen der heiligen Kaba sich festklammernd: »O Gott, laß sie doch wieder ihrem Manne zürnen, daß sie sich mir hingebe!« Als einige Pilger dieses sonderbare Gebet hörten, ergriffen sie ihn, prügelten ihn durch, führten ihn zum Emir der Pilger und sagten ihm, was sie von diesem Manne an einem so heiligen Orte vernommen. Der Emir der Pilger gab den Befehl, ihn zu hängen; aber der Angeklagte beschwor ihn bei Mohammed, dem Abgesandten Gottes, er möchte doch zuerst seine Erzählung anhören, dann nach Belieben mit ihm verfahren. Der Emir gewährte ihm seine Bitte, und er sprach: »Wisse, o Emir, ich bin ein Mann von der niedersten Volksklasse, der sich oft mit Chaschisch berauscht; mein Geschäft war, dem Vieh die Haut abzuziehen, und Blut und andern Schmutz auf den dazu bestimmten Ort zu bringen. Eines Tages ging ich mit meinem beladenen Esel über die Straße, da sah ich, wie alle Leute davonliefen, und einer derselben sagte mir: »Flüchte dich schnell in dieses Gäßchen, sonst bringt man dich um.« Ich fragte, warum denn alle Leute so flöhen. Da antwortete mir der Diener eines vornehmen Herrn: »Es kommt ein Harem, und die ihm vorangehenden Diener schlagen alle Leute, um den Weg freizumachen.« Ich wollte, als ich dies hörte, mit meinem Esel in eine Nebenstraße einlenken, da kamen die Diener, mit großen Stöcken in den Händen, an der Spitze von ungefähr dreißig Frauen, worunter eine einen Wuchs wie die Zweige des Ban, und Augen wie eine nach Wasser lechzende Gazelle hatte; diese ausgezeichnet schöne und liebliche Frau war die Gebieterin aller übrigen, die sie begleiteten. Ich blieb stehen und betrachtete sie von allen Seiten. Auf einmal rief sie einen ihrer Diener zu sich und sagte ihm etwas ins Ohr. Sogleich lief der Diener auf mich zu und nahm mich fest. Alle Leute liefen davon, nur ein alter Mann nahm meinen Esel und führte ihn weg, während die Eunuchen mich mit einem Stricke banden und mit sich schleppten.

Ich wußte gar nicht, was dies zu bedeuten habe, und alle Leute hinter mir schrieen: »Das ist nicht erlaubt von Gott, mit einem armen Bettler, einem elenden Chaschischfresser, so umzugehen.« Manche sagten zu den Eunuchen: »Habt doch Mitleid mit ihm, Gott wird sich auch eurer erbarmen, und laßt ihn doch los!« Ich dachte bei mir selbst: Gewiß hat die Dame den Schmutz und Unrat, mit dem mein Esel beladen war, gerochen und will dafür mich bestrafen lassen. Was kann ich tun? Es gibt keinen Schutz und keine Macht, als bei Gott, dem Erhabenen!

Ich wurde nun von den Eunuchen mitgeschleppt, bis wir an die Pforte eines großen Hauses kamen. Da traten sie hinein und führten mich in einen großen Saal von unbeschreiblicher Schönheit; er war rein ausgekehrt und frisch bespritzt, und mit kostbaren Matten und Polstern bedeckt. Die Gebieterin und ihr Gefolge zogen an mir vorüber, und ich blieb allein mit den Eunuchen zurück und dachte: Man hat mich gewiß hereingebracht, um mich hier mit dem Tode zu bestrafen, ohne daß jemand nur meinen Tod erfahre. Aber statt dessen führten mich die Eunuchen in das Badzimmer, welches an den Saal stieß, und drei Sklavinnen kamen, hießen mich sitzen, und die eine rieb mir die Füße, die andere wusch mir den Kopf und die dritte trocknete mich ab. Als dies geschehen war, gaben sie mir einen Bündel Weißzeug und Kleider, und hießen mich sie anziehen. Ich sagte: »Bei Gott! Ich weiß nicht, wie man solche Kleider anzieht.« Sie näherten sich mir lachend und kleideten mich an, bespritzten mich mit Rosenwasser und führten mich wieder in einen herrlich verzierten und mit Divanen belegten Saal. Hier saß eine Dame, von vielen Sklavinnen umgeben, die, sobald ich in den Saal trat, vor mir aufstand und mich hieß, neben ihr Platz zu nehmen. Kaum hatte ich mich gesetzt, als die Sklavinnen auf ihren Befehl die verschiedenartigsten, schmackhaftesten Speisen auftrugen, dergleichen ich in meinem Leben nie gekostet hatte und deren Namen ich nicht einmal kannte. Nachdem ich mich sattgegessen hatte, wurden die Schüsseln weggetragen, und man brachte mir Wasser, um meine Hände zu waschen. Die Dame ließ dann allerlei Nachtisch bringen und hieß mich davon essen. Als auch dies geschehen war, befahl sie einigen Sklavinnen, Wein und Trinkgefäße herbeizuschaffen, sowie auch allerlei feines Räucherwerk. Ein Mädchen wie der Mond schenkte uns ein, und ich und die Dame tranken so lange beim Klang des Saitenspiels, bis wir berauscht waren. Dies alles geschah, o Emir, und ich glaubte immer nur zu träumen. Auf ihren Wink entfernten sich dann die Sklavinnen; sie umarmte mich und drückte mich an ihren Busen, und ich sog den feinsten Moschusduft aus ihren Lippen und glaubte nicht anders, als entweder ich sei im Paradiese, oder ich träume. Des Morgens fragte sie mich nach meiner Wohnung, gab mir ein goldgesticktes Taschentuch, in welches etwas eingebunden war, und sagte mir: »Geh damit ins Bad.« Ich ging freudig fort und dachte: Ist Geld in diesem Tuche, so kann ich dafür zu Mittag essen; doch ging ich so ungern von ihr fort, als hätte ich das Paradies verlassen müssen, und begab mich in meine Wohnung, öffnete das Tuch, welches sie mir geschenkt hatte, und fand fünfzig Goldstücke darin, die ich sogleich begrub. Nach Mittag, als ich in Gedanken vertieft vor meiner Türe saß, kam auf einmal eine Sklavin zu mir und sagte: »Meine Gebieterin verlangt nach dir.«

Ich folgte der Sklavin bis zur Türe ihres Hauses, bat um Erlaubnis, hineinzutreten, und küßte die Erde vor der Dame. Sie hieß mich wieder sitzen, ließ Speisen und Wein bringen, und ich brachte wieder diese Nacht wie die vorhergehende bei ihr zu. Des Morgens schenkte sie mir wieder ein Tuch, in welches fünfzig Goldstücke eingebunden waren, mit denen ich wieder in meine Wohnung ging, wo ich sie begrub. So ging es acht Tage lang, ich wurde jeden Nachmittag geholt und blieb bis morgens bei meiner Dame. Aber am achten Tage, als ich bei ihr war, kam auf einmal eine Sklavin herbeigelaufen, die mich schnell in ein Nebenzimmer hineinstieß. Dieses Zimmerchen hatte ein Fenster, das auf die Straße ging; ich hörte Geräusch von Dienern und Pferdetritten, und ich sah vom Fenster aus einen jungen Mann wie der

Vollmond, von vielen Mamelucken begleitet, der vor der Haustüre abstieg, dann in den Saal trat, vor der Dame sich verbeugte und ihre Hand küßte. Sie schwieg lange, und es kostete ihm viele Mühe und Demütigung, bis sie sich mit ihm versöhnte und einwilligte, die Nacht bei ihm zuzubringen. Des Morgens, als er wieder mit seinen Leuten ausgeritten war, kam die Dame zu mir und fragte mich: »Hast du gesehen?« Ich antwortete: »Jawohl.« Nun sagte sie: »Dieser Mann ist mein Gatte; ich will dir erzählen, was zwischen uns vorgefallen. Eines Tages waren wir beisammen im Garten neben unserm Hause. Auf einmal stand er von meiner Seite auf und blieb sehr lange weg. Da folgte ich unbemerkt, um nach ihm zu sehen; als ich an der Küche vorüberkam, fragte ich eine meiner Sklavinnen nach ihm; sie zeigte mir ein kleines Kabinett; hier fand ich ihn in den Armen einer Sklavin. Als ich dies sah, schwur ich einen heiligen Eid, auch einen Mann von der niedersten Klasse zu umarmen. Ich durchzog daher drei Tage lang alle Straßen der Stadt, um einen solchen Mann zu finden; erst am vierten Tage begegnete ich dir, und fand dich so erbärmlich und schmutzig, daß ich meinen Eunuchen befahl, dich mitzunehmen. Was nun zwischen uns geschehen ist, war Gottes Beschluß. Nun ist mein Eid gelöst, und ich werde dich nicht eher wieder rufen lassen, bis mein Mann sich wieder einer Sklavin nähert und mir untreu wird.« Hierauf entließ sie mich, nachdem ich vierhundert Goldstükke aus ihrem Hause fortgetragen, von denen ich schon einen großen Teil ausgegeben. Darum kam ich hierher und betete zu Gott, der Mann möchte doch seine Sklavin wieder besuchen, damit ich seine Gattin wiedersehe.« Als der Emir der Pilger diese Geschichte hörte, ließ er den Angeklagten frei und erklärte ihn für unschuldig in Gegenwart aller seiner Ankläger.

Der wunderbare Reisesack

Man erzählt ferner: Als der Kalif Harun Arraschid eines Nachts sehr übel gelaunt und mißmutig war, ließ er seinen Vezier Djafar rufen und sagte ihm: »Ich bin sehr verstimmt und fühle meine Brust so beengt, suche doch auf irgend eine Weise mir Zerstreuung zu verschaffen.« Djafar sagte: »O Fürst der Gläubigen! ich habe einen Freund, der Ali der Perser heißt, der weiß sehr viele Märchen und Geschichten.« – »So hole ihn gleich her«, sagte der Kalif. Djafar schickte sogleich jemanden, um Ali zu rufen. Er kam bald und grüßte den Kalifen. Dieser hieß ihn sitzen und sagte ihm: »Meine Brust ist diesen Abend so beklommen, daß ich dich rufen ließ, weil ich hörte, du wissest so viele Märchen und Anekdoten; erzähle mir nun etwas, das meinen Gram und meine düsteren Gedanken verscheuche.«

Ali erwiderte: »Was wünschest du, o Fürst der Gläubigen, zu hören, um dich aufzuheitern? Soll ich etwas erzählen, was ich mit meinen eigenen Augen gesehen, oder etwas, das ich mit meinen Ohren gehört?« Der Kalif antwortete: »Erzähle mir etwas, das du selbst gesehen.« Da begann Ali:

Wisse, o Fürst der Gläubigen! ich reiste einst mit einem Jungen von Bagdad, meiner Vaterstadt, weg und hatte einen sehr hübschen Reisesack bei mir. Während ich kaufte und verkaufte, kam ein wilder Kurde auf mich zu, nahm mir meinen Reisesack weg und sagte: »Dieser Sack mit allem, was darin ist, gehört mir.« Ich war ganz außer mir und rief alle umstehenden Leute um Hilfe. Die Leute sagten: »Geht miteinander zum Kadhi.« Wir gingen zum Kadhi und sagten ihm: »Wir haben eine Streitsache.« – »Wer ist der Kläger?« fragte der Kadhi. Der Kurde näherte sich ihm und sagte: »Gott stärke unsern Herrn, den Kadhi! Ich habe diesen Sack mit allem, was darin ist, verloren und eben wieder in der Hand dieses Mannes gefunden.« – »Wann hast du ihn verloren?« fragte ihn der Kadhi. Der Kurde antwortete: »Erst gestern.« – »Wenn du den Sack kennst«, versetzte der Kadhi, »so sage mir, was darin ist.« Der Kurde antwortete: »Im Sacke sind zwei silberne Spiegelchen, Kohel für das Auge, ein Tuch für die Hände, zwei Leuchter, zwei Schüsseln und zwei Löffeln, ein Kissen, zwei Matten, zwei Waschbecken mit Kannen, ein Topf, ein Kamm, zwei Hündchen, eine Kuh, zwei Kälber, zwei Schafe, eine Ziege, zwei Lämmer, zwei weiße Katzen, ein männliches und zwei weibliche Kamele, ein Büffelochs, zwei Stiere, eine Löwin, zwei Löwen, ein Wolf, zwei Füchse, zwei Divane und zwei Säle und eine Küche mit zwei Türen, und viele Kurden, die bezeugen, daß dieser Sack mir gehört.« Als der Kurde vollendet hatte, fragte mich der Kadhi: »Was sagst du dazu, Ali?« Ich näherte mich ihm, erstaunt über die Rede des Kurden, und sagte: »Gott verherrliche unsern Kadhi! In meinem Sack ist ein zerfallenes Häuschen mit einem Hundeställchen, ferner eine Schule für Knaben, dann viele Soldaten mit ihren Zelten, die Städte Kahirah und Bagdad und das Schloß Schadads, ein Fischernetz, ein Stock, mehrere Pfeiler und viele Mädchen und Knaben, und tausend Meister, welche bezeugen, daß dieser Sack mein Sack ist.« Als der Kurde dies hörte, sagte er weinend und schluchzend: »O mein Herr Kadhi, der Sack gehört mir, ich weiß alles, was darin ist. Du findest darin Schlösser und Zitadellen,

Städte und Dörfer, Bären und Löwen und allerlei wilde Tiere; ferner eine Stute und zwei junge Hengste, zwei lange Lanzen und zwei Hasen, eine alte Frau und zwei Freudenmädchen, zwei Obersten und zwei Gaukler, und einen Blinden und einen Lahmen, einen Pfaffen und zwei Kirchendiener, und einen Patriarchen, einen Kadhi und zwei Zeugen, welche bezeugen, daß der Sack mir gehört.« Nun war ich außer mir vor Zorn und Ärger, ich ging auf den Kadhi zu und sagte: »Gott stärke unsern Herrn, den Kadhi! In meinem Sack ist ein Zeughaus, mit allerlei Waffen und Kriegsmaterialien gefüllt, Weinberge, Gärten mit Feigen- und Apfelbäumen, allerlei Weingefäße mit Dienern und Freunden und Gesellschaften, Musiker mit allerlei Instrumenten und Sänger und Sängerinnen, Kinder mit ihren Ammen, zwei abessinische Sklavinnen, drei Indianerinnen, vier Medinenserinnen, fünf Griechinnen, sechs Türkinnen, sieben Perserinnen, acht Kurdinnen, und neun Ägypterinnen; im Sacke waren der Euphrat und der Tigris mit Fischen und Fischernetzen und Feuerzeug, tausend Pferde, mehrere Badehäuser, viele Städte und Länder mit allen ihren Beamten und Handwerkern, Kufa und Anbar, zwanzig Kisten voll Weißzeug und Kleider, und einige Magazine mit allerlei Mundvorrat gefüllt, Gaza, Askalon, die ganze Strecke von Damiet bis Assuan, der Palast des Chosrocs, Vaters des Nuschirwan, das ganze Reich Salomons, Chorasan, Balch und Ispahan, alle Länder, die zwischen Indien und Nubien liegen.« Der Kadhi, ganz betäubt von dem Aufzählen aller dieser Gegenstände, sagte: »Ihr seid gewiß zwei abtrünnige Ketzer, die mit einem frommen Kadhi ihren Spaß haben wollen; hat man jemals gehört, daß ein Reisesack alles das enthalte, was ihr beschrieben? Das ist ein bodenloses Meer!« Der Kadhi ließ dann den Sack öffnen; man fand darin ein wenig Brot, eine Zitrone, ein wenig Käse und ein paar Oliven; ich warf den Sack dem Kurden zu und ging fort.

Den Kalifen ergötzte diese Geschichte so sehr, daß er vor Lachen auf den Rücken fiel und den Perser Ali reichlich beschenkte. Gott ist allwissend!

Nuschirwan und das vorsichtige Mädchen

Es wird auch erzählt: der gerechte König der Perser, Chosru Nuschirwan, ritt einst auf die Jagd und blieb allein hinter seinen Soldaten, die ihn begleiteten, zurück. Da er dürstete, ging er auf eine Hütte, die er in der Nähe vor sich sah, zu, hielt vor der Türe und forderte Wasser zum Trinken. Ein Mädchen, das an der Türe stand, ging schnell ins Haus, preßte ein Zuckerrohr aus, mischte dessen Saft mit Wasser und brachte es dem König in einem Becher. Der König bemerkte etwas Spreu im Wasser und trank sehr langsam. Als er getrunken hatte, sagte er zu dem Mädchen: »Dein Wasser ist sehr gut, wenn es nur etwas klarer gewesen wäre.« Da sagte das Mädchen: »Das habe ich absichtlich getan, denn ich bemerkte, daß du recht durstig bist, und fürchtete, du möchtest zu schnell trinken und dir schaden, darum warf ich etwas Spreu hinein.« Nuschirwan erstaunte über diese Antwort und erkannte daran ihren Verstand und ihre Klugheit.

Nuschirwan fragte dann: »Wie viele Zuckerrohre hast du ausgepreßt zu diesem Wasser?« – »Ein einziges«, antwortete das Mädchen. Nuschirwan erstaunte darüber und ließ sich die Steuerregister dieses Dorfes bringen, und als er sah, daß es eine sehr geringe Steuer bezahlte, dachte er: das ist viel zu wenig für einen Ort, der einen so guten Boden hat, daß man aus einem Zuckerrohr einen Becher voll Zuckerwasser machen kann, und beschloß, sobald er nach Hause kommen würde, seine Steuer erhöhen zu lassen. Einige Zeit nachher kam er wieder in dieses Dorf, und hielt wieder vor derselben Hütte und bat um Wasser. Das Mädchen erkannte ihn wieder und lief ins Haus, um ihm zu trinken zu holen, aber sie blieb lange weg. Da fragte sie Nuschirwan: warum sie so viele Zeit brauche, sie möchte doch ein wenig eilen. Das Mädchen antwortete: »Heute gibt ein Zuckerrohr nicht Saft genug, ich habe schon drei Zuckerrohre ausgepreßt, und noch genügt es nicht.« – »Woher kommt dies?« fragte der König. »Daher«, antwortete das Mädchen, »weil uns der Sultan nicht mehr so gut ist; denn sobald des Sultans Wohlwollen sich von einem Orte abwendet, nimmt auch dessen Segen und Glück ab.« Nuschirwan lachte, ließ die Steuer dieses Orts wieder herabsetzen und war von dem Geiste und der Beredsamkeit dieses Mädchens so hingerissen, daß er sie heiratete.

Die Pyramiden

Man erzählt auch: Als Mamun, der Sohn Harun Arraschids, einst nach Kahirah kam, beschloß er, die Pyramiden zu besuchen, um die darin verborgenen Schätze zu nehmen. Als er dahin gelangte, wollte er sie umreißen lassen, konnte aber nicht. Nach vielen Anstrengungen und außerordentlichen Kosten gelang es ihm endlich, in einer derselben ein kleines Fensterchen ausgraben zu lassen, und man behauptet, er habe hinter diesem Fensterchen gerade so viel Geld gefunden, als er ausgegeben, nicht mehr und nicht weniger. Mamun war sehr erstaunt über diesen Fund, nahm das Geld fort und gab seinen Vorsatz auf. Diese drei Pyramiden gehören zu den Wundern der Welt; man findet ihresgleichen auf der ganzen Erde nicht, so fest und unerschütterlich sind sie gebaut und dabei so hoch. Sie sind aus großen Steinen zusammengesetzt, die an den beiden Enden durchlöchert sind. Durch diese Löcher wurden eiserne Stangen gezogen und durch heißes Blei befestigt, und so wurde das ganze Gebäude zusammengehalten, das hundert mekkanische oder fünfhundert gewöhnliche Ellen hoch ist. Die Alten behaupten, in der westlichen Pyramide seien dreißig Schatzkammern voll von den feinsten Edelsteinen, Geld, wunderbaren Statuen, allerlei Instrumenten und feinen Waffen, mit dem Wasser der Weisen bestrichen, das sie vor Rost bewahrt bis zum Tage der Auferstehung; auch findet sich darin allerlei Glaswerk, das man biegen kann, ohne daß es zerbricht und allerlei künstlich zusammengesetzte Arzneien. In der zweiten Pyramide finden sich die Sagen der Priester auf Tafeln gegraben; jeder Priester hat eine Tafel in der Hand, auf der seine Wunderwerke geschrieben sind. An den Wänden sind Statuen wie Götzen, die allerlei Handarbeit verrichten, und über jede Pyramide ist ein Schatzkämmerer und ein Wächter gesetzt, die sie bis auf ewige Zeiten bewachen. Sehr schön sind die folgenden Verse eines Dichters über die Pyramiden:

»Betrachte die Pyramiden und lasse dich von ihnen belehren über die Täuschung der Zeit. Könnten sie sprechen, sie würden dir sagen, wie die Zeit mit den Frühern und den Spätern verfahren.«

Ein anderer Dichter sagt sehr passend:

»Kein Gebäude unter dem Himmel gleicht an Festigkeit den Pyramiden Ägyptens, sie flößen der Zeit Ehrfurcht ein, während sonst alles auf der Welt sich vor der Zeit fürchtet.«

Ferner sagt ein Dichter:

»O ihr, die ihr das Vergängliche zur Stütze wählet, wo sind die Erbauer der Pyramiden? Noch lebt ihr Werk lebendig fort, während sie selbst schon längst zu Nichts geworden.«

Der trauernde Schullehrer

Man erzählt ferner von einem Mann aus Baßrah folgendes: Ich ging einst – so erzählt er selbst –vor einem Schullehrer vorbei, der so hübsch aussah und so zierlich gekleidet war, daß ich bei ihm stehen blieb. Er stand vor mir auf, hieß mich sitzen, und ich unterhielt mich mit ihm über den Koran, über die Sprache, Poesie und Grammatik; ich fand ihn in allem sehr bewandert, und er gefiel mir so gut, daß ich ihn sehr oft besuchte und mich zu ihm setzte. Eines Tages aber, als ich ihn wieder wie gewöhnlich besuchen wollte, fand ich seine Schule geschlossen; die Nachbarn, die ich nach ihm fragte, sagten mir, es sei ihm jemand gestorben. Da hielt ich es für meine Pflicht, ihm einen Trostbesuch zu machen. Ich ging also in sein Haus, klopfte an der Türe, eine Sklavin kam mir entgegen und fragte mich, was ich wollte? »Ich will deinen Herrn sprechen.« – »Mein Herr ist in Trauer.« – »Sage ihm: dein Freund N. N. will dich trösten.« Sie ging und meldete mich, und er erlaubte mir, ihn zu besuchen.

Als ich in sein Zimmer kam, saß er da ganz allein mit verbundenem Haupte. Ich sagte: »Gott vergrößere deinen Lohn in jener Welt! das ist ein Weg, den jeder betreten muß, du mußt dein Unglück standhaft tragen.« Dann fragte ich ihn: »Hast du deinen Vater verloren? – »Nein.« – »Ist deine Mutter gestorben?« – »Nein.« – »Dein Bruder?« – »Nein.« – »Sonst ein naher Anverwandter?« – »Nein.« – »Wer denn?« – »Meine Geliebte.« – »Du kannst schon wieder eine andere finden, schöner als sie war.« – »Wisse, daß ich sie nie gesehen noch gehört habe.« – »Das ist sonderbar; wie konntest du sie denn lieben?« – »Ich saß am Fenster und hörte, wie ein Vorübergehender folgenden Vers sang:

»O Mutter Amrus, Gott möge dich dafür belohnen!
Gib mir doch mein Herz wieder, wie es war.«

»Da dachte ich, wäre die Mutter Amrus nicht die ausgezeichnetste Frau in der Welt, so würde man keine solche Verse für sie dichten, darum liebte ich sie. Nach zwei Tagen sah ich wieder denselben Mann vorübergehen, und er sang folgenden Vers:

»Als der Esel die Mutter Amrus wegtrug, kehrte der Esel allein zurück, ohne sie.«

»Aus diesem Briefe schloß ich, daß sie gestorben sein müsse, und darum traure ich schon drei Tage um sie.« Als ich dies hörte – fährt der Erzähler fort – ließ ich ihn sitzen und ging weg, erstaunt über seinen Blödsinn; denn nur ein Tor kann eine Frau lieben, die er nie gesehen.

Die gerettete Frau in Mekka

Einer der Großen erzählt: Während ich einst in dunkler Nacht den Kreis um die Kaaba machte, hörte ich eine jammernde Stimme aus einem traurigen Herzen heraufsteigen, welche rief: »O Allgütiger, mein Herz bleibt seinem Gelübde treu!« Mich rührte diese Stimme so sehr, daß ich mich ihr näherte, und siehe da, es war die Stimme einer Frau. Ich sagte ihr: »Friede sei mit dir, Mutter Gottes!« Sie antwortete: »Mit dir sei Friede und Gottes Barmherzigkeit und Segen.« Ich beschwor sie dann bei Gott, mir zu sagen, was das für ein Gelübde wäre, dem ihr Herz treu bleiben wollte. Sie antwortete: »Hättest du mich nicht bei Gott beschworen, ich würde dir mein Geheimnis nicht anvertraut haben. Doch siehe, was ich bei mir habe!« Ich sah sie genau an und fand ein Kind schlafend in ihren Armen liegen, und sie erzählte dann: »Ich verließ, dieses Kind unter meinem Herzen tragend, meine Heimat, um hierher zu wallfahren. Ich hatte mich aber kaum eingeschifft, als uns der Wind ungünstig ward; ein mächtiger Sturm erhob sich bald; die Meereswellen tobten mit solchem Ungestüm, daß sie das Schiff zerschlugen; ich aber rettete mich auf einem Brette, wurde entbunden und wurde so auf diesem Brette, mit meinem Kind im Schoße, von den Wellen hin und her getrieben. Auf einmal kam einer der Matrosen des Schiffs zu mir geschwommen und faßte mein Brett und sagte: Bei Gott! ich habe dich schon geliebt, als ich dich auf dem Schiffe sah; da ich dich nun erreicht habe, so erhöre meine Liebe, oder ich werfe dich vom Brette herunter ins Meer. Ich sagte: Wehe dir! hat dir das eben erlebte Unglück nicht zur Belehrung und Ermahnung gedient? Er antwortete: Dergleichen habe ich schon oft gesehen und bin immer glücklich davon gekommen; das macht keinen Eindruck auf mich. Ich sagte: Wir sind doch in einer Lage, aus der wir nur durch Gottergebenheit gerettet werden können, nicht durch Sünde. Aber alle meine Reden waren vergebens, der Matrose ward so zudringlich, daß ich, in der Hoffnung, ihn täuschen zu können, ihm sagte: Warte nur, bis mein Kind schläft. Aber er nahm mir mein Kind weg und warf es ins Meer. Als ich dieses sah, zerbrach mein Herz vor Gram, ich hob den Kopf gen Himmel und rief den Allmächtigen an, daß er mich aus der Hand dieses schwarzen Ungeheuers befreie. Kaum hatte ich mein Gebet vollendet, als ein großes Seetier aus dem Meere emporstieg und ihn vom Brette herunterwarf. Als ich nun allein auf dem Brette war, da erwachte mein Schmerz von neuem über den Verlust meines Kindes, meiner Leibesfrucht, und ich betete zu Gott, daß er mich doch wieder mit ihm vereinige. Am folgenden Morgen sah ich auf einmal weiße Segel in der Ferne, auf die mich Wind und Wellen hinstießen. Die Schiffleute nahmen mich gerne auf, und als ich in ihrer Mitte war, sah ich auf einmal mein Kind bei ihnen. Ich fiel darüber her und sagte den Leuten, daß es mein Kind wäre, und fragte sie, wie sie dazu gekommen. Sie antworteten: Unser Schiff hielt mitten in seinem Lauf auf einmal still, und als wir uns nach der Ursache umsahen, entdeckten wir ein Seeungeheuer, so groß wie eine Stadt, mit einem Kinde auf dem Rücken, das an seinen Fingern saugte.«

»Als ich dies hörte«, sprach die Frau weiter, »erzählte ich den Schiffsleuten, was mir begegnet, und dankte dem Herrn für seine Hilfe und gelobte, nie aufzuhören, ihm in seinem Tempel zu dienen; auch habe ich seither ihn nie um etwas angefleht, das er mir nicht gewährt hätte.« Ich wollte nun – fährt der vornehme Pilger fort – ihr einiges Geld schenken, aber sie sagte: »Laß mich! ich erzähle dir von Gottes Huld und Gnade, wie kannst du glauben, daß ich von einer andern Hand als der seinigen etwas annehme.« Da sie durchaus nichts von mir annehmen wollte, verließ ich sie und rezitierte folgende Verse:

»Wie oft ist Gottes Huld im Verborgenen tätig, ohne daß der schärfste Verstand es wahrnimmt, wie manche Armut verwandelt er in Wohlstand, wie manchem brennenden Herzen reicht er erfreuliche Labung; wie mancher ist des Morgens von Gram beladen, der des Abends nur Wonne empfindet. Geht es dir einmal schlecht einen Tag, so vertraue nur dem einzigen Allmächtigen und flehe die Fürbitte des Propheten an, dem alles gewährt wird, was er für die Seinigen fordert.«

Der Wolkenmann und der König

Man erzählt noch: Es lebte einst unter den Söhnen Israels ein durch seine Frömmigkeit berühmter Mann auf dem Gebirge als Einsiedler. Er betete ganze Nächte durch, und Gott gewährte ihm stets, was er von ihm begehrte. Gott stellte sogar eine Wolke zu seiner Verfügung, die ihm überall hin folgte und ihn mit Wasser versah, sowohl zum Waschen als zum Trinken. Eines Tages ließ er sich aber im Dienste des Herrn eine Nachlässigkeit zuschulden kommen; da entzog ihm Gott seine Wolke und erhörte sein Gebet nicht mehr. Der Einsiedler war sehr bestürzt, bereute sein Vergehen und entbrannte vor Sehnsucht nach der Stunde, wo ihm Gott seine Huld wieder schenken würde. Als er eines Nachts mit diesem Wunsche beschäftigt einschlief, wurde ihm im Traume gesagt: »Wünschest du, daß dir Gott deine Wolke wiedergebe, so gehe zu dem König N. N. und bitte ihn, daß er für dich bete, denn nur durch den Segen seines Gebetes wird sie dir Gott wieder gewähren.« Der Einsiedler machte sich am folgenden Morgen auf die Reise nach dem Lande, das ihm im Traume angegeben worden, und erkundigte sich nach dem Palaste des Königs. Als man ihn dahin führte, sah er einen Jüngling auf einem hohen Stuhle vor der Türe sitzen, der ihn fragte, was er wolle? Der Einsiedler antwortete: »Mir ist ein Unrecht geschehen, das ich dem König klagen will.« Da sagte der Pförtner: »Du kannst heute nicht zu ihm gelangen, der König hat einen besonderen

Tag in der Woche dazu bestimmt, alle Bittenden anzuhören; warte also, bis dieser Tag kommt.« Als der Einsiedler hörte, wie der König so abgeschlossen von seinem Volke lebe, dachte er: Wie kann dieser Mann ein Heiliger sein? Doch wartete er, bis der bestimmte Audienztag kam, den der Pförtner angezeigt hatte, dann ging er wieder vor das Schloß und fand an dem Tore viele Leute, welche warteten, bis sie vorgelassen wurden. Endlich kam ein Vezier mit einigen Dienern und Sklaven und ließ die Bittenden ins Schloß treten. Im Audienzsaale saß der König, von den Großen seines Reichs umgeben, und vor ihm stand der Vezier, der einen Bittenden nach dem andern ihm vorstellte. Als endlich die Reihe an den Einsiedler kam, sah ihn der König eine Weile an und sagte dann: »Willkommen, Herr der Wolke! setze dich, bis ich mit den übrigen zu Ende bin.«

Der Einsiedler war sehr erstaunt über diese Anrede sowohl als über das Talent, das der König in der Ausübung seines Amtes entwickelte. Nachdem er mit vieler Weisheit alle ihm vorgetragenen Streitsachen geschlichtet hatte, erhob er sich, faßte den Einsiedler bei der Hand und führte ihn ins Innere des Schlosses durch ein Tor, vor welchem ein schwarzer Sklave in kriegerischer Rüstung mit Bogen, Panzer und Schwert bewaffnet saß. Er stand auf, als er den König sah, hörte seine Befehle an und öffnete das Tor. Der König führte mich dann weiter – so erzählt der Einsiedler – bis wir an eine andere Türe kamen, die er selbst öffnete; wir befanden uns jetzt in einem alten, zerfallenen Gebäude und traten in ein Gemach, das nur einige Dattelbaumblätter, ein Waschbecken und einen Teppich enthielt. Sobald der König in diesem Zimmer war, warf er sein königliches Gewand von sich, zog ein grobes Oberkleid von weißer Wolle an und bedeckte seinen Kopf mit einer Filzmütze; dann setzte er sich, hieß mich auch sitzen und rief seine Gattin. Als diese erschien und fragte, was er befehle, sagte er: »Weißt du, wer heute unser Gast ist?« – »Jawohl«, antwortete sie, »der Wolkenmann.« Er sagte dann: »Nun kannst du wieder gehen, du hast nichts bei ihm zu tun.« Die Frau war auch in ein grobes wollenes Oberkleid gehüllt; aber ihr Gesicht war schön und leuchtete wie der Mond. Als wir wieder allein waren, fragte mich der König, ob er gleich für mich beten solle, daß ich wieder fortkomme, oder ob er mir zuvor über sein Leben einige Auskunft geben sollte. Ich bat ihn, mir über seine Umstände einiges mitzuteilen, und er sprach: »Wisse, mein Vater und Großvater und alle meine Ahnen bis zur frühesten Zeit zurück waren Könige dieses Landes. Als nach dem Tode meines Vaters die Krone mir zufiel, hatte ich keine Freude daran, denn ich hätte vorgezogen, als Einsiedler zu leben. Da ich aber fürchtete, wenn ich mich ganz zurückziehe, möchten Empörungen und Zwist im Lande entstehen, und die heiligen Gesetze nicht mehr geachtet werden und der Glaube untergehen, ließ ich alles wie es war und stellte Sklaven vor die Tore des Palastes, um die Bösen zu schrekken und zu bestrafen, und zog, wie meine Vorgänger, ein königliches Gewand an. Sobald ich aber mit den Regierungsangelegenheiten zu Ende bin, begebe ich mich hierher und kleide mich, wie du mich jetzt siehst, und lebe hier allein dem Gottesdienste, von meiner frommen Base unterstützt, die du eben hier gesehen. Wir verfertigen des Tages allerlei Arbeit aus diesen Blättern, verkaufen sie und für das Geld essen wir zu Nacht, den ganzen Tag aber fasten wir; so leben wir schon vierzig Jahre. Bleibe nun bei uns, bis wir unsere Arbeit verkauft haben, iß mit uns zu Nacht und übernachte bei uns.« Gegen Abend kam ein Diener und holte die Arbeit, verkaufte sie und kaufte Bohnen dafür, welche unser Nachtessen wurden. Gegen Mitternacht hörte ich dann, wie der König und die Königin aufstanden und beteten. Gegen Morgen sah endlich die Königin, wie sich eine Wolke am Himmel bildete, und sie sagte mir: »Freue dich, unser Gebet ist erhört worden.« Ich nahm Abschied von ihnen und ging, von meiner Wolke begleitet, fort, und was ich nachher in ihrem Namen von Gott begehrte, wurde mir gewährt.

Das Märchen von Maruf

In Kahirah lebte einst ein Schuhflicker mit dem Namen Maruf, der eine sehr böse und schlechte Frau hatte, die ihn auf alle mögliche Weise kränkte. Er ließ sich alles gefallen, um öffentliche Szenen zu vermeiden, ward aber auch immer ärmer, weil er, um Frieden zu haben, alles, was er verdiente, für seine Frau ausgeben mußte. Eines Tages sagte ihm Fatma, so hieß diese böse Frau: »Heute muß ich einen Honigkuchen von Bienenhonig haben.« Er antwortete: »Gott gebe mir die Mittel dazu, so will ich dir ihn verschaffen; im Augenblicke besitze ich aber keinen Drachmen. Doch Gott wird mir helfen.« – »Ich lasse mich nicht auf solche Redensarten ein«, erwiderte Fatma; »bringst du mir diesen Abend keinen Honigkuchen, so erwartet dich eine bittere Nacht.« – »Gott ist gnädig«, sagte Maruf tief seufzend; dann betete er das Morgengebet, ging in seine Butike und flehte Gott um Arbeit an, daß er in den Stand gesetzt werde, seiner Frau einen Honigkuchen zu kaufen. Aber sein Gebet blieb unerhört: er saß bis mittags in seiner Butike, ohne daß ihm die geringste Arbeit gebracht wurde, so daß er nicht einmal Brot, viel weniger Kuchen kaufen konnte. Mit Tränen in den Augen schloß er seine Butike und machte sich auf den Weg nach Hause. Da winkte ihm ein Kuchenbäcker, den sein betrübtes Aussehen rührte, und fragte ihn, was ihm zugestoßen sei. »Ich fürchte mich vor meiner Frau«, antwortete Maruf, »denn ich soll ihr einen Honigkuchen bringen und habe nicht einmal Geld zu Brot.« – »Beruhige dich«, sagte der Kuchenbäcker; »wieviel Pfund willst du?« – »Fünf Pfund«, antwortete Maruf. »Schon gut«, sagte der Bäkker; »ich habe Butter und Honig, zwar nicht von Bienen, jedoch von Zuckerrohr, der besser als Bienenhonig ist; ich will dir einen Kuchen backen, der wert wäre, Königen vorgelegt zu werden. Willst du nicht auch etwas Brot und Käse? Nimm nur, was du bedarfst, ich borge dir einige Tage, bis Gott dir hilft. Hier hast du auch noch etwas Geld, gehe dafür ins Bad und bringe dann einen vergnügten Abend bei deiner Frau zu.« Maruf ging, dem Kuchenbäcker und Gott für diese Gnade dankend, mit Kuchen, Brot und Käse nach Hause und brachte alles seiner Frau. Als sie aber sah, daß der Kuchen nicht von Bienen-, sondern von Zuckerrohrhonig gemacht war, fragte sie ihn: »Warum handelst du gegen meinen Willen? Habe ich nicht einen Kuchen von Bienenhonig begehrt?« Maruf entschuldigte sich damit, daß er ihn nicht für bares Geld kaufen und daher auch nicht lange wählen konnte. Aber Fatma kehrte sich nicht an seine Worte, sondern geriet in heftigen Zorn, schmähte ihn und schlug ihm einige Zähne aus; als er hierauf seinen Zorn nicht länger bemeistern konnte und auch ihr eine Ohrfeige gab, faßte sie ihn am Bart und schrie so laut, daß alle Nachbarn herbeieilten, um den Frieden wieder herzustellen. Sobald sie wieder allein waren, schwur sie, sie werde nichts vom Kuchen essen; Maruf aber, den sehr hungerte, aß davon. Da sagte sie: »Möchte der Kuchen doch zu Gift in deinem Leibe werden!« Er ließ sie aber fluchen und erwiderte lachend: »Da du geschworen hast, den Kuchen nicht zu berühren, so muß ich ihn wohl allein essen; ein andermal bringe ich dir einen Kuchen von Bienenhonig, den magst du dann allein verzehren.«

Am folgenden Tage saß Maruf in seiner Butike, da kamen auf einmal zwei Gerichtsdiener auf ihn zu und luden ihn vor den Kadhi. Hier fand er seine Frau mit verbundenem Arm und blutigem Schleier, und die Augen mit Tränen gefüllt. Der Kadhi sagte ihm: »Fürchtest du Gott nicht, daß du deine Frau so mißhandelst?« Da erzählte ihm Maruf die Ursache ihres Streites und berief sich auf das Zeugnis seiner Nachbarn. Der Kadhi, welcher ein sehr guter Mann war, schenkte ihm einen Viertelsdinar und sagte ihm: »Kaufe dafür einen Kuchen von Bienenhonig und lebe in Frieden mit ihr.« Maruf bat den Kadhi, das Geld seiner Frau zu geben, und hoffte nun wieder einige Ruhe vor ihr zu haben. Aber kaum war er in seine Butike zurückgekehrt, da kamen die Gerichtsdiener und forderten ihren Lohn für die Vorladung. Maruf sagte ihnen: »Der Kadhi hat mir ja nicht einmal etwas abgenommen, ja, er hat meiner Frau sogar noch Geld geschenkt, wie soll ich euch etwas geben?« – »Der Kadhi mag tun, was er will«, erwiderten die Gerichtsdiener, »wir müssen unsern Lohn haben, und wenn du ihn uns nicht gibst, so werden wir ihn schon nehmen.« Hierauf schleppten sie ihn auf die Straße und nötigten ihn, die Geräte seiner Butike zu verkaufen. Er saß jetzt trostlos in seiner Butike und dachte mit Schaudern daran, daß ihm nunmehr kein Mittel mehr bliebe, etwas zu verdienen. Da kamen wieder Gerichtsdiener und forderten ihn vor Gericht wegen Mißhandlungen, die er sich gegen seine Frau zuschulden hatte kommen lassen. »Aber der Kadhi hat ja den Frieden zwischen uns hergestellt und mich entlassen!« sagte Maruf. »Wir sind die Diener eines andern Kadhi«, erwiderten sie, »bei dem dich deine Frau von neuem angeklagt: folge uns also.« Maruf ging mit ihnen und erzählte dem Kadhi den ganzen Vorfall im Hause und vor dem ersten Kadhi. Fatma behauptete aber, er habe sie nachher wieder geschlagen; indessen ward Maruf doch wieder entlassen. Aber auch diese Diener mußte er bezahlen, so daß ihm von dem Gelde, das er für seine Gerätschaften gelöst hatte, nur noch einige Pfennige übrigblieben. Er ging dann wieder in seine Butike und saß ganz von Sinnen wie ein Betrunkener da, als einer seiner Bekannten ihm zurief: »Flüchte dich, so schnell du kannst, denn deine Frau hat bei der Hohen Pforte eine Klage gegen dich erhoben.« Maruf schloß schnell die Butike, kaufte für sein übriges Geld etwas Brot und Käse, lief vor das Siegestor und flüchtete sich in ein verfallenes Gebäude, das ihm auch gegen den wie aus Schläuchen herabstürzenden Regen einigen Schutz gewährte. Hier weinte er bitter und rief: »Wo finde ich Ruhe vor meiner verruchten Frau! O Gott, sende mir doch jemanden, der mich in ein fernes Land bringt, wohin sie keinen Weg findet!« Bei diesen Worten spaltete sich die Mauer und ein sehr langer Genius trat heraus, von schauderhaftem Aussehen, und sagte ihm: »Was störst du mich in meiner Ruhe? Ich wohne nun schon zweihundert Jahre hier und bin von keinem Menschen beunruhigt worden; doch sage mir, was du begehrst, denn du flößest mir Mitleid ein.« Maruf erzählte ihm, wie er von seiner Frau stets gepeinigt werde und daß er nichts sehnlicher wünsche, als irgendwo hingebracht zu werden, wo sie ihn nicht verfolgen könne. Der Genius nahm ihn auf seinen Rücken und flog mit ihm die ganze Nacht durch. Beim Anbruch der Morgenröte setzte er ihn auf den Gipfel eines Berges ab und sagte ihm: »Am Fuß dieses Berges findest du eine Stadt; gehe hinein, du bist darin sicher vor den Verfolgungen deiner Frau.« Maruf blieb, über seine Lage mit Erstaunen nachdenkend, auf dem Berge liegen, bis die Sonne aufging; dann stieg er den Berg hinab, um in die Stadt zu gehen. Er fand sie außerordentlich schön, von hohen Mauern umgeben und mit zahlreichen Palästen geschmückt, so daß ihr Anblick jedes Herz erfreuen mußte. Er erregte aber so großes Aufsehen in der Stadt, daß viele Leute sich um ihn versammelten, um seine Kleidung, welche von der ihrigen ganz verschieden war, zu bewundern. »Ihr seid hier fremd«, sagte ihm einer von den Bewohnern der Stadt; »woher seid ihr?« – »Ich bin aus Kahirah.« – »Und wann habt ihr eure Hauptstadt verlassen?« – »Gestern abend.« – »Ich glaube, ihr seid verrückt: wie, ihr wollt gestern abend noch in Kahirah gewesen sein, während man von Kahirah hierher ein ganzes Jahr zu reisen hat?« – »Ihr seid verrückt, nicht ich, ich sage die Wahrheit; hier könnt ihr noch Brot sehen, das ich gestern in Kahirah gekauft.« Er zeigte ihnen hierauf das Brot, das er in der Tasche hatte; alle Leute drängten sich heran, um es zu sehen, denn es glich dem ihrigen gar nicht. Viele glaubten nun, was Maruf von seiner Reise erzählte; andere indessen hielten ihn für einen Lügner und verspotteten ihn. Während nun die Leute so miteinander über Maruf stritten, kam ein Kaufmann, von zwei Sklaven begleitet, auf einem Maulesel herbeigeritten, trieb die Leute auseinander und machte ihnen Vorwürfe, daß sie einen fremden Menschen so zum Gegenstand ihres Spottes machten. Er nahm dann Maruf mit nach Hause und ließ ihm sogleich schöne Kleider reichen, in denen er wie der Oberste der Kaufleute aussah; dann ließ er ihm die köstlichsten Speisen und Getränke vorstellen. Erst als sie gegessen und getrunken hatten, fragte der Kaufmann seinen Gast nach Namen, Stand und Heimat. Als Maruf über alles Auskunft gegeben hatte, fragte der Kaufmann: »Aus welchem Quartiere Kahirahs seid ihr?« – »Seid ihr denn in Kahirah bekannt?« – »Ich bin daselbst geboren!« – »Nun, ich bin aus dem roten Quartiere.« – »Kennt ihr den Drogisten Ahmed?« – »Allerdings, er ist mein Nachbar; sein Haus steht dicht neben dem meinigen.« – »Befindet er sich wohl?« – »O ja, es geht ihm recht gut.« – »Wie viele Kinder hat er und was ist aus ihnen geworden?« – »Er hat drei Söhne: der eine heißt Mustafa, der andere Muhammed und der dritte Ali. Mustafa ist Professor geworden, Muhammed Drogist, und Ali, der als Knabe mit mir in den Kirchen herumlief, um die Bücher der Christen zu stehlen und zu verkaufen, ist vor zwanzig Jahren aus Kahirah entflohen, weil er einmal von den Christen ertappt wurde und sein Vater ihn deshalb gar zu arg prügelte. Seither hat kein Mensch mehr etwas von ihm gehört.«

Der Kaufmann erwiderte: »Nun, Maruf, ich bin dein Jugendfreund Ali, Sohn des Drogisten Ahmed: sei mir willkommen und erzähle mir, wie du so hierhergekommen bist.« Maruf erzählte ihm hierauf die ganze Geschichte seiner Frau bis zu seiner Flucht vor das Siegestor; dann, wie ein Genius seinen Wunsch, an einen Ort gebracht zu werden, wo Fatma ihn nicht finden könne, erfüllte und ihn auf den Gipfel des Berges vor der Stadt absetzte. Dann bat er Ali, ihm nun auch zu sagen, wie er hierhergekommen, wie diese Stadt heiße und wie er zu so großen Reichtümern gelangte. »Meine Reise hierher«, antwortete Ali, »ging nicht so schnell, ich trieb mich seit meinem siebenten Jahre in der Welt umher, bis ich hierher kam. Hier beschloß ich, mich anzusiedeln, weil ich bald sah, daß die Bewohner dieser Stadt, welche Ichtian Alchuta heißt, sehr gute rechtschaffene und mildtätige Leute sind; auch bemerkte ich, daß man hier gar nichts von einer Lüge weiß. Ich gab mich daher für einen fremden Kaufmann aus und bat einen der hiesigen Kaufleute, mir tausend Dinare zu leihen, bis meine Waren ankommen würden. Für dieses Geld kaufte ich Waren, mietete mir einen Laden und fing an zu handeln, bis ich reich ward. Benutze auch du nun den Umstand, daß dich hier niemand kennt, und gib dich nicht für einen vor seiner Frau geflüchteten Schuhflikker aus; sage auch nicht, daß du in einer Nacht von einem Genius hierhergetragen wurdest, denn man würde dich nur verspotten, und diejenigen, welche es glauben, würden sich vor dir als einem verhexten Menschen fürchten und deine Nähe scheuen. Morgen will ich dir tausend Dinare geben und einen Maulesel mit einem meiner Diener leihen. Du reitest dann auf den Bazar, wo ich dich erwarten und mit vieler Auszeichnung aufnehmen will; ich werde dich nach allerlei Waren fragen, worauf du stets antwortest, du erwartest sie demnächst. Die Kaufleute werden mich dann fragen, wer du seist: da will ich ihnen viel Gutes und Schönes von dir erzählen und dir ein geräumiges Magazin für deine Waren verschaffen; stelle dich nur recht reich: wenn ein Bettler zu dir kommt, so gib ihm recht viel Almosen, damit man meinen Worten glaube. Ich werde dann dir zu Ehren eine große Mahlzeit geben, die angesehensten Kaufleute einladen und sie mit dir bekannt machen. Du kannst nach Belieben handeln, denn du findest überall Kredit und in kurzer Zeit kannst du ebenso reich sein wie ich.« Am folgenden Morgen benahm sich Maruf so, wie Ali mit ihm verabredet hatte, und dieser nannte Maruf den ersten Kaufmann der Welt und sagte von ihm, er habe Handelshäuser in Ägypten, in Indien, in Arabien und China, und besitze so viele Waren, daß kein Feuer sie verzehren könne. »Neben ihm«, sagte Ali, »bin ich ein ganz untergeordneter Krämer!« Als die Kaufleute Ali so sprechen hörten, faßten sie eine hohe Meinung von Maruf und boten ihm alle ihre Waren an; auch warteten sie ihm einer nach dem andern mit allerlei Kuchen und Sorbetten auf.

Während Maruf sich mit dem Obersten der Kaufleute unterhielt, kam ein Bettler vor Alis Laden und bat um ein Almosen. Die Kaufleute gaben ihm ein paar Pfennige, Maruf aber griff in die Tasche und reichte ihm eine ganze Hand voll Dinare hin, was den Kaufleuten noch eine höhere Meinung von seinen Reichtümern beibrachte. Bald kamen aber so viel Bettler, daß Maruf, der einem jeden eine Handvoll Geld schenkte, nichts mehr von den tausend Dinaren übrigblieb. Da schlug er die Hände zusammen und sagte: »Wie es scheint, gibt es hier viele Arme; hätte ich das gewußt, so hätte ich einen ganzen Sack voll Dinare mitgebracht; was soll ich nun tun, wenn ein Armer mich um etwas bittet, da ich kein Geld mehr bei mir habe?« – »Sage ihm: Gott stehe dir bei!« antwortete der Vorsteher der Kaufleute. »Das kann ich nicht«, versetzte Maruf; »willst du mir nicht für die Armen tausend Dinare leihen, bis meine Waren ankommen?« – »Recht gern!« antwortete der Vorsteher und schickte sogleich einen seiner Diener nach Hause, um das Geld zu holen. Maruf verteilte auch dieses Geld wieder unter die Armen, welche vor der Moschee, wo er sein Mittagsgebet verrichtete, sich um ihn drängten. Er ließ sich dann von einem andern Kaufmann wieder tausend Dinare leihen, die er bei dem Nachmittagsgebete austeilte, dasselbe tat er beim Abend- und Nachtgebete, so daß er an diesem Tage fünftausend Dinare verschenkte. Ali sah ihm mit Bewunderung zu, durfte aber, ohne sich selbst zum Lügner zu machen, nichts sagen. Des Nachts war eine große Mahlzeit bei Ali, während welcher Maruf nicht aufhörte, von seinen vielen Waren und Edelsteinen zu reden. Am folgenden Tage wendete er sich wieder an andere Kaufleute und fuhr so fort, bis er sechzigtausend Dinare entlehnt hatte. Als aber noch immer keine Waren ankamen, verloren doch die Kaufleute ihr Vertrauen zu ihm und fragten Ali, warum denn Marufs Waren so lange ausblieben. Ali wußte ihnen nichts zu sagen als: »Habt Geduld, sie werden bald ankommen.« Als er aber allein mit Maruf war, machte er ihm Vorwürfe darüber, daß er so viele Schulden mache, die er nie zu zahlen imstande wäre, da er nichts besitze, noch etwas durch Handel zu erwerben suche. »Was sind sechzigtausend Dinare?« erwiderte Maruf; »wenn meine Waren kommen, so lasse ich meinen Gläubigern die Wahl, ob sie Geld oder Waren wollen.« Ali nannte ihn einen Lügner und drohte ihm, ihn vor allen Leuten zuschanden zu machen; indessen konnte er, ohne sich selbst zum Lügner zu stempeln, nichts gegen ihn sagen, denn das Sprichwort lautet: Wer jemanden lobt, dann schmäht, der lügt zweimal. Als daher die Kaufleute wieder zu ihm kamen, sagte er ihnen: »Ich wage es nicht, Maruf etwas zu sagen, weil er mir selbst auch tausend Dinare schuldig ist, übrigens habe ich euch keineswegs geraten, ihm Geld zu leihen, wollt ihr also die Ankunft seiner Karawane nicht abwarten, so klagt ihn bei dem König an.« Die Kaufleute begaben sich hierauf in den Divan und trugen dem König ihre Klage vor. Als aber der König hörte, daß Maruf alles entlehnte Geld wieder an Arme verschenkt habe, dachte er: dieser Mann ist kein Gauner, er ist gewiß außerordentlich reich und erwartet die kostbarsten Waren, die es nur gibt, darum will ich mir ihn zum Freunde machen, so daß seine Schätze mir und nicht diesen Kaufleuten, die schon reich genug sind, zufließen. Übrigens will ich einmal an einer Perle, die ich besitze, sehen, ob er dergleichen wertvolle Gegenstände zu schätzen weiß. Der König ließ also Maruf zu sich rufen. Dieser bestätigte die Aussage der Kaufleute und erklärte, er würde bei Ankunft der Karawane einen jeden nach Wunsch mit Geld oder Waren befriedigen. Der König zeigte ihm hierauf eine Perle, so groß wie eine Haselnuß, die er für tausend Dinare gekauft hatte, und fragte ihn, wieviel sie wert sei. Maruf nahm sie zwischen seine Finger, zerdrückte sie und sagte lachend: »Das ist keine Perle: was nicht so groß als eine Nuß ist, verdient den Namen Perle nicht, doch ihr seid arme Leute, darum schlagt ihr auch so eine Perle hoch an, bei uns aber gibt es Perlen, welche siebenzigtausend Dinare wert sind.« Des Königs Habsucht wurde dadurch noch mehr gereizt und er fragte Maruf, ob er solche Perlen erwarte und ob sie ihm feil sein werden?« – »Ich erwarte deren eine große Anzahl«, erwiderte Maruf, »und werde dir mit Vergnügen einige davon zum Geschenk machen.« Der König entließ dann die Kaufleute mit dem Befehle, die Ankunft der Karawane abzuwarten, und beauftragte den Vezier, Maruf die Prinzessin anzutragen; denn auf diese Weise, dachte er, gelange ich am sichersten zum Besitz aller seiner Kostbarkeiten. Der Vezier versuchte vergebens Maruf als Gauner darzustellen. Der König hörte ihn nicht an, weil er glaubte, er möchte lieber die Prinzessin seinem eigenen Sohne zur Frau geben. So mußte denn der Vezier zu Maruf gehen und ihm die Tochter des Königs als Gattin antragen. Maruf nahm die Heiratsvorschläge an, sagte jedoch, er wolle mit der Hochzeit bis zur Ankunft der Karawane warten, denn er brauche fünftausend Beutel zur Morgengabe, tausend Beutel für die Armen in der Hochzeitnacht, ebensoviel für die Frauen der Prinzessin, auch müsse er hundert Perlen für die Königin haben und ebensoviel für die Sklavinnen der Prinzessin, auch wolle er wenigstens tausend Arme kleiden, und das alles könne er erst nach Ankunft der Karawane. Als der Vezier mit dieser Antwort zum König zurückkehrte, bat er ihn nochmals, vorsichtig zu sein und dergleichen Windbeuteleien nicht zu glauben; der König ward aber immer begieriger nach Marufs Reichtümern, drohte dem Vezier mit dem Tode, wenn er noch etwas gegen Maruf verlauten lasse, und befahl ihm, ihn zu holen. Der König sagte ihm dann: »Deine Gründe, die Hochzeit mit der Prinzessin zu verschieben, sind nicht triftig genug; hier hast du den Schlüssel zu meiner gefüllten Schatzkammer, nimm daraus so viel Geld, als du brauchst; wenn die Karawane anlangt, kannst du mir ja alles ersetzen.«

Der König ließ dann den Großmufti holen und den Ehekontrakt schreiben; die Festlichkeiten begannen, die Stadt war geschmückt, die öffentlichen Schauspiele, denen Maruf auf einem hohen Throne beiwohnte, belustigten die ganze Stadt. Maruf warf Hände voll Geld unter die Ringer, Taschenspieler und Musiker, und verschenkte so viel an Arme, daß der Schatzmeister zum großen Ärger des Veziers gar nicht Geld genug herbeischaffen konnte. Diese Festlichkeiten dauerten vierzig Tage lang; am einundvierzigsten Tage ward erst die Hochzeit mit erstaunlicher Pracht gefeiert. Als Maruf des Nachts allein bei der Prinzessin war, schlug er die Hände übereinander und rief: »Es gibt keinen Schutz und keine Macht, außer bei Gott, dem Erhabenen!« – »Was hast du?« rief die Prinzessin; »warum seufzest du so?« – »Dein Vater«, antwortete Maruf, »hat unsere Hochzeit so übereilt: ich wollte warten bis die Karawane ankommt, da wäre ich auch imstande gewesen, dir deiner würdige Geschenke zu machen, aber so schäme ich mich vor dir und deinen Sklavinnen, denen ich auch, um dich dadurch zu ehren, von meinen Perlen schenken wollte.« – »Gräme dich nicht darüber«, erwiderte die Prinzessin; »du bist niemandem etwas schuldig, und was du geben willst, wird später ebenso angenehm sein; laß uns deshalb die Freuden der Hochzeitnacht nicht vergessen.«

Maruf setzte noch zwanzig Tage lang sein bisheriges Leben fort und verschenkte, was die Schatzkammer an Geld und Ehrenkleidern enthielt. Am einundzwanzigsten Tage, als der König allein mit seinem Vezier war, trat der Schatzmeister zu ihm herein und meldete ihm, daß die Schatzkammer bald erschöpft wäre. Der Vezier benutzte diese Veranlassung wieder, um Maruf als einen Abenteurer darzustellen, so daß der König, wegen des allzulangen Ausbleibens der Karawane selbst argwöhnisch, zum Vezier sagte: »Wie fangen wir es an, um endlich einmal Gewißheit über den wahren Zustand Marufs zu erhalten?« – »Das beste ist«, antwortete der Vezier, »du bittest deine Tochter, in Maruf zu dringen, daß er dir die Wahrheit über seinen früheren Stand gestehe, denn selten kann ein Mann lange seiner Frau ein Geheimnis vorenthalten.« – »Das soll geschehen«, versetzte der König, »und ist er ein Lügner, so soll er den schlimmsten Tod sterben.« Er ließ sogleich seine Tochter rufen, und der Vezier, den nur ein Vorhang von ihr trennte, belehrte sie, wie sie es anzufangen habe, um hinter die Wahrheit zu kommen. Die Prinzessin, welche selbst der vielen Prahlereien und Versprechungen ihres Gatten müde war, erbot sich, alles aufzubieten, um ihm sein Geheimnis zu entreißen. Als er des Abends nach Hause kam, trat sie ihm mit vielen Liebkosungen entgegen und sagte ihm Worte süßer als Honig. »Geliebter«, redete sie ihn an, »Freude meiner Augen, Frucht meines Herzens, möge das Schicksal uns nie trennen, denn mein Herz ist so voll von Liebe zu dir erfüllt, daß ich ohne dich nicht mehr leben könnte. Aber ich bitte dich, fahre nicht länger fort, meinen Vater in bezug auf deine Reichtümer zu täuschen, er wird einmal die Wahrheit erfahren und dann im Zorne Maßregeln gegen dich ergreifen, die wir nicht mehr verhindern können; gestehe mir lieber alles, ich werde dann schon Mittel finden, dich außer aller Verlegenheit zu bringen.«

»Nun«, sagte Maruf zu seiner Gattin, »wenn du die Wahrheit hören willst, so wisse, daß ich kein reicher Kaufmann, sondern ein armer Schuhflicker aus Kahirah bin«, und hierauf erzählte er ihr seine ganze Geschichte. – »Du bist ein gewandter Lügner«, sagte die Prinzessin, »und hast es ziemlich weit mit deinen Lügen gebracht; indessen hielt dich der Vezier immer für einen Abenteurer, und auf seinen Rat hat mein Vater mich ersucht, alles aufzubieten, um dir dein Geheimnis zu entlocken. Ich werde mich aber wohl hüten, es ihm mitzuteilen, er würde dich mit dem Tode bestrafen, ich gälte in der Welt als die Witwe eines Schuhflickers und würde gezwungen werden, ein zweites Mal zu heiraten. Darum folge meinem Rat; hier sind fünfzigtausend Dinare, kleide dich als Mameluck, nimm ein gutes Pferd aus dem königlichen Stalle, reite in ein Land, das nicht mehr meinem Vater untertan ist, und lasse dich daselbst als Kaufmann nieder; gib mir dann Nachricht von dir, damit ich dir schicke, was ich für dich auftreiben kann. Dort bleibst du, bis mein Vater stirbt, dann lasse ich dich sogleich wieder hierher rufen; stirbt aber eines von uns zuerst, nun, so wird der Tag der Auferstehung uns vereinen.« Maruf nahm zärtlich Abschied von seiner Gattin und machte sich vor Tagesanbruch auf den Weg. Einige Stunden darauf ließ der König seine Tochter kommen, um zu hören, was sie von Maruf entlocken konnte. »Gott schwärze das Angesicht deines Veziers«, sagte die Prinzessin. »Als gestern Nacht mein Gatte bei mir war, trat mein Eunuche mit einem Brief herein und sagte: Zehn Mamelucken, welche vor dem Schlosse stehen, haben ihn gebracht. Ich öffnete den Brief, und siehe da, er war von den fünfhundert Mamelucken, welche meines Gatten Karawane begleiteten; sie meldeten ihm, daß sie von Arabern angegriffen worden und in einem langen Kampfe zweihundert Lasttiere verloren haben, sie seien darum so lange ausgeblieben, weil sie, um ihre Ladungen wieder zu erlangen, mehrere Angriffe auf die Räuber gemacht hätten. Mein Gatte rief dann, Gott verdamme meine Mamelucken! war es wohl der Mühe wert, wegen zweihundert Ladungen mich so lange in Verlegenheit zu lassen? das macht ja höchstens siebentausend Dinare. Aber ich will mich schnell aufmachen und ihnen entgegengehen, damit sie sogleich kommen. Hierauf verließ er mich, ohne im mindesten über den erlittenen Verlust betrübt zu sein, und ritt mit zehn Mamelucken davon, welche schöner waren als der Mond, und deren jeder ein Kleid anhatte, das wenigstens zweitausend Dinare wert war. Ich dankte Gott, ihm noch keinen Zweifel über seine Reichtümer gemacht zu haben, er würde sonst mich und dich verspotten.« So ward der Vezier abermals zum Schweigen gebracht und vom König mit Vorwürfen überhäuft.

Maruf ritt indessen, von herbem Schmerz gefoltert, immer vorwärts bis gegen Mittag. Da fand er in der Nähe eines kleinen Dorfes einen Bauern an seinem Pfluge; er grüßte ihn und bat ihn, ihm etwas zu essen zu verschaffen. Der Bauer, welcher ihn für einen Mamelucken des Königs hielt, lud ihn ein, abzusteigen und sein Gast zu sein. »Du hast ja selbst nichts«, sagte Maruf. – »Steige nur ab«, erwiderte der Bauer, »ich eile ins Dorf und hole dir zu essen.« – »Aber ich kann ja selbst ins Dorf gehen«, versetzte Maruf, »und mir etwas zu essen auf dem Markte kaufen.« Darauf antwortete der Bauer: »Das Dorf ist so klein, daß es in demselben keinen Markt gibt, darum warte lieber hier, ich gehe schnell und hole dir etwas.« Während nun der Bauer ins Dorf lief, dachte Maruf: ich will einstweilen weiter pflügen, damit der arme Mann keine Zeit verliere. Als er aber die Ochsen antrieb, stieß der Pflug auf etwas Hartes, und das Vieh konnte ihn nicht vom Platze bringen. Da er sehen wollte, was den Pflug aufhalte, fand er einen goldenen Ring an eine marmorene Tafel befestigt. Er räumte die Erde weg, hob die Platte auf und entdeckte eine Treppe, die in ein unterirdisches Gemach, so groß wie ein Badesalon, führte, welches ganz mit Gold, Smaragden, Perlen, Rubinen und andern Edelsteinen gefüllt war. Er sah unter anderm auf einen kristallenen Koffer, welcher mit Perlen von der Größe einer Nuß gefüllt war, ein kleines goldenes Kästchen, dessen feine Arbeit seine Aufmerksamkeit ganz besonders auf sich zog; er öffnete es und fand einen goldenen Siegelring darin mit allerlei Talismanen beschrieben, so klein wie Ameisenfüße. Als er an dem Ring ein bißchen rieb, ließ sich eine Stimme hören: »Was beliebt? was beliebt? mein Herr! fordere nur, es wird dir alles gewährt. Soll ich ein Land blühend machen? soll ich eine Stadt verwüsten? einen König töten, oder einen Sturm aus der Erde hervorrufen? der Schöpfer des Tages und der Nacht erlaubt mir, alle eure Befehle zu vollziehen.« – »Wer bist du denn?« fragte Maruf. – »Ich bin der Diener dieses Rings«, antwortete der Geist, »und gehorche dem, der ihn besitzt. Mir ist alles möglich, denn ich gebiete über alle Genienhäupter und meine Armee besteht aus unzählbaren Geistern jeder Gattung; reibe nur den Ring, sooft du mir etwas zu befehlen hast, und fordere von mir, was dir Freude macht. Reibe aber den Ring nie zweimal nacheinander, sonst bin ich des Todes.« – »Wie heißt du denn?« fragte Maruf. – »Ich heiße Abu Saadat (Glücksvater), war der dienstbare Geist des Königs Schadad, der Sohn Ads, und du befindest dich in seiner Schatzkammer, wo er mich aufbewahrte.« – »Kannst du«, fragte Maruf, »diese Schätze auf die Oberfläche der Erde bringen?« – »Nichts leichter als dies«, antwortete Abu Saadat. Auf seinen Wink spaltete sich die Erde, und nach einer kleinen Weile erschienen hübsche junge Burschen – es waren die Söhne Abu Saadats – mit goldenen Tragkörben, und trugen alles, was in der Schatzkammer war, auf die Oberfläche der Erde.

Nachdem die Söhne Abu Saadats diese Arbeit verrichtet hatten, fragte dieser seinen Herrn, was er nun weiter befehle. »Jetzt«, sagte Maruf, »bringe mir Kisten und Maulesel, lege alle diese Schätze in Kisten und lade sie den Mauleseln auf.« Abu Saadat stieß einen Schrei aus und sogleich erschienen seine achthundert Söhne, von denen die einen die Gestalt von Mauleseln und die andern die von Treibern und Knechten annahmen. Letztere brachten dann Kisten herbei, und die Schätze waren so zahlreich, daß sie dreihundert Maulesel damit beluden. Maruf forderte dann noch hundert Ladungen von den feinsten Stoffen Ägyptens, Syriens, Griechenlands, Persiens und Indiens. Abu Saadat versprach bis zum folgenden Morgen alles zu liefern, und sandte sogleich Genien nach allen diesen Ländern aus, um die gewünschten Waren zu holen. Maruf erbat sich hierauf ein Zelt, um die Nacht darunter zuzubringen. Abu Saadats Söhne schlugen ein schönes Zelt auf und brachten ihm auch einen Tisch mit Speisen beladen. In diesem Augenblick kam der Bauer mit einer Schüssel voll Linsen aus dem Dorfe zurück und wollte sie Maruf anbieten; als er ihn aber in einem königlichen Zelte von Mamelucken umgeben sah, hielt er ihn für den Sultan und dachte: hätte ich doch ein paar Hühner geschlachtet und gebacken; er wollte schon wieder umkehren, um dies zu tun, da rief ihn Maruf zu sich und fragte ihn, was er in der Hand habe. »Ich habe nur Linsen«, antwortete der Bauer verlegen, »und ein bißchen Gerste für dein Pferd; ich glaubte nicht, daß der Sultan hierher kommen würde, sonst hätte ich Hühner geschlachtet.« – »Gib sie her«, versetzte Maruf, »da du, ohne mich zu kennen, mich bewirten wolltest, so will ich auch dein Gericht nicht verschmähen. Indessen bin ich nicht der Sultan, sondern sein Schwiegersohn, ich habe ihn nach einem Wortwechsel plötzlich verlassen, nun schickte er mir aber seine Mamelucken nach, um sich wieder mit mir zu versöhnen, ich reise daher wieder zur Hauptstadt zurück.« Er aß dann die Linsen, füllte die Schüssel, in der sie waren, mit Gold und lud den Bauer ein, ihn in der Stadt zu besuchen.

Der Bauer kehrte glückselig mit seinem Gespann in sein Dorf zurück, und Maruf brachte die Nacht in fröhlicher Gesellschaft von Genientöchtern zu. Am folgenden Morgen rückten die Genien mit den fremden Stoffen heran, Abu Saadat ritt als Karawanenführer voraus und meldete Maruf, daß alles zum Aufbruch bereit sei. Maruf schrieb dem König einen Brief, in welchem er ihm seine Ankunft an der Spitze der Karawane meldete, und ihn bat, ihm mit einigen Truppen entgegenzukommen. Diesen Brief befahl er Abu Saadat durch einen Genius in Gestalt eines Boten voraus zum König der Stadt Ichtian zu schicken. Der König war eben im Gespräch mit dem Vezier, welcher behauptete, Maruf sei entflohen, um nicht zuschanden zu werden, als Marufs Brief anlangte.

Der König machte dem Vezier neue Vorwürfe, sobald er den Brief gelesen hatte, gab Befehle, die Stadt festlich zu schmücken, und ging zu seiner Tochter, um ihr die erhaltene Nachricht mitzuteilen. Die Prinzessin war außer sich vor Freude, und dachte bei sich selbst: gewiß hat Maruf mich nur prüfen wollen; gottlob, daß ich so gegen ihn verfuhr. Nicht minder als die Prinzessin war Ali erstaunt, als er die Vorbereitungen zur Ausschmückung der Stadt sah, und hörte, sie gelte der Rückkehr Marufs mit einer großen Karawane. Dieser bestieg, sobald der Bote zurück war, eine Sänfte und ließ nicht anhalten, bis

er dem König mit seinen Truppen begegnete, dann zogen sie zusammen mit großem Pomp in die Stadt, wo alle Kaufleute ihn zu begrüßen kamen. Auch Ali stellte sich ein, und da er glaubte, das Ganze sei nur eine List der Prinzessin, sagte er: »Willkommen, Abenteurer, du hast deine Sache gut gemacht.« – Maruf lachte. Als er in den Palast kam, ließ er die Maultiere abladen, die Lasten Gold in die Schatzkammer seines Schwiegervaters tragen, die kostbarsten Stoffe, Perlen und Edelsteine aber vor sich bringen. Er ließ dann die Kisten öffnen und nahm die schönsten Stoffe und Edelsteine heraus für die Frauen und Diener des Königs, mit den übrigen bezahlte er die Kaufleute und beschenkte alle Armen der Stadt. Dann griff er zu den Smaragden, Rubinen und andern Edelsteinen und verteilte sie unter die Truppen. Vergebens rief ihm der König zu: »Es ist genug, mein Sohn! es bleiben ja nur wenige Lasten für dich übrig.« Er verschenkte aber immerfort und sagte: »Ich habe noch viel«, und in der Tat brachte ihm sein Diener soviel er wollte.

Niemand wagte es mehr, nach dem soeben Vorgefallenen an Marufs Worten zu zweifeln, um so weniger, als gerade der Schatzmeister hereintrat und dem König sagte, die Schatzkammer sei voll und noch bleibe viel Gold übrig, er möchte ihm doch einen andern Platz dafür anweisen. Maruf begab sich dann zu seiner Frau, welche ihm lachend entgegenkam, und er erbat sich von Abu Saadat für sie ein prächtiges Kleid und eine Halskette von vierzig Solitärperlen nebst äußerst wertvollen Armbändern, Ohrringen und Gürteln. Sie ward fast närrisch vor Freude, als sie alles dies sah, und sagte zu Maruf: »Ich will dieses Kleid und diesen Schmuck für Festtage aufbewahren.« – »Das ist nicht notwendig«, versetzte Maruf, »denn ich habe deren noch viele.« Als er wieder allein war, bestellte er bei Abu Saadat hundert Kleider mit Schmuck für die Sklavinnen seiner Gattin. Sie zogen sie an und leuchteten wie die Sterne um die Prinzessin, welche dem Monde glich. Der König wußte nicht mehr, was er von allen diesen Schätzen denken sollte; und als er den Vezier um seine Ansicht darüber fragte, sagte dieser: »König der Zeit, ein Kaufmann ist weder so freigebig, noch so reich, als dein Schwiegersohn, selbst Könige sind selten beides in einem so hohen Grade, hier liegt gewiß irgend ein Geheimnis verborgen; folge daher meinem Rat und lade Maruf mit mir zu einem Spaziergang in deine Gärten ein, dort stellst du uns Wein vor, und wir geben ihm so viel zu trinken, daß er die Besinnung verliert und sein Geheimnis offenbart; wir ergreifen dann die nötigen Maßregeln für deine Sicherheit, denn ein so reicher Mann könnte dir gefährlich werden.«

Der König fand diesen Rat gut und beschloß, ihn am folgenden Tage auszuführen; sein Entschluß war noch fester, als am folgenden Morgen seine Diener ihm das Verschwinden der Maulesel und der Mamelucken, die mit Maruf gekommen, meldeten und dieser dazu lachte, als wäre ein Verlust von tausend Mauleseln und fünfhundert Mamelucken gar nicht anzuschlagen. Maruf ward daher zum verabredeten Spaziergang eingeladen, und im Pavillon des Gartens wurde er solange zum Trinken beredet, bis er nicht mehr wußte, was er sagte. Jetzt bat ihn der König, er möchte ihn doch mit den näheren Umständen seines Lebens bekanntmachen, denn weder seine Schätze noch seine Freigebigkeit seien die eines Kaufmanns. »Gewiß«, sagte der König, »bist du irgend ein Sultan oder ein Prinz.« – »Ich bin keines von beiden«, erwiderte Maruf, und erzählte hierauf seine ganze Geschichte von Anfang bis zu Ende. Da sagte der Vezier: »Zeige mir doch einmal diesen Ring.« Maruf zog ihn aus und gab ihn dem Vezier. Dieser rieb sogleich daran, und als Abu Saadat erschien, sagte er ihm: »Trage diesen Mann in eine öde Wüste, wo er weder Trank, noch Nahrung findet, und keinem Menschen begegnet.« Abu Saadat nahm ihn auf den Rücken, erhob sich mit ihm, trug ihn in das unbewohnte Viertel der Welt und sagte zu ihm: »Du verdienst noch schlimmeres, weil du einen solchen Talisman so leichtsinnig hergabst.« –

»Siehst du«, sagte der Vezier zum König, »daß ich doch recht hatte, als ich Maruf für einen Gauner hielt.« – »Du hast recht Vezier«, antwortete der König, »Gott erhalte dich! zeige mir auch einmal den Ring.« – »Blödsinniger Mensch«, versetzte der Vezier ganz zornig, »jetzt bin ich Herr, glaubst du wohl, ich werde dir den Ring geben, um wieder dein Diener zu werden?« Er rieb hierauf wieder an dem Ring und befahl dem Diener des Ringes, den König zu seinem Schwiegersohne zu tragen.

Der Vezier versammelte dann die Häupter seiner Truppen, erzählte ihnen alles, was zwischen ihm, dem König und Maruf vorgefallen, und sagte ihnen: »Wollt ihr mich nun als König anerkennen, gut, wo nicht, so befehle ich dem Diener des Rings, euch alle in öde Wüste zu bringen, wo ihr vor Hunger und Durst sterben müßt.« – »Tut uns nichts zuleid«, riefen alle: »wir wollen dir gerne huldigen und allen deinen Befehlen gehorchen.« Er schickte dann zur Prinzessin und ließ ihr sagen, sie möchte sich auf diesen Abend zu seinem Besuche vorbereiten. Sie ließ ihn bitten, doch wenigstens die gesetzlich bestimmte Frist für eine Frau, die ihren Mann verloren, ablaufen zu lassen. Er antwortete aber, er wisse nichts von gesetzlicher Frist, noch von Ehe-Kontrakt, sie müsse ihn diesen Abend empfangen. Die listige Prinzessin zog des Abends ihre schönsten Kleider an, empfing den Vezier mit heiterm Gesicht und war so freundlich und zuvorkommend gegen ihn, daß er, vor Liebe und Leidenschaft ganz außer sich, sie umarmen wollte. Da sagte sie: »Siehst du nicht den Mann, der uns beobachtet? ich beschwöre dich bei Gott, entferne ihn!« – »Wo ist ein Mann, der uns zusieht?« fragte der Vezier erstaunt. – »Er streckt seinen Kopf aus dem Stein des Siegelrings hervor«, antwortete die Prinzessin, »lege ihn doch ab, denn ich fürchte mich vor Genien.« Der Vezier, welcher glaubte, sie sehe wirklich den Diener des Rings, legte ihn auf das Kissen und näherte sich ihr wieder. Sie stieß ihn aber zurück, daß er ohnmächtig hinfiel, rief ihre Diener herbei und ließ ihn festnehmen; unterdessen rieb sie an dem Ring und befahl Abu Saadat, den Vezier in das schwärzeste Gefängnis zu sperren und ihren Vater und Gatten zu ihr zu bringen. Sie setzte ersteren wieder zum König ein und ließ letztern zum Großvezier ernennen, den Ring gab sie aber nicht mehr aus der Hand. Am folgenden Tage war diese neue Wendung der Dinge den Häuptern der Truppen und Staatsräten mitgeteilt, die sich außerordentlich freuten, von einem gottlosen Manne, wie der Vezier war, befreit zu sein und ihn zum Tode verurteilt zu wissen.

Nach fünf Jahren starb der König, da folgte ihm Maruf auf dem Throne, den Ring aber gab ihm seine Gattin erst nach andern fünf Jahren, als sie auf dem Sterbebette lag, und empfahl ihm denselben so angelegentlichst, wie ihren Sohn, der damals fünf Jahre alt war. Eines Nachts, als Maruf nach dem Tode seiner Gattin sich allein niederlegte, fühlte er schon halb schlafend, jemanden neben sich liegen; er schlug erschrocken die Augen auf und rief Gottes Schutz gegen die Teufel an, und siehe da, seine Frau Fatma lag neben ihm, noch viel häßlicher, als sie früher war. »Wie bist du hierhergekommen?« fragte Maruf erstaunt. – »Wisse«, hob sie an, »daß ich bald nach deinem Verschwinden es sehr bereute, dir so viel Verdruß gemacht zu haben; auch sah ich ein, was ich an dir besessen hatte, denn seit deiner Abreise mußte ich jedes Stückchen Brot betteln. Gestern ging ich auch lange auf den Straßen bettelnd umher und niemand gab mir etwas, manche beschimpften mich sogar, so daß ich hungrig nach Hause ging und weinte. Da erschien mir ein Geist und fragte mich: Warum weinst du so? Ich antwortete: Weil ich nicht weiß, wo mein Gatte hingekommen ist, der, solange er bei mir war, mich mit allem nötigen versorgte. – Dein Gatte, sagte der Geist, ist jetzt Sultan der Stadt Ichtian; wenn du willst, so trage ich dich zu ihm. Ich bat ihn, es zu tun, und er nahm mich auf seinen Rücken, flog mit mir eine Weile in der Luft zwischen Erde und Himmel, dann setzte er mich in diesem Schlosse ab, bezeichnete mir dein Schlafzimmer und sagte: Hier liegt dein Gatte. So ging ich denn herein, in der Hoffnung, du werdest mich nicht verstoßen.« Sie bat dann so lange um Erlaubnis, bei ihm zu bleiben, bis er ihren Wunsch erfüllte, jedoch drohte er ihr mit dem Tode bei der ersten Bosheit, die sie wieder gegen ihn ausüben würde. »Hier«, sagte er, »fürchte ich deine Klagen nicht, denn ich besitze einen Ring, mittelst welchem ich nur Gott zu fürchten habe, sobald ich daran reibe, erscheint mir ein Geist, der alle meine Befehle vollzieht. Ich lasse dir die Wahl, ob du nach Hause zurückkehren willst, da sollst du so viel Geld haben, daß du bis zum Tode im Überflusse leben kannst, oder ob du bei mir zu bleiben wünschest, da räume ich dir eine herrlich möblierte Wohnung im Schlosse ein, schenke dir zwanzig Sklavinnen zu deiner Bedienung und verschaffe dir die schönsten Kleider und die schmackhaftesten Speisen und Getränke.« Fatma wünschte bei ihm bleiben zu dürfen, und lebte einige Zeit wie eine Königin.

Bald hatte sie aber großes Mißfallen an Marufs Sohn und noch größeren Ärger über Maruf selbst, der bei aller Fürsorge jedoch nicht mehr als Gatte mit ihr lebte, denn sie war alt und hatte ihn zu tief gekränkt. Sie ließ sich daher vom Teufel die Idee eingeben, sich des Ringes zu bemächtigen, ihn zu töten und selbst den Thron zu besteigen. So schlich sie eines Nachts aus ihrem Gemach in das Marufs, im Augenblicke, wo er herausging und sie wohl wußte, daß sein Ring auf dem Kissen lag. Aber Marufs Sohn hatte sie gesehen, und es war ihm aufgefallen, daß seine Stiefmutter zu einer ganz ungewöhnlichen Stunde in seines Vaters Schlafzimmer gehe; er folgte ihr daher leise mit einem Schwert umgürtet, das er schon als Kind trug, und als er sah, daß sie den Ring nahm, sich damit freute und schon daran reiben wollte, zog er sein Schwert und schlug ihr den Hals ab. Maruf umarmte seinen Sohn und verspottete ihn nicht mehr wegen seines Schwertes. Am folgenden Tage ließ er Fatma beerdigen und bald darauf heiratete er die Tochter des Bauers, der ihn auf seiner Flucht bewirtet hatte, und ernannte seinen Schwiegervater zu seinem Großvezier. So lebte er nun viele glückliche Jahre, bis der allen Freuden ein Ende machende Tod ihn heimsuchte. Gepriesen sei der Ewigdauernde!

Als Schehersad, welche während der tausend und eine Nächte dem König drei Söhne geboren, diese Erzählung vollendet hatte, warf sie sich vor dem Sultan nieder und sprach: »König der Zeit, Herr deines Jahrhunderts, darf ich nun als Lohn für meine Erzählung mir eine Gnade ausbitten?« – »Wünsche, was du willst, Schehersad, es werde dir gewährt!« antwortete der Sultan. Da rief sie die Ammen und befahl ihnen, ihre Kinder herbeizubringen. Die Ammen brachten drei Knaben, von denen der eine schon laufen konnte, der andere kroch und der dritte noch am Busen seiner Amme lag. »König der Zeit«, sagte Schehersad, »hier sind deine Kinder; ich bitte dich, um ihretwillen mir das Leben zu schenken, damit die armen Kinder nicht mutterlos werden.« Der

König, bis zu Tränen gerührt, umarmte seine Kinder und sagte: »Bei Gott! Schehersad, ich habe dir schon längst verziehen, denn du bist tugendhaft und rein; Gott segne dich und die Deinigen!« Schehersad küßte dem König die Hand und wünschte ihm noch ein langes, glorreiches Leben. Die Freude verbreitete sich sogleich im ganzen Palaste und bald darauf in der ganzen Stadt. Es war eine äußerst freudige Nacht, lichter als der hellste Tag. Am folgenden Morgen schenkte der König in Anwesenheit aller Truppen seinem Schwiegervater, dem Vezier, ein prachtvolles Ehrenkleid und dankte ihm dafür, daß er ihm seine Tochter zur Frau gegeben, welche ihn von ferneren Mordtaten abhielt. Er beschenkte dann auch die übrigen Veziere, Emire und Großen des Reichs und ließ die Stadt auf seine Kosten beleuchten, allerlei öffentliche Spiele und Belustigungen veranstalten und den Armen viele Almosen aus seiner Schatzkammer austeilen. Er herrschte dann noch viele Jahre in Glück und Freude, bis ihn der Tod überraschte, mit dem alles Irdische endet. Gepriesen sei der, an dem die Zeit nichts ändert, und Friede sei mit seinem Gesandten Muhammed, der Zierde aller Sterblichen!

Nachbemerkung

Seit fast 300 Jahren sind die Geschichten aus ›Tausendundeiner Nacht‹ auch den Europäern vertraut: als »... eine unerschöpfliche Quelle der Bereicherung von Geist, Phantasie und Sinnen und Gelegenheit zur Bekanntschaft mit der fremdartig bunten Welt des Orients« (Martiniano Roncaglia). Einzelne Erzählungen und Motive waren zwar seit dem 14. Jahrhundert bekannt geworden, doch erst Jean-Antoine Galland (1646–1715) legte die erste zusammenhängende Ausgabe in französischer Übersetzung vor. Die zwölf Bände erschienen 1704–1717. Und wieder vergingen mehr als hundert Jahre, bis das gesamte Textkorpus aus dem Arabischen (»Kairiner Handschrift«) von dem Orientalisten Gustav Weil (1808–1889) erstmals ins Deutsche übersetzt und 1837–1841 in vier reich illustrierten Bänden aufgelegt wurde. 1865 entstand unter Hinzuziehung zweier weiterer arabischer Handschriften eine von Weil selbst revidierte Ausgabe. Während die Texte des vorliegenden Auswahlbandes auf der zuletzt genannten Edition basieren, sind die abgebildeten Illustrationen, Reproduktionen von Holzstichen und Holzschnitten nach Zeichnungen verschiedener französischer Künstler des 19. Jahrhunderts, der Weilschen Erstausgabe von 1838–1841 entnommen.

›Alf laila wa-laila‹ (arab. Titel von ›Tausendundeiner Nacht‹) umfaßt heute – je nach Vorlage – mehr als 300 Texte, in die wiederum etwa 1400 Gedichte und Verse eingestreut sind. Aus dieser Fülle wurden für den vorliegenden Band 25 Einzelstücke ausgewählt, die verschiedene Prosagattungen vorstellen. Zum Gesamtrahmen der Schehersad-Geschichte kamen romantische Zaubermärchen von epischer Breite – wie dasjenige vom Ebenholzpferd –, Sagen, Anekdoten, Parabeln, Legenden und Humoresken. Um das Lektüreerlebnis spannender zu gestalten, erhielten unbekanntere Texte den Vorzug. Was die Orthographie betrifft, so wurde diese, unter strikter Beibehaltung des Lautstandes, behutsam modernisiert. Die persischen, arabischen und türkischen Wörter und Namen wurden aus der Vorlage mit ihren Inkonsequenzen in der Transkription unverändert übernommen. Ein kleines Glossar gibt erklärende Hinweise.

Die Erzählungen aus ›Tausendundeiner Nacht‹ wurden mündlich überliefert und stammen aus verschiedenen Ländern des Orients. Als historischer Kern der anonymen Sammlung, deren Ursprung vermutlich im indischen Sprach- und Kulturraum liegt, gelten die persischen ›Hazar afsana‹ (›Tausend Erzählungen‹). In der 2. Hälfte des 8. Jahrhunderts wahrscheinlich wurden sie ins Arabische übertragen und gelangten im 11. Jahrhundert nach Ägypten. Und es wurde weiter erzählt in der arabischen Welt, in der sich verschiedenste Völker, Kulturen und Religionen begegneten. Über die Jahrhunderte hinweg entstand ein Geschichtenkosmos, der vielfältiger und bunter nicht sein könnte: Indische, persische, altbabylonische, arabische, ägyptische, türkische, griechische und syrische Einflüsse, solche aus Judentum, Christentum und Islam lassen sich verorten. Eine schriftliche Niederlegung ist aus dem Kairo des 16. Jahrhunderts überliefert.

Der ›Eingang‹ beschreibt, wie es überhaupt zu dem Zyklus kam: Die Vezierstochter Schehersad (dt. »edel von Art«) begibt sich zu König Scheherban (dt. »Träger der Herrschaft«) und beginnt, ihm von ihren »schönen Geschichten« zu erzählen, die ihn solchermaßen fesseln, daß er sich nicht entschließen kann, Schehersad wie ihre Vorgängerinnen töten zu lassen. Sie versteht es auf meisterhafte Art und Weise, die Neugierde ihres Zuhörers am Ende jeder Nacht so zu reizen, daß er die »Fortsetzung« kaum erwarten kann. Am Schluß schenkt König Scheherban Schehersad, die ihm in der Zwischenzeit drei Söhne geboren hat, das Leben – der Beweis für die lebensrettende Kraft der Poesie, aber auch für die Klugheit einer Frau, die in einer zutiefst patriarchalisch wie martialisch geprägten Kultur Botschafterin der Menschlichkeit wird.

Die einzelnen Texte faszinieren dabei nicht nur durch ihren Inhalt, sondern auch durch ihre Konstruktion. Die Verschachtelung mehrerer Geschichten ineinander ist eine besondere strategische Raffinesse. Schehersad beginnt ihre Erzählungen mit einer Folge von vier Geschichten, die zusammengehören. Sie erzählt dem König bei ihrer ersten Begegnung die ›Geschichte des Kaufmanns mit dem Geiste‹. In diese Geschichte sind drei Binnenerzählungen eingefügt: ›Geschichte des ersten Greises mit der Gazelle‹, ›Geschichte des zweiten Greises mit den beiden Hunden‹ und ›Geschichte des dritten Greises mit dem Maultiere‹. Erst am Schluß des letzten Textes wird die ›Geschichte des Kaufmanns mit dem Geiste‹ zu Ende geführt: »... der Kaufmann kehrte in sein Land zurück, und seine Frau und seine Kinder freuten sich sehr, als sie ihn wiederkommen sahen, und er lebte glücklich mit ihnen, bis ihn der Tod erreichte.«

Ein weiterer Aspekt von Schehersads Erzählkunst, die dazu dienen soll, den betrogenen König Scheherban von seiner todbringenden Rachsucht zu heilen, ist die kaleidoskopartige Vervielfältigung und ständige Wiederholung des Themas »Ums-Leben-erzählen« (s. obengenannte Erzählungen um den Kaufmann und den Geist). Die Geschichten sind so gestaltet, daß der Leser oder Zuhörer mit der jeweils in Lebensgefahr schwebenden Figur mitleidet und beim glücklichen Ausgang freudig erleichtert ist. Wir können nur vermuten, daß im Innersten König Scheherbans, Schehersads unmittelbarstem Zuhörer, Ähnliches vor sich geht. So wird auf äußerst subtile Weise Scheherban geläutert und zu einem humanen Verhalten »überredet«.

Dabei sind die Ursprünge und Überlieferungen mannigfaltig: Tugendhafte Liebe und Treue, gute Geister, auch Engel, fromme Leute, Prinzessinnen und Prinzen stehen im krassen Gegensatz zu frivolen Liebesabenteuern und Ehebruchgeschichten, zu bösen Dämonen und zu Ungläubigen, Dieben oder Mördern. Übernatürliche Ereignisse und »lehrreiche Lebensgeschichten« (Claudia Ott), Mythenreiches und Historisches, Träume und Sitten und Gebräuche vermischen sich zu bunter Vielfalt, wie sie für den Orient charakteristisch ist.

Die spannungsreichen und faszinierenden Gegensätze sowie die Opulenz der Geschichten aus ›Tausendundeiner Nacht‹ faßte Hugo von Hofmannsthal in seinem Nachwort zu Enno Littmanns Übersetzung (1923–1928) in dem treffenden Satz zusammen: »Hier ist die kühnste Geistigkeit und die vollkommenste Sinnlichkeit in eins verwoben.«

Zum Weiterlesen sei auf die jüngst erschienene Neuübersetzung von Claudia Ott hingewiesen, die Muhsin Mahdis Edition der ältesten arabischen Handschrift ins Deutsche übertrug.

Herrn Karl Neuwirth, München, möchte ich an dieser Stelle für seine fachliche Unterstützung danken.

Glossar

Gustav Weil verwendet eine vereinfachte Schreibweise für persische, arabische und türkische Wörter und Namen, unter Berücksichtigung der regionalen Aussprachevarianten des Arabischen.

Aaditen: mythisches Volk
Ardeb: ungefähr ein Malter (altes Trockenmaß für Mahlgut, 115–180 Liter)
Bahman: dt. »der Langarmige«; Perwis ist der Name eines persischen Königs zur Zeit Mohammeds; Parisade heißt »Feenkind«
Bedindjan: Auberginen
Bulbülhesar: dt. »tausend Nachtigallen«
Chalandj: ein Baum, der in der Provinz Jemen wächst
Chan: Karawanserei; großer Gasthof, Herberge mit Stallungen für Reisende, besonders für Kaufleute, mit Schlafkammern und einfachen Lager- und Verkaufsräumen im Erdgeschoß
Chan Masrur: Name eines Gasthofs in Kairo
Colocasia (Colocasia esculenta): in Ägypten angebaute Pflanze, deren Knollen nur gekocht oder gebacken ungiftig sind
Dinar: alte Goldmünze im Gewicht von 4,25 g
Dirham: alte Silbermünze im Gewicht von 2,97 g; 20–25 Dirham ergaben einen Dinar
Divan: hier Staatsrat; kann auch eine Sammlung von Gedichten und eine weiche Sitzgelegenheit bezeichnen

Fest Gottes: das große Beiramfest wird am zehnten Tage des Monats Silhudjah (der Wallfahrt) gefeiert

Geduld: das arabische Wort »sabr« für Geduld ist zugleich der Name eines bitteren Holzes

Habbanijeh: Name einer Straße und des angrenzenden Stadtviertels in Alt-Kairo

Harun Arraschid (Harun ar-Raschid, dt. »der Rechtgeleitete«; geb. 763/766, gest. 809): fünfter Kalif der abbasid. Dynastie; Barmekide Djafar (iran. Geschlecht) war sein Wesir; Masrur war Vorsteher seiner Eunuchen; Ishak war ein Hofmusiker und Abu Nuwas sein Hofpoet, einer der größten arabischen Dichter

Kahirah: Kairo

Niradj und Mihrdjan: Frühlingsfest (Neujahr zur Tag- und Nachtgleiche) und Herbstfest

Pharasange: ein im Altgriechischen aus dem Persischen übernommenes Entfernungsmaß von ca. 5,5 km; etwa eine Wegstunde

Pilaw: pilâv (türk.), orientalisches Reisgericht mit Hammelfleisch

Sasaniden: letzte vorislamische persische Dynastie (3. bis 7. Jh. nach Christus)

Städte: Amid und Farikein liegen in der Provinz Diarbekir (heute Osttürkei)